A Aposta

Vanessa Bosso

Novas Páginas

Esta é uma obra de ficção. Nomes, personagens, lugares e acontecimentos descritos são produto da imaginação do autor. Qualquer semelhança com nomes, datas e acontecimentos reais é mera coincidência.

1ª Impressão — 2015
Impressão e Acabamento Intergraf 240715

Produção editorial:
Equipe Novo Conceito

Dados Internacionais de Catalogação na Publicação (CIP)
(Câmara Brasileira do Livro, SP, Brasil)

Bosso, Vanessa
A aposta / Vanessa Bosso. -- Ribeirão Preto, SP : Novo Conceito Editora, 2015.

ISBN 978-85-8163-789-1

1. Ficção brasileira I. Título.

15-05428 CDD-869.3

Índice para catálogo sistemático:
1. Ficção : Literatura brasileira 869.3

Novas Páginas
Rua Dr. Hugo Fortes, 1885
Parque Industrial Lagoinha
14095-260 – Ribeirão Preto – SP
www.grupoeditorialnovoconceito.com.br

FUNDAÇÃO ABRINQ

Parte da renda deste livro será doada para a **Fundação Abrinq**, que promove a defesa dos direitos e o exercício da cidadania de crianças e adolescentes.
Saiba mais: **www.fundabrinq.org.br**

A todos aqueles que apostam em seus sonhos.

Um

Ação e reação

Via Láctea.
Sistema Solar.
Planeta Terra.
América do Sul.
Brasil.
São Paulo.
Zona Sul.
Colégio Prisma.
Segundo andar.

Estão me acompanhando? Pois então, é bem provável que o barulho do tapa desferido por Nina em Lex tenha feito o caminho inverso, reverberando nas bordas da galáxia, alcançando até mesmo nossa vizinha, Andrômeda. O rosto do garoto queima como a superfície do Sol, e não é apenas pela dor. Ele está enfurecido.

Seus olhos cor de mel encontram-se com os esverdeados de Nina. Estão estreitos, cortantes, flamejantes. Lex leva a mão ao local estapeado, alisando a barba por fazer.

Ele não pode ver, mas Nina, sim: quatro dos dedos dela estão marcados na pele de Lex como um carimbo para que ele lembre, pelo menos pelas próximas horas, com quem está lidando.

Um *uuuhhhhhh* abafado surge de todos os cantos do corredor azul e branco, recém-pintado com uma tinta lavável e de fácil manutenção. O lance sobre a escolha da tinta não vem ao caso agora; concentremo-nos no tal tapa.

E que tapão!

Lex foi pego desprevenido. Quando seu cérebro finalmente para de zunir, ele avança um passo em direção a Nina, desconcertado. Não esperava por isso, ninguém imaginava esse desfecho. Acredito que até Nina esteja surpresa com a atitude dela. Entretanto, como toda ação leva a uma reação contrária na mesma intensidade, podemos supor o que acontecerá a seguir.

— Você é louca? Qual é o seu problema? — Lex dispara, ainda alisando o rosto em chamas.

— Meu problema é você, Alexandre Heinrich! — Nina vocifera. — Você, seus amigos e essas malditas apostas!

— Ah, saquei tudo! — Lex lança um sorriso debochado. — Quer saber, Nina? Nem se o valor da aposta triplicasse, eu toparia beijar você.

— Uuuuhhhhhhh! — Outra comoção deixa a atmosfera ainda mais tensa.

— Seu... seu... seu cretino! Está invertendo as coisas a seu favor! E você me beijaria sim ou então não teria aceitado essa aposta ridícula.

— Ri-dí-cu-la. Você tem toda a razão. Beijar você é absurdo e eu seria patético se levasse isso adiante. — O garoto não tem a menor noção do perigo.

Nina se aproxima e, impulsionada por uma fúria crescente, acerta uma joelhada nas bolas de Lex. O cara empalidece e urra de dor, caindo ao chão. Antes que algum engraçadinho se ajoelhe e conte até dez, como nos ringues de luta livre, uma voz mal-humorada surge dos confins do corredor:

— Chega dessa palhaçada! Voltando para a sala de aula agora mesmo! — O professor de Literatura aproxima-se a passos largos, enxotando a todos como se fossem mosquitos irritantes. — Menos vocês dois — aponta para Lex e Nina. — Venham comigo. O diretor vai adorar ouvir a empolgante narrativa que culminou nesse momento tão ímpar.

Dois

Quem é Nina Albuquerque?

Nina é a garota nova do Colégio Prisma. Foi transferida no mês de agosto para concluir o último ano do ensino médio. Mas essa não foi uma transferência corriqueira e tranquila. Isso porque Nina foi expulsa do colégio onde estudava após um surto de agressividade mal controlada.

Com notas que variavam de nove e meio a dez, Nina ficou possessa ao receber a prova de História que gritava, em vermelho-vivo, um sonoro cinco. Cinco? Como esse professor teve a coragem?

Mas a garota sabia o porquê da nota tão baixa. Estava óbvio que tinha tudo a ver com a festa de duas semanas atrás. Nina, dotada de um cinismo peculiar, deu o fora mais fenomenal de todos os tempos no filho do tal professor, tanto que o garoto chorou a noite toda, como um bebezinho.

É provável que a atitude dela, sem nenhum tato nem delicadeza, tenha gerado um trauma profundo no rapaz, a ponto de ele precisar de terapia por toda uma vida. Nunca saberemos.

Quando Nina confrontou o professor de História, ele foi irredutível com relação à nota. A garota poderia ter se conformado, virado as costas e continuado com sua vida, afinal, essa avaliação em nada alteraria seu desempenho no quadro geral. Mas não, ela não é do tipo que leva desaforos para casa.

Munida de uma chave tetra, dessas com os quatro cantos serrilhados, Nina nem piscou ao riscar toda a lateral do Peugeot preto reluzente, estacionado na vaga reservada aos professores. A paixão por esse carro era tanta que o catedrático vivia com uma flanela nas mãos, sempre pronto para cuspir e deixar a lataria mais brilhante ainda. Um nojo!

Após detonar com a pintura do automóvel, a adolescente não teve tempo para comemorar o feito. No susto, o molho de chaves caiu no chão quando seus olhos se encontraram com os do diretor do colégio. Ela havia sido pega em flagrante.

A expulsão foi consumada no mês de junho, uma semana antes das férias escolares. Os pais de Nina não ficaram nada satisfeitos com a notícia, e ela acabou sem mesada, sem férias e sem sair de casa por um mês.

Após camelar em busca de um novo colégio para a filha, Laura, a mãe da garota, decidiu-se pelo Colégio Prisma. Bem, decidiu-se não é o termo, afinal foi a única escola que aceitou matricular Nina após Laura contar os motivos da expulsão.

Quando as aulas iniciaram, no mês de agosto, a jovem pensou que enlouqueceria nas primeiras semanas. Como toda garota nova, ela era a atração do colégio, e isso gerou ciúme e inveja por parte das três mais populares do pedaço. Estamos falando de Bárbara, Suzana e Ana Paula, hoje mais conhecidas como Kibis. Mas o assunto "Kibis" fica para depois.

Vamos tentar entender o porquê de essas três meninas desejarem tanto o sangue de Nina logo nos primeiros dias de aula:

No alto do seu um metro e setenta e dois, Nina Albuquerque é o tipo de garota que não passa despercebida. Com o rosto de uma beleza precisa, seus grandes olhos esverdeados captam todos os detalhes de um ambiente em segundos.

Os cílios negros e curvilíneos não precisam de máscara nem de nenhum artifício para chamar atenção. As sobrancelhas escuras, bem desenhadas por pinça, passam por retoques a cada quinze dias.

A boca volumosa já foi motivo de chacota quando era criança. Hoje, após madame Jolie, são os lábios mais desejados nas clínicas de estética. As bochechas, sempre rosadas pelo efeito do sol, são resultado das corridas matinais e dos jogos de tênis ao ar livre durante as tardes enfadonhas.

O cabelo de Nina sempre foi curto, no máximo chegando à altura do queixo. Mas, depois que seu último e terrível namorado disse que achava *sexy* o tal corte, ela deixou as madeixas crescerem, só para contrariar. São de um castanho médio liso e bem estruturado, que ultrapassam a linha do sutiã.

Falemos agora das curvas, adquiridas com muito suor e sorvete. Sim, a moça é capaz de matar um pote de Häagen-Dazs numa sentada. No entanto, como é raro ter paciência para ficar quieta, o corpo de Nina não retém as calorias extras dos momentos de gulodice.

Enfim, essa é Nina Albuquerque, a pessoa com uma tremenda direita que fez o cérebro de Lex quase sair pelo ouvido.

E foi essa garota que, ao saber da Grande Aposta, fincou as unhas em sua própria carne e gritou no banheiro feminino do colégio: "Quem esse tal de Lex Heinrich pensa que é?"

Três

Quem esse tal de Lex Heinrich pensa que é?

Ah, esse tal de Alexandre Heinrich é o tipo de cara com a aura resplandecente. É o típico garoto que consegue o que quer na hora que desejar. Convenhamos, Lex é inteligente, perspicaz, inebriante, sedutor, misterioso, debochado e lindo, lindo de viver! Com uma descrição dessas, nem preciso dizer que o cara é o galinha do Colégio Prisma, preciso?

Certo, vocês querem mais detalhes para constatar o que acabo de dizer, então lá vai: Lex completou dezoito anos em outubro. Já ultrapassou um metro e oitenta e cinco de altura. É daqueles que malham com afinco, para que o punho da manga da camisa deixe os músculos saltados, como uma bexiga sendo apertada.

No currículo esportivo, além da musculação com uma *personal trainer* gostosa, ainda temos: futebol, tênis, trilhas de *bike*, *krav maga*, natação e tudo o mais que aparecer pela frente.

Dizer que o cara tem uma barriga tanquinho é meio redundante, não? Mas o fato é que ele tem e adora exibi-la por aí. Se Lex estiver vestindo uma camiseta, pode apostar: ou é proibido tirar a vestimenta ou ele foi obrigado a recolocá-la.

Deixemos a barriga de lado, subindo um pouco mais, até atingir o peitoral desenvolvido e depilado do rapaz. Acho estranho homens depilados, mas, enfim, Lex faz o tipo metrossexual.

A barba demorou a dar as caras, mas agora Lex não a tira nem por decreto. É uma barba dourada, ao estilo Indiana Jones limpinho, bem charmosa e altamente sedutora.

Os olhos cor de mel são hiperclaros, daqueles hipnóticos e cheios de rajadas douradas. Os cabelos, também na cor do mel, são volumosos e caem em cachos até a altura da nuca. E que nuca cheirosa… desculpem, não pude deixar de citar o fato.

E, respondendo à pergunta de Nina, "Quem esse Lex Heinrich pensa que é?", deixarei que o próprio a responda:

— Eu sou "o" cara e não há como negar.

Quatro

Um fruto cabeçudo

Para entender o que está acontecendo nessa história, precisaremos voltar uma semana no tempo. Prontos?

Em três, dois, um...

Estamos agora no quarto de Alexandre Heinrich e sempre que entro por aqui tenho vontade de passar um aspirador de pó e dar uma ajeitada nas roupas espalhadas. Mas sou só uma narradora, então, nada feito.

O quarto está uma zona, com CDs e DVDs espalhados por todos os lados, roupas usadas jogadas em qualquer lugar e um forte cheiro de incenso. O que posso dizer? O garoto curte um incenso, de todos os tipos, tamanhos e aromas.

Um pacote de bolachas recheadas está aberto e esquecido em um canto, bem ao lado do iPad com a bateria zerada, plugado na tomada.

Nesse momento, Lex está com os olhos vidrados no Xbox, muito puto por ter tomado quatro tiros de Gancho, seu melhor amigo e muito melhor jogador no que diz respeito a *games*.

— Azar no jogo, sorte no amor. É o que eu sempre digo. — Lex joga o controle sobre a cama desarrumada, na maior indiferença.

— É o que você sempre diz quando perde, ou seja, sempre! — Gancho lança uma gargalhada no ar, batendo firme no ombro do amigo.

— Vamos fazer outra coisa da vida, beleza? — Lex se levanta do pufe, disperso, deixando-se cair na cadeira estofada em frente ao computador. A tela acende e a página do Facebook é carregada.

— Já mandou a moto para o conserto? — Gancho desliga o *video game* e se atira na cama, como se o colchão fosse uma piscina.

— Meu pai disse que não vai dar nem um puto de um centavo para arrumar o estrago da moto. — Realmente o velho disse isso, aos gritos.

— Poxa, cara, você tá mesmo ferrado. Sua mãe proibiu a Zulmira de arrumar o seu quarto, passar a sua roupa e o que mais mesmo?

— Proibida de me acobertar. — Lex gira a cadeira para encarar Gancho. — Cara, tô cheio disso.

— Calma, um problema de cada vez. Primeiro, precisamos conseguir uma grana para você arrumar a moto. Sem a sua motoca, somos dois otários de bicicleta.

— E como descolaremos uma grana? Seu pai não o proibiu de vender bagulhos piratas? Não disse que mandaria prender você ou algo pior?

— É, estou sem grana também. Minha mesada não dá para nada. — Gancho suspira alto, entrelaçando as mãos atrás da cabeça.

— O que sugere, Cabeçudo?

Nesse exato segundo, uma semente é regada, começa a crescer e a frutificar na gigantesca cabeça de Gancho. Quando um fruto maduro cai do pé e chacoalha o cérebro do cara, a ideia surge como uma trilha sonora perfeita, reproduzida no momento crucial da trama.

— Já sei como conseguiremos a grana, Lex. Mas só me dê um soco depois que eu terminar de contar.

Cinco

A grande aposta

Ainda naquele mesmo quarto bagunçado, Lex está boquiaberto e não tem certeza se Gancho está de brincadeira ou não. A perplexidade é tamanha que o garoto altera o tom de voz:

— A Nina? Você bebeu e bateu a cabeça?

— Qual é, cara!? A mina é uma gata — Gancho incita, divertindo-se.

— A garota mais parece um cavalo selvagem! Ela é intocável, Gancho.

Não que Lex não esteja louco para beijar aquela boca de lábios volumosos, não é isso. O problema é que Nina é uma garota arredia, difícil e não deixa nenhum garoto se aproximar. Os que tentaram se arrependeram amargamente.

— Qual é, Lex, nada é impossível para você — Gancho inicia a persuasão.

— Não tenho tanta certeza disso. Viu o que ela fez com o Edgard? Com o Hulk no Halloween? E as Kibis, então? Cara, tô fora!

— O lance das Kibis foi bem maneiro. — Gancho balança o cabeção. — Lex, a questão é que, se não for uma aposta impossível, nunca conseguiremos a grana para arrumar a sua moto. De quanto precisa? Quatro paus?

— Seis mil. E quer saber? Logo o meu velho vai voltar atrás e aí vou ter a grana para arrumar a moto. — Lex mira o chão enquanto a incerteza reverbera pelas quatro paredes.

— E até lá?

— Dois otários de bicicleta, fazer o quê? — Lex suspira alto e acende outro incenso.

Mas Gancho não se dá por vencido.

Aliás, deixe-me contar um pouco sobre o melhor amigo de Lex. O apelido não é de hoje, surgiu lá pelo oitavo ano do ensino fundamental. Desde aquele tempo, Arthur — o capitão Gancho — é um pirata da melhor categoria.

O garoto pirateia tudo o que vê pela frente: de jogos a filmes que ainda estão nos cinemas. Para ele, a informação é livre e deveria ser distribuída de graça. Como não o é, Gancho trata de faturar algum em cima de pessoas que não estão a fim de pagar uma fortuna por um jogo de Xbox, por exemplo.

Além disso, o cara também é um falsificador dos bons. Quase levou a lanchonete do colégio à falência quando vendeu a um real tíquetes de salgadinhos e refrigerantes falsificados por ele. Esse é um garoto que vai longe!

Gancho, fisicamente, não é um cara bonitão. Mas é charmoso ao extremo. Seus cabelos negros escorrem lisos até a altura do pescoço, e a franja, sempre na lateral, costuma cair sobre os olhos escuros e indecifráveis.

A cabeça grande, motivo de troça dos amigos, não incomoda Gancho. Para ele, quanto maior a cabeça, maior o cérebro. E o cara tem toda a razão.

Mas, voltando à história da tal aposta, Gancho não se deixa abalar pela resolução de Lex. Soprando a franja para o alto, prepara-se para deixar o amigo sem alternativa.

Envia *e-mails*, mensagens instantâneas e DMs no Twitter para todos os machos apostadores do Colégio Prisma. E isso é muita coisa, só para constar. A mensagem é sucinta e marqueteira ao extremo, como é o estilo de Gancho. Na íntegra, o texto diz:

"A Grande Aposta será lançada.

Lex X Nina.

Amanhã, no pátio do colégio.

Venham com a carteira recheada de notas altas.

Gancho".

Nem preciso dizer que a galera comparece em massa, preciso? Enfim, todos aparecem, até mesmo os que não foram chamados. Como grana é grana, nesses momentos não faz a menor diferença. Quanto mais apostadores, melhor.

Gancho se posiciona no meio da roda de garotos, expondo a Grande Aposta maquinada por ele. Quando termina de falar, encara um por um daqueles caras. Se Gancho não vê, eu vejo: alguns garotos suam, outros se entreolham e uns poucos riem, abrindo a carteira.

— Só tem um problema nessa história. Temos que convencer o Lex a entrar na jogada. — Gancho solta a bomba no centro do círculo e sai andando.

— Como é? O Lex vai amarelar? — Nando, o garoto dos cabelos espetados, pergunta, incrédulo.

— Pois é, meus caros. Só uma grana alta o seduzirá. — Gancho tomba a cabeça para trás, fitando as nuvens escuras através do seu Ray-Ban.

— Essa vai ser a Grande Aposta de todas as apostas! — Um gorducho empolgado, com pasta de dente na lateral da boca, gesticula como se fosse um líder de torcida. — Vamos, galera, abrindo as carteiras aí!

Gancho liberta um sorriso satisfeito quando notas de cinquenta e cem reais começam a pular para suas mãos. Lex não terá como recusar.

— Temos que triplicar esse valor, rapazes. Precisamos deixar o Lex sem saída. — Gancho conta o dinheiro, os olhos negros brilhando de excitação.

— O negócio é conseguirmos mais apostadores. Temos que espalhar a notícia! — o gordinho empolgado grita.

E não é que a notícia se espalhou?

Seis

Na sala do diretor

Lex e Nina estão sentados, lado a lado, nas elegantes poltronas vitorianas da diretoria. Esse é um escritório rebuscado, repleto de objetos de arte, livros, enciclopédias e um imenso globo que gira sem parar, plugado numa tomada. A sala possui claridade natural, provinda de duas imensas janelas que ficam localizadas atrás da altiva mesa do todo-poderoso diretor.

Mas não é isso o que a maioria dos estudantes vê quando entra aqui. Oh, não. E, como a versão deles é muito mais divertida, narrarei o que aquele garoto gorducho, com pasta de dente na lateral da boca, viu certa vez:

No quinto ano, Fabiano — o gorducho apelidado de Bola —, sem nada melhor para fazer da vida, resolveu roubar uma caixa de giz da sala dos professores. E, ainda sem ter o que fazer, resolveu triturá-los, transformando o giz em pó.

Para que isso serviria?, eu lhes pergunto.

Bem, quando não se tem nada melhor para fazer da vida, ideias estranhas invadem a mente. E um bizarro plano surgiu na cabeça de Bola.

Horário do intervalo, ninguém na sala de aula. Uma escada de quatro degraus esquecida em um canto do corredor. Ah, Bola não teve dúvida.

Com uma risada malévola estampada no rosto e uma aura nada santa, o garoto pegou a escada, subiu os degraus e depositou, calmamente, todo o giz triturado sobre as pás do ventilador de teto. O dia estava quente e Bola suava em bicas.

Terminado o serviço, guardou a caixa de giz dentro da mochila antes de devolver a escada. O resultado da brincadeira não poderia ter sido outro: quando a professora de Matemática ligou o ventilador, foi merda... ops, quero dizer, foi giz para todo lado. Estava literalmente nevando na sala trinta.

Não foi tão difícil descobrir o autor da traquinagem e a diretoria já aguardava por Bola ansiosamente.

Com os passos incertos e as pernas bambas, Bola tocou a maçaneta da porta, sentindo choques elétricos percorrendo o corpo todo. Podia ouvir risadas macabras vindas de todo lugar e de lugar nenhum.

Quando a porta se abriu com um ruído engasgado, Bola agitou-se, assombrado. O lugar era cavernoso e exalava um forte cheiro de enxofre. Nas prateleiras, vários livros de poções e bruxaria se remexiam, inquietos. Um imenso globo terrestre girava, pegando fogo. O diretor possuía tentáculos, e dois cães do inferno mostravam os dentes e babavam.

Uma semana de suspensão e Bola jurou de pés juntos que nunca mais pisaria na sala do diretor.

Mas Lex e Nina não estão vendo nada disso.

Reprimindo sua ira, Nina observa tudo em vermelho-sangue, como se estivesse em um filme de terror, daqueles com seriíssimas restrições orçamentárias. Já Lex vê o cenário em preto e branco; talvez o tapa tenha afetado os seus sentidos.

— Então é isso? Uma aposta? — O diretor endireita o polvo de cerâmica sobre a mesa. Com uma irritante mania de arrumação, também ajeita os dois cachorros de cerâmica, de modo que fiquem bem alinhados.

— É, é isso. — Nina cruza os braços em frente ao corpo, trincando o maxilar de tanta raiva.

— Alexandre? — O diretor tira os óculos do rosto, jogando-os sobre uma pilha de papéis muito bem-arrumados.

— Eu não concordei com essa aposta. — Lex está seguro de si e isso deixa Nina mais furiosa ainda.

A garota apruma-se, desconfortável. Finca os dentes no lábio, segurando-se para não voar no pescoço de Lex. Tenta parecer indiferente ao assunto, mas sabe que sua expressão enfezada lhe escapa ao controle.

— Não é a primeira vez que você e seus amigos lançam uma aposta dessas. — O diretor recosta-se na cadeira estofada, girando de um lado para outro, pensativo.

— Desta vez sou inocente. — Lex entrelaça os dedos, numa estabilidade que deixa Nina perturbada.

— Se eu souber que vocês continuam a fazer apostas, a coisa vai ficar bem feia, Alexandre. Não me importam as notas, reprovarei todos vocês, ficou claro?

— Claríssimo. — Lex faz menção de levantar-se, mas o diretor lança um olhar reprovador em sua direção.

— Eu não terminei, garoto — e então seu olhar recai sobre Nina. — O que quer fazer a respeito?

— Quero que ele mantenha distância de mim — ela responde, na lata.

O diretor avalia o pedido enquanto ajeita, pela milésima vez, os dois cachorros de cerâmica. Com o mau humor que Nina está, é bem capaz que pegue os enfeites e os jogue pela janela. Mas ela se contém, contando até dez mentalmente.

— Feito. — O diretor recoloca os óculos. — Alexandre Heinrich, a partir de hoje, não se aproxime de Nina Albuquerque. Não lhe dirija a palavra, não peça um lápis emprestado, não olhe para ela, estamos entendidos?

— Perfeitamente — Lex concorda, doido para se mandar dali.

— Voltem para a sala de aula. E parem de criar problemas ou serei obrigado a cancelar a viagem de formatura — o diretor afirma, num tom tedioso.

— O quê? — Lex arregala os olhos, surpreso.

— Você ouviu.

Sim, ele ouviu. Apesar de o tapa de Nina ter tirado o garoto de órbita, Lex ainda não tinha ficado surdo.

Sete

A viagem de formatura

Em uma semana, a tão sonhada viagem de formatura para a Ilha Inamorata mexerá com os ânimos de trinta e quatro estudantes e dois professores.

Segundo o folheto publicitário que Nina carrega na mochila, o lugar é simplesmente paradisíaco. Mar e céu que se fundem num azul profundo. Cachoeiras e grutas de tirar o fôlego. Areia branquinha, daquelas que afundam até o calcanhar. Um hotel cinco estrelas e muitas atividades ao ar livre. Quadras de tênis, vôlei de praia, campo de futebol gramado e muita, muita natureza.

Para as meninas do Prisma, essa é uma oportunidade única, talvez a última chance de engatarem um romance com algum dos garotos do colégio. Para os meninos, esse também é um momento ímpar, desesperadamente aguardado. Garotas de biquíni dando o maior mole? Juro para vocês que, apesar de a Ilha Inamorata ser um local onde a natureza é preservada, a mente poluída desses caras, fatalmente, poderá gerar um desastre ambiental. E dos grandes!

Nina não cogita a possibilidade de desistir da viagem, mesmo sabendo da aposta que está rolando. E, se por acaso ela pensasse em desistir, suas melhores amigas, Nathália e Laís, não permitiriam.

— Jura mesmo que não vai desistir? — Nathália anda em círculos em volta de Nina. Seus longos cabelos castanhos estão presos em um rabo de cavalo que chacoalha para lá e para cá.

— Está me deixando tonta, Nathi. — Nina está dispersa.

— Sério mesmo, Nina, você não pode desistir. — Laís muda a mochila de ombro, o troço está pesando toneladas. — Promete? Por favor?

— Prometo, já falei! — Nina se estressa e dispara, um tanto ríspida.

As três estão no estacionamento do Colégio Prisma. Nina, agora com dezoito anos, já possui a tão sonhada habilitação e uma moto novinha em folha. Ela optou por uma Kawasaki Concours 14, preta e prata, com 1.352 cilindradas, 4 tempos, 4 cilindros em linha com refrigeração líquida, 16 válvulas VVT, 155 cavalos de potência, com sistema de ignição digital, injeção eletrônica e partida elétrica. Não que eu saiba o que isso quer dizer, mas Nina sabe.

Antes que Nathi e Laís retomem o assunto "viagem de formatura", eis que surgem Lex e Gancho, caminhando descompromissadamente rumo ao bicicletário.

A garota lança um olhar fulminante na direção de Lex. Ela estremece de raiva só de se lembrar da tal aposta e dos sorrisinhos abafados nos corredores do colégio. Se o garoto se aproximar, é morte certa.

— Bela motoca. — Gancho assobia e Lex lhe dá uma cotovelada nas costelas.

— Obrigada, Gancho. — Nina sorri, presunçosamente. — E suas bicicletas também são bem bonitinhas... Tiraram até as rodinhas laterais, que gracinha.

— Rá, rá. — Lex negligencia a própria vida.

— Ei, não pode falar comigo, lembra? — Nina brada, agressivamente.

— Estamos fora do colégio; aqui é local neutro — Lex retruca, numa frieza congelante.

— Não abuse, Alexandre. — Nina monta na moto e dá a partida. — Meninas, até mais tarde. — Baixando o visor do capacete e acelerando ao máximo, ela deixa apenas poeira para trás.

Oito

Uma aposta perigosa

Lex observa Nina desaparecer do seu campo de visão. Que garota intragável! Essa aposta está fora de cogitação, sem chance. Gancho interrompe os devaneios do amigo quando pergunta para Nathália e Laís:

— Como aguentam o mau humor dessa garota?

— A Nina? Qual é, Gancho, ela é legal. — Nathália parte em defesa da amiga.

— Sei. — Lex revira os olhos.

— É verdade, a Nina é muito gente boa — Laís confirma. — Deveriam tentar conhecê-la melhor.

— Qual é o problema dela com pessoas do sexo masculino? — Gancho indaga, interessado.

— Longa história e, sinceramente, não vou contar a nenhum de vocês dois. — Laís não vacila. — Vamos, Nathi.

— Vamos. — Nathália concorda em ir, mas não se move. Essa paixão platônica por Gancho já está tirando Laís do sério. Ela precisa praticamente arrastar a amiga dali.

— Até mais. — Gancho se despede, indiferente ao fascínio que exerce sobre Nathália. Os homens, em sua maioria, são cegos.

Quando as meninas se afastam o bastante, Lex fuzila o amigo com o olhar. Gancho dá de ombros, sem saber o porquê do olhar cortante.

— Certo, o que foi?

— Você levou a aposta adiante sem o meu consentimento. Cara, eu disse que estava fora.

— *Man*, consegui três mil reais. — Gancho gira o boné na cabeça, deixando a aba para trás. — Três paus, cara! Qual é, vai amarelar?

— Não vai rolar, Cabeçudo. E outra, três mil é só a metade do que preciso. Mesmo se eu decidisse prosseguir com isso, ainda teríamos que pagar aos apostadores.

— Lex, meu camarada, se você vencer essa aposta, os três mil são seus, limpinhos.

— O que está dizendo? — Lex confronta, franzindo o cenho.

— O que quero dizer é que todos apostaram na Nina, ou seja, se você ganhar, a grana é toda sua, sem divisões.

— Mas que merda! Ninguém apostou em mim? — Lex replica, pasmo. — Nem você, cara?

— Só estou tentando ajudar. — Gancho dá um tapa no ombro de Lex.

— Gancho, é sério, devolva o dinheiro para os apostadores e esqueça essa merda de Grande Aposta. O diretor está de olho em mim, cara!

— Era com vocês mesmos que eu queria falar. — O tom arrogante não deixa dúvida de quem chega interrompendo a conversa: Bárbara.

Ela se aproxima embalada numa calça jeans *skinny*, dessas que se agarram ao corpo de maneira impossível. Rebola sobre as sapatilhas com padronagem de oncinha e requebra os quadris ao fitar Lex e Gancho.

A camiseta do colégio sofreu transformações significativas após uma sessão de customização. Está tão curta que deixa parte da barriga à mostra, desrespeitando a regra básica de etiqueta da escola.

— O que quer, Kibi? — Gancho suspira antes de remendar: — Desculpe. O que quer, Babi?

Bárbara é a ex-namorada de Lex. Bem, ex-namorada é subjetivo, já que a coisa toda não passou de uma aposta. E, como toda garota orgulhosa e vingativa, Bárbara ainda não se esqueceu do que aconteceu no ano passado, mas contarei os detalhes sórdidos mais tarde.

A loirona oxigenada balança a cabeça teatralmente, lançando os cabelos desbotados para o ar. Apesar de nutrir uma paixão avassaladora por Lex, jamais admitirá o fato. Amor e ódio, uma combinação explosiva. E a garota é puro TNT.

— Gancho, vou relevar a piadinha, mas só porque tenho uma proposta para o Lex. — Bárbara se recosta na mureta azul, dirigindo-se ao ex-namorado. — Soube que não vai levar a aposta adiante, é verdade?

— Soube corretamente — Lex admite, certo de que algo bombástico sairá dos lábios vermelhos de Bárbara.

— Que tipo de proposta é essa? — Gancho estimula a garota a continuar.

— Soube que precisa de seis mil reais para arrumar a sua moto. Bem, eu tenho o dinheiro, Lex. — Bárbara verifica as unhas cor de fogo, preguiçosamente.

— É como eu disse, não vou levar isso adiante. — Lex se mantém impassível.

— O que quer do Lex, Babi? — Gancho a encara, desconfiado.

— Vocês dois sabem o que aquela vadia da Nina aprontou comigo. Só estou querendo dar o troco, nada de mais.

— E quer a minha ajuda? — Lex adivinha, acertadamente. — É melhor se esquecer de mim nesse seu lance. Estou fora, qualquer que seja a proposta.

— É o seguinte, Alexandre: ou você me ajuda nessa, ou então mostro para o seu velho o vídeo que está no meu celular. — Ela se estressa e tira o aparelho do bolso traseiro da calça, balançando-o na altura dos olhos de Lex. — E nem preciso dizer que fiz milhões de cópias, certo?

— Você disse que não iria mostrar a ninguém. — Lex se abala, sentindo o sangue ferver.

— E não vou! — Bárbara se faz de rogada. — Mas, veja bem, se não me ajudar, como posso ajudá-lo, Lex?

— Você é uma Kibi filha da mãe — Gancho vocifera, entredentes.

— Cale a boca, Gancho. — Lex nunca tinha sido chantageado antes. A boca está seca e ele umedece os lábios, nervosamente.

— O que me diz? — Bárbara finge não ouvir o que Gancho acaba de dizer. Encara Lex e seus olhos castanhos se estreitam perigosamente.

— O que você quer que eu faça? — Lex foi ameaçado abertamente e não acredita que esteja cogitando a possibilidade de ajudar Bárbara. Mas, no momento, não encontra alternativa. Não pode permitir que seu pai saiba a verdade sobre o "acidente" com a moto.

— Deixe a Nina pensar que você desistiu da aposta, mas a verdade é que você não vai desistir, entendeu?

— Não, não entendi. O que pretende com isso? — Lex tenta se manter calmo, apesar da situação.

— Não interessa o que pretendo. É só fazer a Nina acreditar que a aposta acabou. Aguarde novas instruções quando chegarmos à ilha. Assim que eu conseguir o que quero, você terá a sua grana. — Bárbara acaricia o rosto de Lex com o celular. — Bom, é isso. Até mais, lindão. E tchau para você, Cabeçudo. — Armada do melhor rebolado, Bárbara deixa os dois amigos embasbacados para trás.

Nove

A breve vida amorosa de Nina

Vamos tentar entender o porquê de Nina ser tão avessa a garotos. *Tudo está no psicológico*, Freud elucidaria. Talvez a garota enlouquecesse o neurologista antes de ele se explicar.

O fato é que ela, até hoje, teve apenas dois namorados. O primeiro foi aos doze anos de idade...

Nina estava brincando com as amigas na calçada de sua casa, num condomínio fechado de alto padrão na cidade de São Paulo. A Barbie Noiva estava a bordo do possante cor-de-rosa, a caminho do salão de beleza. Após os cuidados com o visual, as Barbies fariam uma festa de arromba na mansão de três andares e os Kens já estavam convidados.

A garota não sabia, mas estava sendo observada por Maurício, que morava a uma distância de oito casas da sua. Supertímido, deixou a bicicleta incrementada de lado e invadiu o jardim florido de dona Estela, colhendo flores coloridas para que Nina pudesse enfeitar a festa das Barbies.

Timidez é uma droga!

Maurício estava agitado, tenso e tremia da cabeça aos pés. Não conseguia se aproximar daquela linda menina com um corte chanel, de olhos grandes e esverdeados. O que ele fez? Tocou a campainha do amigo Danilo e implorou ao garoto que levasse as flores para Nina.

— Quer que eu leve as flores? — Danilo perguntou, maldizendo o momento em que atendeu à campainha.

— Por favor? Leve as flores e peça a Nina em namoro para mim? — Maurício suplicou, com olhos marejados.

— Não acredito nisso — o amigo bufou e revirou os olhos. — Dê aqui, eu levo.

Danilo, um ano mais velho que Maurício, pegou as flores e respirou fundo, caminhando a passos largos até a festa das Barbies. E que festão! Tinha até jatinho cor-de-rosa estacionado na entrada da mansão.

O lance foi que um nervoso Danilo entregou as flores para Nina e a pediu em namoro. A garota, com um risinho contido, olhou para as amigas buscando uma resposta. As três balançaram a cabeça, afirmativamente.

A confusão estava armada. Nina acreditava estar namorando Danilo. Danilo jurava ter pedido Nina em namoro para seu amigo. Por sua vez, Maurício estava certo de que Nina agora era namorada dele. Aff!

A menina de doze anos estava muito feliz. Contou para todos na escola que estava namorando, apesar de nunca ter trocado mais de duas palavras com Danilo. Para detonar de vez a situação, o garoto mudou-se de bairro três semanas depois, deixando Nina completamente arrasada. Poxa, nem um tchau?

Ali começava o problema de Nina com garotos. Como poderia confiar neles?

Como toda pré-adolescente, Nina sofreu por Danilo, chorou por ele, arrancou os cabelos e disse para as amigas que nunca mais amaria ninguém como o amava. Adoro dramas juvenis, são tão intensos!

Querem saber o que aconteceu com Maurício? Bem, hoje o garoto faz terapia e nunca beijou uma garota. Depois que viu sua namorada Nina dando o maior amasso em outro cara, o mundo ruiu para ele.

Esse outro cara se chamava Bruno.

Bruno foi o segundo namorado de Nina. Eles se conheceram no colégio e o garoto era dois anos mais velho do que ela. Nina tinha quinze anos naquela época.

Como toda filha superprotegida por pais malucos, Nina era a inocência em pessoa. Não conhecia Bruno o suficiente, mas ainda assim era apaixonada pelo cara desde que Danilo a havia deixado sem dizer um tchau.

O namoro durou exatos seis meses e, pela pouca idade de Nina, os pais resolveram cercar esse relacionamento, permitindo que só acontecesse debaixo de seu teto. Ou seja, o namoro se dava em casa e os telefonemas eram supervisionados. Internet? Nem pensar! Toda e qualquer comunicação com o mundo externo era grampeada pela analista de tecnologia da família: Laura, a mãe de Nina.

Bruno era o tipo de garoto experiente e estava doido para colocar as mãos calejadas sobre a garota virgem. Ela era tímida, tinha uma beleza que impressionava e estava completamente apaixonada… droga! Nina estava perdida! Era chantageada emocionalmente sempre que estavam juntos e a garota começou a cogitar a possibilidade de finalmente se entregar a Bruno.

Quando o garoto, já com dezoito anos, pegou a carteira de motorista, as coisas saíram do controle. Bruno aparecia na casa de Nina sem avisar, sempre que os pais dela e o irmão mais velho não estavam. Como ele sabia? O vizinho da frente era seu amigo e comparsa.

Nina já tinha completado dezesseis anos quando aconteceu o inevitável. O Mustang amarelo estacionou na porta de sua casa, reluzindo como um diamante. Bruno carregava um imenso buquê de rosas vermelhas, pronto para dar o bote. Ela estava sozinha naquela tarde.

Paixão e inocência. Essa é uma combinação perigosa.

Nina se entregou no sofá da sala, após seis meses de tentativas infrutíferas por parte de Bruno. Ele jurou amor eterno. Garantiu que ela era única. Disse que se casariam. Afirmou até que era virgem... Por Deus!

Depois daquela tarde, Bruno nunca mais ligou.

Nina, agora sem medo de vasculhar a internet, logou-se num tal de Facebook. Por meio dessa ferramenta mais poderosa do quc uma investigação policial, descobriu todas as mentiras de Bruno, até mesmo que não era a namorada oficial do cara. Naquele momento nascia a nova Nina Albuquerque, a garota que seria temida por todos que usassem cuecas.

— Doc, preciso falar com você. — Nina entrou no quarto do irmão mais velho, faiscando de tão puta da vida.

— Nina, cai fora. — Douglas, o irmão, nem se dignou a olhar para a garota.

— O Bruno me enganou e eu quero o sangue dele. — Nina arrancou os fones dos ouvidos de Doc.

Aquelas palavras surtiram efeito imediato. O irmão levantou-se da cama, pronto para a briga. Abriu o guarda-roupas e pegou o taco de beisebol que não usava desde a adolescência.

— Ele zoou você? O que ele fez, Nina?

— Ele me usou. — Ela estava constrangida, mas queria a ajuda dele. Apesar de serem como cão e gato, Nina sabia que Doc faria qualquer coisa por ela, a protegeria.

— Como? Como ele usou você? — O olhar do irmão era colérico.

— Ele conseguiu o que queria e sumiu. — Nina se segurava para não chorar.

— Filho da puta! Ele machucou você? Nina, me diga! — Doc gritava, sacudindo a irmã pelos ombros.

— Ele não me forçou, se é o que quer saber. — Agora, sim, Nina chorava, copiosamente. Doc a abraçou, acariciando suas costas. — Não acredito que deixei acontecer. Como pude ser tão burra?

Rangendo os dentes, Doc pegou o celular e ligou para alguns amigos. Meia hora depois, quatro deles já estavam na porta da casa de Nina, com seus tacos de beisebol a tiracolo.

— Você fique aqui, está entendendo? — Doc instruiu.

— O que vai fazer? — Nina nunca tinha visto o irmão tão alterado.

— Deixe comigo.

Com todas as coordenadas passadas por Nina, Doc sabia onde encontrar Bruno. Pelo horário, ele deveria estar na última aula do cursinho.

O Mustang amarelo, com uma faixa preta no capô, nem precisava gritar por atenção em meio a carros comuns. Com um sorriso de lado e a mão pulsando de raiva, Doc fechou os dedos em volta do taco de beisebol e nem olhou para os lados.

Os quatro amigos fizeram o mesmo, sem saber ao certo o porquê de estarem metidos naquilo. Doc explicou apenas que o dono daquele carro havia aprontado com Nina, e quem mexe com a irmã de um deles, mexe com todos.

O carro foi destruído em minutos. A polícia chegou pouco depois, antes que Bruno e Doc se atracassem. O barraco estava armado e Nina aguardava em casa, andando de um lado para o outro, embolando o tapete da sala sob os pés.

Ninguém, nunca mais, a faria de idiota.

Doc e seus amigos foram presos, mas não por muito tempo. O pai de Nina, um advogado figurão, ameaçou Bruno, acusando-o de aliciamento de menores, o que na prática era a mais pura verdade. Bruno já tinha dezoito anos e Nina apenas dezesseis. Nesses casos, o veredito é um só: cadeia.

O pai de Bruno acabou por convencer o filho a retirar a queixa contra Doc e sua turma, afinal, um empresário do nível dele não poderia ter um filho na prisão. E assim foi feito: os garotos foram soltos naquela mesma madrugada, numa noite insone para todos da família Albuquerque.

Nina ouviu um sermão de mais de duas horas, tanto do pai quanto da mãe. Doc assistiu a tudo, com os braços cruzados e um olhar matador. Ninguém zoa a sua irmã e sai ileso. Ele se imaginava com uma bazuca, estraçalhando o corpo de Bruno, o sangue se espalhando pela calçada, escoando para o bueiro entupido mais próximo... desejo que nunca foi realizado.

Quanto a Nina? Bem, ela aprendeu a lição da pior maneira. E foi um ensinamento que a marcou profundamente, redesenhou sua personalidade, mudou sua visão de mundo e aniquilou qualquer ilusão encantada. *Homens não prestam*, a voz interna gritava. *Meu único foco serão os estudos, quero distância de namorados*, a cabeça latejava.

A única coisa bacana nessa história toda foi que Nina e Doc, finalmente, estreitaram o laço familiar que os unia. Desde esse dia, nunca mais brigaram.

Dez

A contra-aposta

O pátio do Colégio Prisma é um espaço como todos os outros. Quadras poliesportivas, árvores frutíferas, bancos de cimento, uma lanchonete que só vende *trash-food*... um lugar bem comum.

Nina, Laís e Nathália estão debaixo de uma árvore, debatendo sobre o livro que estão lendo. Desde que se tornaram amigas, elas fazem isto: leem o mesmo livro, um capítulo por dia, para depois discutirem sobre a leitura. É como um clube do livro diário, sempre no intervalo das aulas.

Nathália é uma leitora compulsiva. Desde que se entende por gente, gasta toda a sua mesada em livros. É claro que, no vestibular que se aproxima, prestará para a faculdade de Letras, seu sonho desde criança.

Ela é alta, bem magra, com cabelos castanhos longos que estão sempre presos em um rabo de cavalo volumoso. Os óculos com aro vermelho são só para leitura, algo que lhe confere um ar *cult*.

Nina disse, certa vez, que ela deveria aposentar os óculos de leitura, afinal eles escondem os belíssimos olhos amendoados da amiga. Nathi nem cogita a possibilidade, pois ela adora parecer mais velha, mais inteligente.

Já Laís é o oposto. Baixinha, com curvas bem acentuadas, cabelos avermelhados curtos e um par de olhos azuis que são uma afronta. A garota faz um estilo *hippie* chique, é vegetariana e adora brincos e colares gigantescos. E, só para constar, está sempre de chinelos. Ela tem vários, de inúmeras cores, de todos os jeitos e marcas.

Laís demorou para escolher a faculdade que gostaria de cursar. Estava entre Moda e Nutrição. Depois de pesar os prós e os contras, Nutrição ganhou em disparada.

Nina, como já descrevi anteriormente, faz o tipo esportista. Hoje ela está com uma bermuda preta de *Lycra*, camiseta branca e azul do Prisma e um par de tênis para corrida. Pega uma maçã na bolsa, lustrando-a na camiseta antes de dar a primeira mordida. É quando avista Camila, correndo e saltando obstáculos, seus cabelos dourados esvoaçando como uma capa de super-heroína. Aproxima-se, esbaforida, vomitando as palavras:

— Nina, eu vi os caras na quadra de tênis. Estão falando sobre a Grande Aposta.

— O que você ouviu? — Nina brada, jogando a maçã mordida de volta na bolsa.

— O Lex desistiu, está devolvendo o dinheiro para a galera. Os caras estão tentando convencê-lo a manter a aposta. Parece que o Lex precisa de seis mil reais para arrumar a moto dele. Bom, foi o que entendi.

— O Lex desistiu da aposta? Não acredito. — Nathi tira os óculos, erguendo as sobrancelhas.

— O Lex não é cara de desistir. — Laís encara Nina, como se tivesse escutado algo absurdo.

— Vou até lá. — Nina fecha a cara e o livro.

— Acho que você não deveria; vai acabar rolando a maior confusão. — Nathi odeia barracos, ainda mais quando suas amigas se envolvem neles.

— Por que não? Se fosse comigo, eu iria — Laís incentiva.

— Eu também iria. Sério, não aguento mais essas apostas. — Camila já caiu em três delas e ainda não sabe, mas cairá uma quarta vez.

— Vou acabar com isso agora mesmo. — Nina se levanta num salto, estalando o pescoço lateralmente. Seu olhar já diz tudo. Lex Heinrich está com os minutos contados.

As amigas a seguem até a quadra de tênis. Laís jura ter visto faíscas saindo dos ouvidos de Nina. Ela está irada e com cara de quem vai socar alguém. Bem, não seria a primeira vez.

Nina avista os garotos numa imensa roda no centro da quadra. Abre a portinhola lateral com um estalido e caminha sobre o saibro, deixando pegadas pesadas ao passar, sustentando uma expressão de dar medo.

A notícia se espalha como vírus de filmes de ficção científica. Não demora muito e parte do colégio se acotovela para assistir ao grande espetáculo. Ou grande barraco, como queiram chamar.

— Pensei que essa palhaçada já tinha terminado. — Nina aponta o dedo na direção de Lex, em tom de acusação.

— Gancho, diga para essa garota que estou proibido de falar com ela dentro do colégio. — Lex olha para o chão, traçando um círculo com a ponta gasta do tênis.

— Pare de ser otário, Lex. — Nina se aproxima, e o cara, temendo outro tapa ou chute, recua instintivamente.

— Escute, eu não aceitei essa aposta, tá legal? E não vou levar isso adiante, ponto final. — Lex faz uma pausa e finalmente encara Nina. — Ou você está bravinha porque quer que eu tope?

Ele tinha mesmo que soltar uma dessas? É o que basta para o circo pegar fogo. A galera urra, pessoas gesticulam, um murmurinho incessante toma conta do cenário.

Por um instante, Nina fica desconcertada. Mas é uma sensação tão breve que passa despercebida à plateia. O sorrisinho debochado de Lex a deixa incrivelmente irritada. Ah, ela não vai se deixar humilhar.

— Você curte apostar, não é, Lex? Gosta de se dar bem? — Nina leva as mãos à cintura, fuzilando o garoto.

— O cara é campeão de pôquer; apostar é a vida dele. — Gancho passa o braço nos ombros de Lex, provocando-a.

Se Gancho quer incitar a garota, ele consegue. Algo se inflama dentro dela e o sangue corre como ácido dentro das veias. Nina sente um gosto amargo no fundo da garganta e o raciocínio se perde quando o ego explosivo assume o comando.

Mira Lex no fundo dos olhos, numa cólera inconsequente.

— Ah, é assim? Então vou lançar uma aposta de gente grande para você, seu ba-ba-ca. Já me disseram que precisa de grana para arrumar aquela sua porcaria de moto. Pois bem, se vencer essa aposta, eu dou o dinheiro.

A galera grita em polvorosa. Lex recua dois passos e Gancho o segura pelo braço, temendo que o amigo saia correndo dali na primeira oportunidade. Essa situação já saiu do controle: Lex está sendo chantageado por Bárbara, a Kibi; seus amigos não querem voltar atrás na aposta, não aceitaram o dinheiro de volta; e agora isso?

— Dê o seu lance, Nina! — Gancho grita acima da multidão. Imediatamente todos se calam, aguardando o desfecho, ansiosos.

— Nina, o que está fazendo? — Nathália sussurra. — Não piore ainda mais a situação.

Nina e Lex se encaram como naqueles duelos da Antiguidade. Uma folha de papel amassada rola pelo chão, sendo levada pelo vento. O silêncio é sepulcral e os estudantes prendem a respiração. Nina toma fôlego e se apruma antes de soltar a bomba:

— Me conquiste, faça eu me apaixonar por você, Lex. Se conseguir essa proeza, terá o dinheiro de que precisa.

What? Vocês estão gritando aí? Porque eu estou surtando por aqui. Essa, sim, é a Grande Aposta do ano, *folks*!

Onze

Façam suas apostas

Paremos um instante para analisar o porquê de Nina ter lançado uma aposta dessas.

Acredito que, inconscientemente, a garota esteja tentando quebrar a carapaça criada por ela própria após o episódio com Bruno. Talvez Nina realmente queira se apaixonar. A vida já é um mar de incertezas e, sem amor, pode se tornar insuportável.

Analisando-se agora a parte consciente, a garota acredita que esteja humilhando Lex com a tal aposta. Afinal, se o cara aceitar, é certo que perderá. E, se recusar, será tachado de medroso e sua reputação de galinha não sairá ilesa.

Lex recusaria essa aposta sem nem precisar pensar. Mas não é isso o que acontece. No meio da balbúrdia, ninguém além de Lex e Gancho vê quando Bárbara — a Kibi — levanta o polegar direito em sinal de aprovação. Os garotos entendem a deixa quando a garota, além do polegar, ergue também o celular na altura dos olhos, sacudindo-o como se fosse uma passista de escola de samba. Lex está ferrado.

Contrariando seu sexto sentido, o garoto precisa aceitar a contra-aposta. A galera vai ao delírio e Lex resolve piorar um pouco mais a situação, cuspindo na palma da mão, estendendo-a para Nina.

— Como você é nojento! — Ela recua em repulsa.

— Para selar esse acordo, nada melhor do que nossa própria saliva. — Lex solta uma gargalhada debochada e muito arriscada. Seu olhar busca o de Bárbara e a Kibi parece estar em êxtase. O que quer que esteja planejando, a tal aposta de Nina só veio somar em sua estratégia.

— Que seja. — Nina cospe na mão e o acordo é selado.

Nathália e Gancho são designados para redigir um contrato com todas as cláusulas da aposta. Nesse documento, deve constar tudo o que será permitido e proibido assim que Nina e Lex pisarem na Ilha Inamorata, o palco selecionado para o início da Grande Aposta do ano.

Gancho também será "o banqueiro". Ele é quem receberá e gerenciará todas as apostas da turma. Nathi acompanhará de perto o processo, uma vez que Nina a nomeou como seu braço direito.

Faltando apenas dois dias para a tão esperada viagem de formatura, Lex, Nina e Bárbara estão recolhidos em seus quartéis-generais, estudando o oponente, traçando as melhores estratégias de ataque.

Sim, meus caros, a brincadeira transformou-se numa guerra. Façam então as suas apostas, porque o jogo de sedução está prestes a começar.

Doze

As Kibis

Lex é o tipo de cara que saca as pessoas numa primeira olhada. E o que percebeu, quando Nina Albuquerque foi apresentada à sala pelo diretor, gritava aos quatro ventos: "Não se aproxime, eu mordo".

Como todo garoto inteligente, Lex entendeu a mensagem. Apesar de estar babando na carteira, Nina não era para o seu bico. O fato se comprovou semanas depois, quando a garota, de saco cheio das Kibis, resolveu dar o troco.

Nessa ocasião, Nina, Nathália e Laís já eram amigas inseparáveis. Laís tinha no celular uma foto comprometedora do acampamento passado. Na imagem, Bárbara, Suzana e Ana Paula se fingiam de bêbadas e as três levantaram a camiseta até o pescoço, o que revelou que não usavam nada por baixo. Com os seios à mostra, as três posaram para a câmera de Laís.

Nina sorriu ao ver a tal foto.

Com o auxílio do Photoshop, a garota não precisou de muito tempo para criar o *layout*. Gravou a imagem em CD e correu para a gráfica expressa mais próxima de sua casa.

Cem cartazes ao todo e várias mãos femininas dispostas a ajudar na empreitada, afinal nenhuma garota do último ano vai com a cara das Kibis. Elas roubam namorados, beijam todos os garotos e ainda destroem a autoestima das meninas sempre que podem. Alguém precisava fazer alguma coisa e essa pessoa finalmente havia aparecido: Nina.

A mulherada do último ano chegou mais cedo ao colégio naquela manhã nublada. Nathália havia desligado as câmeras de segurança e Nina distribuiu os cartazes autoadesivos. Cem cartazes foram grudados nas paredes do segundo andar do colégio, e vou dizer: era impossível arrancar aquilo sem detonar com a pintura. Quando as Kibis chegaram ao Prisma, o tempo fechou.

Os cartazes eram gigantescos e Nina não é tão má quanto vocês imaginam. Ela poderia ter usado a foto na íntegra, mas não o fez. Estrelinhas mínimas cobriam as partes íntimas das três garotas. A fotografia estava centralizada num fundo preto, destacando bem a imagem. Acima, em letras garrafais, o título gritava: “KIBISCATES”. O termo foi inventado por Laís e Nina numa dessas tardes em que não há nada para fazer.

— Sua vaca! Foi você, não foi? — Bárbara gritava, apontando o dedo de unhas douradas na direção de Nina, enquanto Susana e Ana Paula choravam, descompensadas.

— Prove. — Nina mantinha um sorriso desafiador nos lábios.

— Eu sei que foi você! — Bárbara aproximou-se, pronta para estrangular a garota.

— Nem pense nisso. — Laís tomou a frente de Nina. Foi o que bastou para que as outras meninas fizessem o mesmo. — Para chegar até ela, vai ter que passar por cima de todas nós.

Ops! A coisa ficou feia para as Kibis. Treze garotas contra três? Quem compraria uma briga dessas?

Os garotos apenas riam, doidos para que o quebra-pau começasse. Mas não houve nada além de insultos e xingamentos. E isso também acabou quando o diretor, acompanhado de vários professores, entrou no corredor do segundo andar.

— Se você não me deixar em paz, libero a foto original para todos os celulares do colégio, entendeu? — Nina sussurrava para Bárbara, entredentes.

Bárbara não respondeu. Suas bochechas estavam vermelhas e não era pelo excesso de *blush*.

A passos largos e irritados, o diretor acabou logo com a balbúrdia. Os professores interpelaram os estudantes, mas, felizmente, não havia provas contra Nina e ninguém a dedurou. Nem os garotos tiveram coragem para tanto.

Após um tempo longo demais, ficou acordado que os cartazes seriam retirados — com espátula — por todos os alunos do último ano e o corredor seria repintado, também por eles. E assim foi feito, num fim de semana para lá de divertido. Não para as Kibis, obviamente.

Bárbara poderia ter chamado os pais, mas recuou só de pensar na cara do seu velho tendo de encarar aquela foto. Como ela iria se explicar? Não, isso seria humilhante demais. Mas essa história não terminaria naquele corredor cheio de cartazes autoadesivos. Oh, não!

E Bárbara, com a ajuda de Lex, dará o troco à altura.

Treze

O quartel-general de Nina

Estamos no quartel-general de Nina, ou melhor, em seu quarto. Você pode até pensar que, com a personalidade forte da garota, o quarto não seja um lugar feminino e aconchegante. Engano seu.

Esse é o reduto de uma garota de dezoito anos que, apesar de ter se convencido de que finais felizes não existem, lá no fundo do seu ser acredita, sim, em príncipes encantados. Só não contem que eu a dedurei, o.k.? Ou o meu rostinho sofrerá as consequências.

O quarto não é rosa nem lilás. É azul, com lambris brancos até a metade da parede. Várias reproduções de Romero Britto estão finamente emolduradas, dispostas de maneira linear na imensa parede que leva ao banheiro.

O guarda-roupas tem portas de correr brancas, vazadas em acrílico transparente. As roupas penduradas nos cabides dão um colorido todo especial ao ambiente.

Do teto, pende um imenso lustre de ferro, daqueles rústicos com pintura em pátina. Pranchas de *snowboarding* fazem as vezes de prateleiras, pregadas umas sobre as outras, sustentando todos os livros já lidos por Nina.

No lugar da cabeceira da cama, um nicho de acrílico foi confeccionado para exibir a imensa coleção de óculos de sol e relógios de pulso, duas paixões da garota. Sobre a cama boxe, uma colcha prateada está estendida, com várias almofadas em formato de instrumentos musicais para decorar.

Numa outra parede, a guitarra e o violão estão pendurados em ganchos sobre a poltrona de fuxicos multicoloridos. Na bancada da janela, o *notebook* está aberto e a foto de Lex berra em cores.

Nina, sentada em uma cadeira laranja de rodinhas, analisa detalhadamente a tal foto. Nathi e Laís estão jogadas sobre almofadas coloridas espalhadas pelo chão.

— Sério, qual foi o seu intuito ao lançar essa aposta? Ainda não me convenceu sobre o lance de humilhar o Lex. — Nathi ajeita os óculos de aro vermelho sobre o pequeno nariz.

— Ah, qual é, Nathi? Não seja estraga-prazeres. A diversão só está começando. — Laís brinca com as franjas da almofada.

— O cara precisa de uma lição. É um babaca com o ego inflado. — Nina se recosta na cadeira, imaginando o rosto na tela como alvo. Ainda fantasiando, ela lança uma flecha invisível bem pontiaguda no meio da testa de Lex. — Certo, Nathi, releia o contrato — pede Nina, com o olhar glacial fixo na tela do computador.

— Vamos lá! — Nathi pega o papel e limpa a garganta, iniciando a leitura:

"Pelo presente contrato, fica acordado que Nina Albuquerque e Alexandre Heinrich, ambos maiores de idade, aceitaram participar da Grande Aposta do Colégio Prisma.

Cláusula Primeira: Nina e Lex firmam o presente contrato tendo como objeto a aposta Jogo de Sedução, em que Lex fará de tudo para conquistar Nina em um período de sete dias, tendo como cenário a Ilha Inamorata.

Cláusula Segunda: É expressamente proibido seduzir com o uso de substâncias ilícitas ou mesmo sob efeito de álcool. Em qualquer um dos casos, a aposta será encerrada e Nina será a vencedora.

Cláusula Terceira: A aposta estará valendo a partir do momento em que Nina e Lex pisarem as areias da Ilha Inamorata e seu término acontecerá quando a ilha for deixada para trás.

Cláusula Quarta: Caso Lex vença a aposta, receberá o valor de R$ 6.000,00 de Nina Albuquerque. O cheque preenchido já está com o banqueiro Arthur Gancho e será entregue ao vencedor apenas quando retornarem de viagem.

Cláusula Quinta: Caso Nina seja a vencedora, a humilhação pública de Lex será o seu pagamento.

Sem mais, as assinaturas reconhecidas em cartório tornam o contrato válido."

— Juro por Deus, ainda não acredito que isso esteja acontecendo. — Nathi finaliza a leitura, tirando os óculos.

— Isso vai ser tão divertido! — Laís bate palminhas afetadas. — Entre no clima, sua chata! — Ela bate no braço de Nathi, que mantém a expressão fechada e preocupada.

— Vencerei essa aposta, Nathi. Então, qual é o problema? — Nina coloca o computador para dormir e gira a cadeira para encarar as amigas.

— O Lex é um tipo irresistível, Nina. Acha mesmo que será fácil? Ele vai usar todas as armas de sedução que conhece, que não são poucas. — Nathi balança a cabeça, certa de que a amiga está em apuros.

— Acha mesmo que eu posso me apaixonar pelo Lex? Enlouqueceu? — Nina se altera.

— Acho, sim. Esse é um jogo perigoso e você está brincando com fogo. — Nathi dispara.

— Pare com isso, Nathi. Aposto todas as minhas fichas na Nina. E, sinceramente, acho que essa será uma viagem hilária. — Laís solta uma sonora gargalhada.

— Depois não diga que não avisei, tá legal? — Nathália se levanta, guardando o contrato dentro de uma pasta transparente.

— Não vai acontecer, eu juro. Depois do que passei com aquele cachorro do Bruno, estou imune. — Nina entrelaça as mãos atrás da cabeça.

— Será mesmo? — A dúvida de Nathi reverbera no ar.

Quatorze

O quartel-general de Lex

Estamos no quartel-general de Lex, aquele mesmo quarto zoado com cheiro de incenso e garotos. Hoje Lex acendeu um bastão de pimenta e Gancho não para de espirrar.

As duas janelas estão escancaradas e uma brisa fria sopra as cortinas, derrubando o contrato no chão laminado.

Gancho está fuçando nas prateleiras feitas com *shapes* de skate. Notaram alguma semelhança com o quarto de Nina? Sinistro. Eu poderia dizer que se trata de uma mera coincidência, mas não me parece correto, até porque não acredito em acaso. Algo me diz que esses dois combinam mais do que podem imaginar.

Lex se abaixa e recolhe o contrato, colocando-o sobre a bancada. Um peso de papel, no formato de guitarra, não deixa o papel sair voando novamente.

— O que está procurando? — Lex pergunta, jogando-se na cama e pegando o violão que está ao lado. Começa a dedilhar um som do Deep Purple.

— Aquela sua caixa de alfinetes. — Gancho faz uma pausa. — Ah, aqui está.

— Para que você quer isso?

Gancho não responde. Caminha até o quadro de cortiça de Lex, com vários *post-its* colados. Arranca todos e deixa a cortiça nua. Em seguida, saca algo do bolso e alfineta no quadro. Quando se afasta, Lex dá um pulo na cama.

— Onde conseguiu essa foto?

— O Bola me arrumou. — Gancho pega uma cartela de adesivos sobre a bancada, descola um alvo e fixa-o sobre o peito de Nina, na altura do coração. — Precisamos descobrir tudo o que pudermos sobre ela. Esse é o único caminho para o coração da gata.

Gancho se afasta alguns centímetros, tombando a cabeça de lado. Deixa um sorriso escapar ao analisar a foto. Foi tirada pelo celular do Bola, no Halloween. Na imagem, Nina empurra Hulk sobre um balde de bebida. O cara, com quase dois metros de altura, da largura de uma jamanta, está congelado no ar, prestes a cair sobre pedras de gelo. A expressão da garota é o retrato da irritação desmedida. Ao se lembrar da cena em detalhes, um arrepio sobe pelas costas de Gancho e ele se vira para encarar Lex, com cara de pânico.

— Certo, essa é uma missão impossível.

— Agora que você sacou isso? — Lex joga as mãos para o ar. — É tudo culpa sua, só para constar. — Ele aponta o indicador na direção de Gancho.

— *Man*, eu não queria estar na sua pele — Gancho provoca.

— Vá se ferrar! Você me colocou nessa enrascada e vai me tirar dela, Cabeçudo.

— Precisamos arrancar da Nathi e da Laís qualquer coisa sobre a Nina. Eu já vasculhei a internet e a garota não está em nenhuma rede social, nem no Facebook. Nunca vi uma garota que não está no Face.

— Estamos falando de Nina Albuquerque, Gancho. Ela não é uma garota, é o diabo encarnado.

— É, pode crer. — Gancho observa as estrelas piscantes do lado de fora da janela. Bem que uma ideia poderia cair do céu neste exato momento. — A Nathi e a Laís nunca contarão nada sobre a Nina para nós.

— Cara, você é tão esperto para umas coisas e tão burro para outras.

— Do que está falando? — Gancho eleva o tom de voz.

— A Nathi está caidinha por você, seu otário. — Lex desliza para fora da cama e bate com a mão espalmada na testa de Gancho. — Só você ainda não percebeu isso.

— Como é? — Gancho engasga, soltando um espirro quando Lex acende outro incenso. — Porra, apaga isso!

— Esse é de camomila, para acalmar. — Lex joga o isqueiro sobre a bancada, displicentemente. — O fato é que a Nathi está apaixonada por você e acho que ela contará tudo o que queremos saber se você largar de ser um trouxa, obviamente.

— Tem certeza disso? *Man*, como eu não percebi antes?

— É como eu disse: você é um otário.

Quinze

O quartel-general de Bárbara

As Kibis estão reunidas no quarto de Bárbara, a Kibi-mor.

Confesso, esse é um ambiente que eu não imaginaria nem em mil anos. O quarto é cor-de-rosa, daqueles enjoativos e extremamente chatos. Barbies de colecionador estão em pé sobre pedestais na prateleira mais alta, que, por uma escolha infeliz na cartela de cores, é de um *pink* berrante.

Eu diria que esse é um reduto de princesas mimadas, daquelas que se acham as mais belas entre as mortais. O dossel balança quando Bárbara se deita na cama, abraçando uma almofada em formato de coração. A mala rosa chiclete está aberta ao seu lado.

— Acho que está fazendo besteira, Babi. E se o Lex acabar se apaixonando pela Nina? — Suzana levanta a questão.

— Qual é! — Bárbara dá uma gargalhada gutural. — Isso é impossível!

— Hum, não sei, não. — Ana Paula abre o saco de minicenouras, puxa uma para fora e começa a roê-la.

— Fiquem tranquilas, sei o que estou fazendo. — Bárbara apanha algo na mala. É uma câmera digital profissional, com o *zoom* óptico mais potente do mercado. Alisa a máquina com um olhar sombrio.

— Não vai nos contar qual é o plano? — Suzana está curiosíssima.

Essas três amigas são daquelas que se vestem da mesma forma, usam o mesmo corte de cabelo e já planejam a lipoaspiração e o silicone assim que completarem dezoito anos.

Das três, Ana Paula é a única que não nasceu com a genética boa e, com qualquer alface a mais, costuma engordar. Por isso, mantém uma dieta rígida, à base de frutas, verduras e legumes. De vez em quando, escondida de todos, come uma caixa de chocolates sozinha.

Sempre que sofre de ataques de compulsão, Ana coloca tudo para fora minutos depois. Ninguém sabe sobre isso, e ela não contará nem sob tortura. Seus cabelos ao natural são castanhos, mas nem mesmo ela se lembra da cor natural. Hoje estão tão loiros quanto os de Bárbara e Suzana. Para que o contraste não seja gritante, costuma descolorir as sobrancelhas também.

Suzana é a única loira natural entre as três. Ainda assim, costuma ir ao salão a cada quinze dias para retocar as mechas mais claras. Não é alta, mas também não é baixa. O corpo é esguio e, apesar de não ter facilidade para ganhar peso, prefere se abster de comer. Coisa estranha.

Já Bárbara tem um corpo fenomenal. As curvas são bem desenhadas e não sustentam nem um furo de celulite sequer. Malha duas horas por dia, sete dias na semana. Para ela, imagem é tudo.

Entretanto, Bárbara não é o que chamaríamos de mulher bonita. É um mulherão construído à base de suor, truques de maquiagem e plásticas faciais. Sabe aquela figura que se destaca no meio da multidão? Aquela para quem os pedreiros assobiam e por quem os motoqueiros quase se matam no trânsito? Essa é Bárbara, a Kibi-mor.

— O plano é fotografar a vadia em cenas *calientes* protagonizadas com Lex Heinrich. — Bárbara sorri altiva, certa da vitória. — Darei o troco à altura, tenham certeza disso.

— Como pensa em conseguir algo assim? — Ana pega só mais uma cenoura. Qualquer coisa, ela sempre pode vomitar.

— Teremos sete dias para isso na ilha e o Lex está disposto a ajudar. — Bárbara alisa a câmera como se fosse um bichinho de estimação.

— Isso é demais até para o Lex. — Suzana encara Bárbara, com um tom preocupado. — Acha mesmo que ele levará isso adiante?

— Dará certo, vocês vão ver. — Bárbara se levanta e inicia a arrumação do imenso *nécessaire*.

— Algo me diz que você nunca vai parar de chantagear o Lex, estou enganada? — Ana fecha o pacote de minicenouras e o joga para Suzana. — Mantenha essas cenouras longe de mim!

Com um sorriso maligno, Bárbara gira no salto alto e encara as amigas. Seus olhos castanhos se estreitam de forma assustadora:

— Esse vídeo do Lex surgiu no momento perfeito. Nós nos vingaremos da vagaba da Nina e, de quebra, conseguirei meu namorado de volta.

Dezesseis

Um dia para a viagem de formatura

Nina está de malas prontas.

Ajeita a bainha de tule do vestido preto e calça as sapatilhas coloridas com *strass*. Nathália e Laís aguardam no andar de baixo, na companhia de Doc e sua turma barulhenta.

A galera toda irá à inauguração do Aquarium, uma boate na Vila Olímpia, em que um dos sócios é amigo de Doc. Os convites para a ala *VIP* foram disputados a tapa, e o irmão de Nina conseguiu dez deles, na faixa.

A garota borrifa perfume nos pulsos e também atrás das orelhas. Dá uma última olhada no espelho antes de descer para encontrar as amigas.

Os pais de Nina foram ao cinema e a turma de Doc está espalhada pelos sofás e sobre a bancada de mármore travertino da cozinha. Várias latas de cerveja se empilham na pia e sacos de amendoim e batatas fritas estão abertos sobre as mesinhas de apoio.

Laís e Doc conversam num canto, próximos demais. Nina os encara com curiosidade. Já tinha percebido um clima, mas não faz ideia do que esteja rolando entre esses dois.

— Pronta? — Nathi dá um pulinho ao ver Nina. — Uau, Nina, esse vestido é um arraso!

— O seu também. — Nathália está usando um vestido azul de alça única, na altura dos joelhos, de um tecido bem estruturado. O rabo de cavalo foi feito bem alto e algumas mechas castanhas escapam, emoldurando seu rosto cheio de sardinhas fofas.

— Todo mundo por aqui? Podemos ir? — Doc recolhe os sacos de salgadinhos espalhados.

Nina observa Laís, que permanece recostada na parede, no outro canto da sala. A amiga está deslumbrante num vestido estilo indiano, com a cintura marcada por um cinto de camurça. Um imenso colar prateado pende de seu pescoço e, nos pés, chinelos com miçangas pretas. O cabelo avermelhado, bem batido na nuca, sustenta duas presilhas laterais que prendem a franja. Nina nota que Laís está usando o bracelete de níquel envelhecido que compraram juntas, na feira de antiguidades da Praça Benedito Calixto, em Pinheiros.

— É impressão minha ou a Laís e o Doc estão...? — Nina se vira para Nathi e não termina a frase.

— É, eu também percebi um clima. — Nathália balança a cabeça em concordância.

— Hum. Acha que devemos perguntar?

— Deixe ela nos contar. — Nathi tira um fio de cabelo do vestido de Nina. — Não ficaria chateada?

— Por que eu ficaria chateada? — Nina franze o cenho, confusa.

— Sei lá, é seu irmão e sua amiga. — Nathi dá de ombros. — Não que isso seja grande coisa, não é traição nem nada.

— Eu acharia muito legal, de verdade.

* * *

O quarteirão do Aquarium está tomado por carros de todas as marcas e modelos. Com isso, é óbvio que o trânsito está um caos. Uma imensa fila se forma do lado de fora da boate e a maioria das pessoas não faz nem ideia de que, sem um convite, nada feito.

As três amigas caminham juntas, de braços dados, vencendo os dois quarteirões que separam o único estacionamento com vagas da entrada do Aquarium. Laís não toca no assunto Doc. Nina e Nathi fingem não ter visto nada.

Doc e sua turma vêm logo atrás e, como todo bando de garotos, começam a se bater e empurrar a caminho da danceteria. Nesse ínterim, uma Pajero recheada de meninas surtadas para ao lado dos garotos. Doc dá trela e Laís fecha a cara no mesmo instante. Nina sente as unhas da amiga fincarem em seu braço com força.

— Ei, não precisa arrancar a minha pele. — Nina estremece e Laís se sobressalta.

— O quê?

— O que está rolando entre você e meu irmão? — Droga, Nina tinha prometido a si mesma não perguntar.

— Nada. — Laís olha de esguelha para trás. Seus olhos azuis ficam opacos quando veem Doc e sua turma se derretendo para cima das meninas da Pajero.

— Por sua causa ou por causa dele? — Nathi se mete no assunto.

— Não está rolando nada; é sério. — Laís suspira tristemente.

— Se um dia rolar, saiba que dou todo o apoio. — Nina sente o aperto de Laís afrouxar de seu braço.

— Obrigada, Nina. Mas é como eu disse: Não está rolando nada.

Finalmente chegam à entrada da boate e Doc e os caras se livram das garotas oferecidas, para o alívio de Laís. Pepino saca os convites do bolso e entrega ao segurança. O engravatado confere a autenticidade dos bilhetes e libera a entrada, carimbando os pulsos com uma tinta néon.

O Aquarium, como o próprio nome diz, é um imenso aquário, repleto de plantas aquáticas e animais marinhos diversificados. A danceteria é circular e cercada por paredes de vidro curvas, que tomam toda a extensão do lugar.

Nina fica boquiaberta quando vê uma imensa arraia flutuando sobre sua cabeça; ainda não tinha percebido que o aquário também se estende por todo o teto da boate.

As garotas seguem Doc por um corredor largo, no ponto mais alto do Aquarium. É o único acesso para a ala *VIP* que não está congestionado. A outra opção seria pelo meio da pista de dança que, no momento, está abarrotada de cabeças saltitantes.

A música *techno* rola solta em meio aos efeitos especiais que vêm de todos os cantos imagináveis. Uma névoa colorida sobe pelo chão, envolvendo as pessoas até a cintura.

A ala *VIP* está bem mais tranquila, com seus sofás imensos, mesas largas, um bar privativo e garçons circulando com bandejas repletas de bebidas coloridas. Nina aproxima-se do parapeito de aço e dá uma sacada no lugar. O Aquarium é simplesmente fenomenal.

— Animada para a viagem de formatura? — Doc precisa falar alto para se fazer ouvir.

— Acho que vai ser legal — Nina responde, ao pé do ouvido do irmão.

— Está finalmente deixando a adolescência para trás, Nina. É agora que a ralação começa e a vida adulta vai massacrar você de todas as formas.

— Ah, obrigada pelo incentivo! — Nina dá um tapa no ombro de Doc.

— Já sabe o que fazer caso algum engraçadinho resolva se meter a besta nessa viagem? — Doc pergunta, vincando a testa.

— Joelhada nas bolas, soco no nariz e… o que mais mesmo?

— Acerte no pomo de adão.

— O.k., fique tranquilo; ninguém vai se meter a besta comigo.

— Ei, Nina, vamos para a pista? — Nathália chama. Nina percebe que Doc e Laís trocam olhares demorados e uma urgência em ajudar inflama a garota.

— Vamos, Doc? — Nina convida, deixando a bolsa sobre um dos sofás.

— Vamos para a pista, galeraaaaa?! — Doc grita e Nina revira os olhos, tapando os ouvidos.

* * *

Chegar à pista é uma maratona suada, apertada e acotovelante. Com alguns empurrões, os amigos de Doc conseguem abrir espaço para dançar.

O olhar de Nina é atraído para cima a todo o momento, o colorido do aquário sobre sua cabeça é inebriante.

Gente bonita e suada pula ao som do DJ. Nina corre os olhos pela pista, observando rostos descontraídos e maquiagens escorrendo. Não é do tipo que curte baladas como essa, mas adora uma novidade. Ela não perderia essa inauguração por nada.

Quatro músicas depois e a garganta está queimando, ressequida. Voltar à ala *VIP* está fora de cogitação. O bar mais próximo fica a uns seis metros de onde estão. Nina grita nos ouvidos de Nathália e Laís, doida por qualquer coisa líquida. As amigas concordam, seguindo na frente.

— Aonde vão? — Doc pergunta.

— Pegar água. Quer? — Ela oferece por sobre o ombro.

— Não, valeu. Já sabe, hein?! Pomo de adão — Doc recomenda.

— Pode deixar. — Nina ri e segue para o bar.

Passar entre pessoas pulantes e bêbadas não é tarefa das mais fáceis. Nina desvia, tira o pé do caminho, é empurrada e empurra também. O lugar está claustrofóbico e sua boca está tão seca que nem a língua é capaz de umedecer os lábios.

Uma mão toca em seu ombro e a puxa para trás.

— Ei, pensei que sereias não existissem. — Um garoto sardento e até bem bonitinho exclama. Mas a cantada é tão *démodé* que Nina dispara a rir.

— Sereias costumam afogar caras como você, sabia? — ela rebate.

— Faria isso comigo, sereia? Qual é o seu nome, hein?

— Se eu disser o meu nome, terei que te matar. — Nina tenta se desvencilhar, mas o garoto sardento aperta seu braço com força. — Será que dá para me soltar?

— Pague o pedágio que eu solto. É só um beijo, você vai gostar.

Quando o garoto sardento se aproxima perigosamente, uma mão forte surge em cena, agarrando Nina pela cintura.

O.k., congelemos o momento para uma análise mais profunda.

São Paulo é uma cidade gigantesca e as chances de encontrar alguém conhecido numa balada são nulas, correto? Engano seu. Apesar de Sampa ser uma megalópole, as baladas são sempre as mesmas, divididas em bairros, classes sociais e estilos. As chances de encontrar alguém conhecido numa inauguração desse porte são imensas. Nem vou entrar nos méritos do destino em ação, porque sei lá, tem isso também.

Descongelemos o momento em 3, 2, 1…

— Dá o fora, mané! — Lex empurra o sardento.

— Você não me disse que estava acompanhada, sereia. — O garoto fecha a cara e solta Nina.

— E não estou! — O tom dela é agressivo, metralha Lex com um olhar irado.

— Nesse caso, dê o fora você, manezão! — O sardento vira homem, pega o braço de Nina e a puxa para si.

O sangue de Lex sobe nas alturas e ele empurra novamente o sardento, com mais força dessa vez. Nina nota que Gancho se aproxima. O sardento quer briga e Lex parece querer também. Ela está entre eles e resolve apaziguar os ânimos.

— Pare com isso, Lex! — Nina precisa gritar ao pé do ouvido do garoto, o que se mostra uma péssima ideia. O aroma delé é uma mistura de mistério e sedução que faz suas pernas bambearem.

— Dê o fora, eu já falei! — Lex fecha o punho no colarinho do sardento.

— Ei, ei, ei! — Gancho finalmente chega. — Vamos deixar disso, beleza? — Gancho é da turma do "deixa disso", mas, quando provocado, é da turma do "vamos matar todo mundo". — Leve a Nina daqui, Lex!

— Não vou com você a lugar nenhum! — Nina tenta se livrar de Lex, mas o garoto é mais forte. E, da forma como ele a está abraçando no momento, nem joelhada, nem soco, nem pomo de adão surtirão efeito.

Nina procura as amigas no meio da muvuca e as encontra. O bar fica um nível acima e ambas estão acompanhando o que está acontecendo na pista de dança, atônitas. Laís levanta as duas mãos para o teto, não entendendo nadinha do que está rolando.

— Ande logo, sem reclamar. — Lex passa Nina à frente, prendendo-a como se fosse um escudo protetor, obrigando-a a andar em direção ao bar.

— Me solte, Lex!

— Quietinha, Nina, ou não ganha sorvete — Lex sussurra em seus ouvidos e ela sente o hálito de Mentos de frutas do garoto. Mentos de frutas é golpe baixo.

— Isso não vai ficar assim!

— Já disse, fique quietinha.

— Me larga! — ela grita e cerra os punhos.

— Pronto, sã e salva. — Lex finalmente afrouxa e Nina gira sobre as sapatilhas, pronta para socá-lo. Mas algo a detém. Os olhos dele, tão dourados quanto o sol. Tão brilhantes como lavas de um vulcão em erupção.

— Eu sei me defender sozinha! — ela exclama, inflamada de ódio.

— Eu vi — Lex debocha.

— E aí, galera! — Gancho chega num pulo e passa o braço sobre os ombros de Lex.

— Deu um jeito no sardento? — ele pergunta, sem desviar os olhos de Nina.

— O cara vai ficar sussa — Gancho elucida, soprando a franja para cima.

— Oi, Gancho. — Se Nathi fosse uma geleira, já estaria derretida no chão.

— Oi, Nathi; oi, Laís — Gancho cumprimenta.

— Pegaram água? — Nina sustenta o olhar de Lex com sua famosa expressão "vou matar você" impressa no rosto.

— Pegamos — Laís responde. — Vamos voltar para a pista?

— Fique longe de mim, Lex, estou falando sério. — Quando Nina tromba no ombro dele ao abrir passagem, o garoto sussurra em seu ouvido:

— Alguém já disse que você fica linda de preto?

Nina não se dá ao trabalho de responder. Range os dentes e continua a caminhar, sem olhar para trás.

Dezessete

O jogo começa no Aquarium

As amigas estão dançando lado a lado, embaladas pelo ritmo frenético da batida eletrônica. O olhar de Nina se perde lá no teto, acompanhando um peixinho amarelo se esgueirar entre as folhagens. Como ele é fofinho!

— O que aconteceu lá atrás? — Nathi pergunta, aos gritos.

— Um babaca queria me beijar — Nina grita em resposta, sem tirar os olhos do peixinho.

— E o Lex chegou para salvar você? — a amiga surta.

— Menos, Nathi. Menos. — Nina revira os olhos, balançando a cabeça e voltando a atenção para o peixe, que agora xereta uma pedra lodosa.

Gancho chega sem aviso, tomando uma das mãos de Nathália, puxando-a para dançar com ele. Só então Nina percebe que do seu lado direito Doc e Laís estão dançando juntos, tão colados que ela não sabe precisar onde começa um e termina o outro.

— Oi, Nina. — Lex chega por trás. O sussurro aos seus ouvidos é quente e deixa rastros, arrepiando-a.

— Tchau, Lex — Nina dispara, sem parar de dançar e sem olhar para trás.

— Como *tchau*? Acabei de chegar. — Lex acompanha Nina com o corpo, para lá e para cá, tomando o cuidado de não tocá-la. Ela prende a respiração por alguns segundos antes de dar o aviso:

— Não se aproxime mais ou vou soltar o *pit bull* do meu irmão em cima de você.

— Quem é o seu irmão?

— Bem ali — ela aponta na direção de Doc e Laís.

— Hum, acho que seu irmão está ocupado demais. — O nariz de Lex toca o pescoço de Nina, inalando-a profundamente. — Cara, que perfume está usando?

— Lex, se manda. — Nina volta seu olhar para o aquário sob o teto. E o que acaba de ver é o peixinho amarelinho fofinho sendo devorado por um peixe com o quíntuplo do tamanho. A natureza pode ser muito cruel.

— Me diga o nome do perfume e eu me mando. — Lex, ainda às costas de Nina, encosta os lábios nos cabelos dela, prendendo-a pela cintura.

Nina bufa, irritada. Sofrendo pelo peixe amarelo, gira nos calcanhares para encarar Lex. Aquele sorriso debochado está firme em seus lábios rosados e bem desenhados.

— Tire as patas de mim; a aposta só começa amanhã. — Ela cerra os punhos e soca os braços de Lex. Ele a solta, mas não recua.

— Só quero saber o nome do perfume. — Ele tomba a cabeça de lado, exalando seu charme característico.

— Hypnose. Está satisfeito? — Os braços de Nina tombam ao lado do corpo, vencidos. Ser uma muralha o tempo inteiro cansa, é muita energia despendida.

O risinho debochado de Lex dá lugar a um sorriso lateral, desses em que apenas um dos cantos do lábio se ergue. Aproxima-se, vagarosamente, seus olhos dentro dos de Nina, os narizes quase se tocando.

A garota não se move, não ainda.

Lex mira aquela boca volumosa e, por um momento, Nina sente vontade de fechar os olhos, as pálpebras custam a obedecer ao simples comando para permanecerem abertas.

A barba por fazer de Lex pinica a pele levemente e seus lábios roçam a orelha direita dela. Nina estremece com a aproximação, mas não age impulsivamente. Aguarda.

Sente o calor de Lex envolvendo-a, inala seu inebriante perfume, seus corpos próximos demais. Ele a inspira novamente e deixa um gemido escapar da garganta. Num sussurro melodioso, quente e destemido, Lex anuncia:

— Conseguiu o seu intento, Nina. Estou completamente hipnotizado por você.

Punhos cerrados.

Sangue fervendo.

Dentes trincados.

Respiração alterada.

Uma joelhada nas bolas.

E, com passos para lá de decididos, Nina caminha de volta para a ala *VIP*.

Dezoito

No avião

Depois da cena deprimente em que Nina acerta Lex entre as pernas, de novo, os dois não voltaram a se cruzar fisicamente no Aquarium.

Ela o observou a distância e trocaram olhares durante a noite. Mas algo estranho aconteceu quando Nina, dependurada no parapeito da ala *VIP*, viu duas garotas se aproximarem de Lex. Ele estava sozinho no bar.

Gancho e Nathi ainda dançavam no meio da pista. Laís e Doc estavam em um canto, agarrando-se no maior dos amassos. Ela jurou ter visto a língua de seu irmão, mesmo daquela distância. Eca! Mil vezes eca!

Mas o lance é que Nina, ao se deparar com a cena em que Lex e as duas garotas engataram uma conversa animada, fincou os dentes no lábio, agarrando-se fortemente ao aço gelado que a separava da pista lá embaixo. O que estava acontecendo com ela, afinal?

Foi então que dois garotos da turma de Lex chegaram e Nina sentiu um estranho alívio. Por que ela se importava? Por que seu coração batia de forma descompassada?

Nina fingia estar olhando para outro lugar, mas definitivamente ela não estava. De esguelha, a garota acompanhava todos os movimentos de Lex enquanto o tempo se arrastava, cansado de correr.

Em determinado momento da noite, Lex a mirou, descaradamente. Deu um sorriso aberto e sacou algo do bolso da calça. Era um celular.

Segundos depois, o iPhone de Nina que estava sobre a bolsa vibrou, saltitante. Ela o pescou, deslizando o indicador sobre a tela. Uma mensagem de texto havia acabado de chegar. Quando a abriu, precisou segurar o riso. Uma carinha feliz piscava um dos olhos para ela, incansavelmente. Nathi tinha a toda razão sobre Lex: o cara é um sedutor de primeira.

* * *

O aeroporto de Congonhas já não comporta, faz muito tempo, o fluxo de pessoas que passam por ele. O *check-in* está lotado e os estudantes fazem fila para despachar suas bagagens.

Nina, Laís e Nathália despedem-se dos pais, ouvem sermões e pedidos incessantes para que tomem cuidado com tudo e com todos. Quem vive em cidade grande costuma temer a própria sombra. E, no caso de Nina, as preocupações dos pais não são nada infundadas.

As garotas prometem mundos e fundos. Laís procura, por sobre os ombros de Nina, algum sinal de Doc. Mas ele não está ali, não veio se despedir.

— O Doc estava dormindo quando saímos — Nina esclarece.

— Tudo bem. — Laís morde o lábio, entristecida. — Não pensei mesmo que ele fosse aparecer.

— Meu irmão é um cara legal, Laís. Se vocês engatarem algo sério, juro que ele será fiel até o fim.

— Bem, foram só uns beijos, nada de mais. — Laís tenta se convencer disso, mas o fato é que a garota está de quatro.

— Não sofra por antecipação. — Nina conforta a amiga.

— Olha quem fala!

— Faça o que eu digo, mas não faça o que eu faço. O ditado é válido. — Nina passa o braço sobre os ombros de Laís e as duas se juntam a Nathália.

* * *

Trinta e quatro estudantes e dois professores acabam de completar o *check-in*. O diretor está atento a tudo, enquanto responde à mesma pergunta feita por quinze pais diferentes desde que chegou ao aeroporto.

Quando termina de atender todos, volta seu olhar para o encrenqueiro Fabiano, o Bola. O garoto é mestre em armar confusões nos locais mais inusitados. Os professores já estão avisados e o diretor nem imagina do que ele será capaz em um local isolado como a Ilha Inamorata. Se eu fosse esse diretor, teria dado uma de alfândega, revistando a bagagem do garoto com cachorros, detectores de explosivos e tudo o mais.

Enfim, o diretor não pensou nisso. Pior para ele.

Nina caminha, de braços dados com os pais, até as portas que a levarão ao embarque doméstico de Congonhas. Mais beijos e abraços e, quando ela finalmente cruza o portal, a liberdade é uma promessa convidativa. Essa é a primeira vez que ela viaja sem os pais ou o irmão mais velho.

No colégio em que estudava, viagens assim foram proibidas quando um garoto explodiu o banheiro de um hotel. Nem posso dizer isso em voz alta, para não dar ideias ao Bola.

Uma voz metálica surge dos alto-falantes, anunciando que o embarque do voo de número 711 terá início imediato. Trinta e quatro estudantes sorriem. Dois professores tremem nas bases.

* * *

O avião já está no ar há uma hora e meia. Nina joga Mário no Nintendo 3DS. Laís quebra a cabeça com o *sudoku* no celular. Nathália lê um livro de novecentas e doze páginas, avançando rapidamente na história.

Aviões são tão claustrofóbicos como latas de sardinha, e o humor de Nina começa a oscilar. Não suporta ficar parada, é como se formigas mordessem a sua bunda. Desliga o *video game* e se levanta, doida para esticar o corpo todo. As amigas nem percebem de tão entretidas que estão em seus afazeres.

— Se você se apaixonar por mim, saiba que não poderei lhe dar filhos. — Lex tem essa irritante mania de chegar por trás, sussurrando no cangote.

Nina gira nos calcanhares e seus olhos esverdeados se encontram com os raios solares de Lex. A garota sente um desconforto no estômago, e não é enjoo.

— Não bati tão forte assim. — Ela franze os lábios, levando as mãos à cintura.

— Você não faz ideia da força que tem.

— Se é assim, por que ainda está parado aí na minha frente? — Nina estufa o peito e lança seu melhor olhar fuzilante.

— Ops! Já estou indo. — Lex cruza as mãos à frente do corpo, como jogadores de futebol fazem ao montar uma barreira.

Nina não vê, mas eu vejo. Alguns bancos atrás, Bárbara imagina-se com uma granada em mãos, prestes a tirar o pino e jogar a bomba em direção à garota. A Kibi-mor rosna baixo quando Lex passa por ela, sustentando um sorriso debochado nos lábios. As palavras de Suzana ecoam em sua mente: "E se o Lex acabar se apaixonando pela Nina?" Não, isso não pode acontecer. Não vai acontecer!

A caneta que Bárbara segura com as duas mãos se quebra ao meio, espalhando tinta entre os dedos. Joga as duas metades no chão, desistindo de completar o teste amoroso da revista de fofocas. Suzana e Ana Paula se entreolham, assustadas. Vem chumbo grosso por aí.

Dezenove

No ônibus

Duas horas depois do desembarque, finalmente o ônibus está pronto para deixar o aeroporto a caminho da balsa. Nathi e Laís sentaram-se juntas e, quando Nina ameaçou sentar-se com Camila, Lex a empurrou para o banco de trás.

Ele praticamente a jogou em direção à janela, fechando a passagem. Para sair dali, Nina teria de pular por cima dele, o que estava fora de cogitação. Até pensou em gritar, mas os professores já estavam irritados demais com a zona, não seria prudente.

— Você me paga, Lex — Nina murmura, num rosnado selvagem.

— Relaxe e curta a paisagem. — Lex entrelaça os dedos atrás da cabeça, o sorrisinho debochado já se desenhando naquele rosto de traços perfeitos e perigosos.

Ela bufa e cruza os braços, deitando a cabeça no vidro. Lex se esparrama ao lado, invadindo o seu espaço. Nina aperta a mandíbula com força e tenta se afastar. Impossível. A perna do garoto roça na sua de forma irritante.

Nina então cruza as pernas, colando-as na lateral do ônibus. Escuta a risadinha abafada de Lex e tem muita vontade de pular no pescoço do cara e asfixiá-lo.

— A aposta ainda não está valendo, seu babaca — Nina insulta, furiosa.

— Eu sei. — Lex fecha os olhos e a inspira, como fez na boate. — Você me hipnotizou, agora aguente.

Nina sente um ardor subir pelas costas, mas não tem nada a ver com calor. O ar-condicionado está bem acima de sua cabeça, lançando jatos gelados em sua direção. Lex se remexe, espalhando-se ainda mais. Está tentando provocá-la, mas ela não cairá no jogo.

Gancho se aproxima, com um violão em mãos. O ônibus dá uma sacudidela e o garoto precisa se segurar para não cair.

— Ei, Lex, meu camarada, toque algo para nós. Ainda temos uma hora dentro deste busão.

— Manda aí. — Lex estende a mão e Gancho lhe passa o violão.

— Toque algo para agitar essa galera. O que querem ouvir? — Gancho pergunta, aos gritos.

— *Heavy metal!* — alguém dos fundos responde.

— Num violão? Tá chapado? — Gancho revira os olhos.

— *Classic rock!*

— Aí já começa a melhorar — Gancho concorda, num meneio de cabeça.

— Pagode!

Nem preciso dizer que quem grita essa barbaridade é o Bola, preciso? Gancho nem tem o trabalho de responder. Vários papéis amassados voam pelos ares, acertando o gordinho encrenqueiro.

Nina não tira os olhos da estrada. Árvores passam, lagos passam, carros passam, o asfalto corre para lugar nenhum. De rabo de olho ela nota que Lex a encara, insistentemente.

— O que foi? — ela metralha.

— O que quer ouvir? — Lex está afinando as cordas do violão.

— Quero ouvir você dizer que vai desistir da aposta.

— Hum… peça algo possível, Nina. — Ele faz uma pausa. — Qual sua banda preferida?

— Não interessa.

— Quero tocar algo para você. — Lex tomba a cabeça de lado, falando de forma mansa, só para irritá-la ainda mais. — Peça uma música, qualquer uma.

— Não quero ouvir você cantar — ela rosna, entredentes.

— Vai, Nina, qual é sua banda preferida? Você deve ter uma.

Nathália, incrivelmente irritada com o bate-boca entre Nina e Lex, tira os olhos do livro e grita, sem olhar para trás:

— Creedence! A Nina curte Creedence, pô! Agora será que dá para vocês dois calarem a boca?

— Valeu, Nathi! — Lex comemora. — Creedence Clearwater Revival. Quem diria, não? Você tem bom gosto.

— Seu tosco. — Nina gira a cabeça com raiva, seus cabelos acertando o rosto de Lex.

— Anda logo com isso, Lex, ou a galera vai destruir o busão antes de chegarmos à balsa. — A emergência no tom de voz de Gancho faz o garoto se levantar. Apesar dos gritos insistentes dos professores, Bola continua a ser atacado por uma enxurrada de papéis amassados e chicletes mastigados.

Lex coloca os pés no banco e se senta no braço da poltrona, um tanto torto. Ajeita o violão da melhor maneira, testando o som.

— O.k., pessoas, essa música eu dedico a Nina, a garota selvagem. — Quando Lex profere essas palavras, a galera vai ao delírio e o ônibus sacode ameaçadoramente. Os professores voltam a gritar e a turma se cala, mas não por causa dos gritos professorais, mas sim pelos acordes de Lex.

Nina engole lavas no lugar da saliva. Sente uma vontade imensa de pegar o violão das mãos dele e quebrá-lo em sua linda cabeça de cabelos cacheados. Antes que possa dar cabo de seu desejo inflamado, a voz de Lex invade seus ouvidos, fazendo com que seu coração pare por um instante.

Meu Deus, a voz do cara é perfeita!

Rouca, grave, sublime. Se Nina não soubesse que era Lex quem cantava "Fortunate Son", poderia jurar estar ouvindo o próprio John Fogerty. Ela não consegue se conter e olha para o cara.

Os dedos do garoto deslizam pelas cordas, tão suaves, envolvendo os fios como se estivessem acariciando o instrumento. Lex parece estar possuído por uma força mágica, mística, invisível. Se Nina pudesse ver auras, estaria vendo a de Lex se expandir nesse exato momento. Tão à vontade, inteiro, divino.

A forma como ele joga os cabelos encaracolados para trás, a maneira como segura o violão, o jeito com que mexe os lábios...

Lex empolga a galera e quem conhece a letra canta com ele, as vozes se fundindo numa só.

Os olhos de Nina não querem se desviar da cena, as pálpebras não estão a fim nem de piscar. Os ouvidos querem escutar mais e mais e mais. Completamente hipnotizada, é o que ela está.

"Que droga", pensa Nina. Vencer essa aposta será mais difícil do que ela imaginava.

* * *

Boa parte da turma já desceu do ônibus a caminho da balsa. Nathália e Laís pegam as malas de mão no bagageiro acima da cabeça delas. Nina tenta fazer o mesmo e, ainda que na ponta dos pés, não consegue alcançar a raqueteira lá no fundo. Quando faz menção de subir no banco, Lex a breca.

— Deixe que eu pego. — Com vários centímetros a mais, ele pesca a alça da bolsa facilmente.

— Eu posso me virar — ela rebate, visivelmente enfurecida pela ajuda.

— Largue de ser orgulhosa. — Ele puxa a raqueteira e comenta: — Hum, você joga tênis?

— Eu não jogo, eu humilho! — Nina, em sua arrogância típica, arranca a raqueteira das mãos de Lex.

— É sério? Bom, nesse caso, eu desafio você para uma partida de gente grande.

Quem ainda está dentro do ônibus não se contém ao ouvir o desafio. Gancho, após soprar a franja para cima, solta o famoso grito de guerra:

— Apostaaaaaa!

Se as pessoas pegassem fogo ao seu bel-prazer, o ônibus teria ido pelos ares nesse momento. Quem está do lado de fora, corre para dentro. Quem está dentro, não sairá nem a pau dali.

— Está me desafiando, Lex? Perdeu a noção? — Nina o encara, destemida.

— Você disse que humilha no tênis, então qual é o problema? — Lex escancara um sorriso debochado, sua marca registrada.

— Não sabe onde está se metendo. — Ela estreita o olhar. — Vou acabar com você.

— Aposto que não. — Lex cruza os braços e lança uma piscadela no ar.

— O que vão apostar? — Bola pergunta acima do murmurinho, limpando o resto de chocolate dos cantos da boca.

— É! O que vão apostar?

— Tem que ser algo quente!

— Aposta aí, Nina!

— Vai mesmo se arriscar? — Nina empina o nariz, numa superioridade intrépida.

— Adoro me arriscar — Lex revida, num tom sedutor daqueles abrasadores.

— Já que é assim, se eu vencer o jogo, você corta os pulsos, que tal? — Nina replica.

— Poxa, peça algo que não envolva a minha morte.

— O.k., deixe eu pensar… Hum, certo. Se eu ganhar, você será meu escravo por um dia inteirinho. O que acha disso? — Nina arranca gritos estimulantes da turma.

— Seu escravo? Um dia inteiro? — Lex finge pesar a aposta. — Muito bem, se você vencer, serei seu escravo, farei tudo o que mandar.

— Aêêêêêêêêêêêêêêêê! — A manifestação dos estudantes arranha os ouvidos.

— E se o Lex vencer? — Gancho fixa Nina com o olhar, por cima dos ombros do amigo.

— Ele pode pedir o que quiser, porque esse jogo eu já ganhei. — Nina mantém uma postura triunfante.

Antes de responder, Lex umedece os lábios, deixando a expectativa no ar. O cérebro do cara pensa rápido e seus lábios repuxam para os lados com a brilhante ideia. Talvez ele leve um soco. Ou um chute. Ou as duas coisas.

— Se eu vencer, você vai me beijar. De língua. Por um minuto. Contado no relógio.

Ahhhhhhhhhhhhhhhhhhh!

É isso o que todos gritam ao ouvir a proposta de Lex. Nathi e Laís se entreolham, perplexas. Gancho dá tapas no ombro do amigo, empolgadíssimo. Será que Nina aceitará?

— Como você é babaca — ela bufa e estende a mão. — Negócio fechado.

Vinte

Na balsa

É óbvio que o assunto em todas as panelinhas formadas na balsa é a nova aposta do momento. Lex e Nina se enfrentarão amanhã, num jogo de tênis de vida ou morte.

A garota está tranquila, certa da vitória. Nathi e Laís estão temerosas e cercam a amiga na proa, com os olhares arregalados.

— O que foi que você fez? Acha mesmo que pode vencer o Lex? — Nathi se enfeza com a frieza de Nina.

— Você cavou a sua sepultura. O Lex é campeão paulista de tênis. — Laís alisa a franja cor de fogo para trás, abalada com a calma da amiga.

— E daí? Sou campeã interestadual. — Nina dá de ombros, inclinando o corpo para a frente, apoiando os cotovelos no parapeito da embarcação. Seus cabelos castanhos voam com o vento, emaranhando-se.

— Tá, mas o Lex é homem. Ele é mais forte e mais rápido — Nathália pondera. — Caramba, Nina, essa aposta já está perdida.

— Ninguém é mais rápido do que a Nina na quadra — Laís parte em defesa da amiga. — Quanto a ser mais forte, nisso você tem razão, Nathi. Ainda mais o Lex, com aqueles músculos saltados.

— Tênis não é nem força nem velocidade. É estratégia. — Nina bate com o indicador na têmpora. — Vou vencer, fiquem tranquilas.

— Droga, Nina, e se você perder? Já pensou na humilhação? Essa galera não perdoa. — Nathi se recosta no parapeito, contrariada.

— Como não vou perder, nem pensarei nisso. E fim de papo.

* * *

Na popa da balsa, os garotos estão reunidos em um círculo bem fechado. Até a brisa foi proibida de entrar. Gancho toma a palavra, inclinando-se para a frente como se fosse contar um segredo:

— Galera, finalmente as apostas terão início. São quatro no total. — Ele puxa o celular do bolso e começa a leitura. — Nando *versus* Camila. — Nando faz sinal de positivo. — Edgard *versus* Suzana. — Edgard assente. — Hulk *versus* Ana Paula. — Hulk solta um rugido contido. — E a grande aposta do ano: Lex *versus* Nina.

Lex meneia a cabeça, negativamente.

— O que foi, *man*? — Gancho une as sobrancelhas.

— São cinco apostas no total, Cabeção.

— Ah, claro. O jogo de tênis. — Gancho bate com a mão espalmada na testa.

— Não é dessa aposta que o Lex está falando — Bola intervém.

— E de qual aposta ele está falando? — Gancho mira Lex, aguardando que o amigo se manifeste.

— Gancho *versus* Nathália! — Hulk elucida a questão.

— Vocês estão de sacanagem? — Gancho recua dois passos, cambaleante. — Eu não apostei nada!

— Mas nós apostamos. — Bola dá uma risadinha irônica, balançando a cabeça como um *rapper* em processo criativo. — E outra, a Nathi está gamadona em você. Essa aposta vai ser moleza.

— Bando de otários! — Gancho fecha a cara, irritado. — Não vale!

— Já era, Cabeçudo, a aposta está valendo.

* * *

Terra à vista!

Uau! Mil vezes uau. O folheto publicitário não fez jus a esse lugar. As três amigas estão boquiabertas, assim como todos os estudantes do Prisma. Lex prende o ar e Gancho tira o celular do bolso, fotografando todos os ângulos de visão.

Deixe-me acotovelar essa galera para me posicionar melhor.

Ah, agora, sim. Vamos começar com a descrição do mar: hoje as águas estão calmas, de um azul tão claro e cristalino que é possível ver os peixes e as tartarugas abrindo espaço para a embarcação passar.

De uma ponta a outra, a praia Inamorata deve ter em torno de dois quilômetros, ou seja, é praticamente um reduto particular. As areias são brancas e fofas, num contraste perfeito com os imensos coqueiros que arranham o céu.

Recifes de corais se espalham pelos cantos, e rochas gigantescas, talhadas pelas ondas, despontam da água.

Por detrás das árvores, é possível ver a entrada do Hotel Inamorata e sua absurda e estonteante piscina com duas cascatas. O hotel cinco estrelas possui portas e janelas imensas, com os batentes pintados em um vermelho queimado. As paredes são brancas como as areias e o colorido fica por conta dos diversos jardins, que sustentam flores multicoloridas.

Três elevações tomadas por um tapete verde podem ser vistas da balsa e a natureza inspira uma única certeza nesses estudantes: essa será a melhor viagem de formatura de que o Colégio Prisma já teve notícia.

O píer se aproxima. Sobre ele, monitores do hotel acenam para a balsa, vestindo camisas floridas. Gancho puxa Lex para um canto. O amigo o segue, a contragosto.

— O que é, Cabeçudo? — Lex pergunta, arrancando a camiseta e prendendo-a na bermuda.

— Sobre esse jogo de amanhã, é lógico que deixará a Nina ganhar, certo? — Gancho se senta sobre o parapeito da embarcação.

— É o lógico a fazer. — Lex concorda, jogando a cabeça para trás.

— Não é, não. — De onde essa Kibi saiu? Bem, não faço a menor ideia, mas o fato é que ela está ali, com o celular em mãos, sem conseguir tirar os olhos do peitoral desenvolvido e depilado de Lex.

— Ah, meu Deus, era só o que faltava. — Gancho eleva as mãos aos céus.

— O que você quer? — Lex pergunta, impaciente. — E dá para tirar os olhos do meu material?

Bárbara, desconcertada, desgruda os olhos do tórax de Lex, mirando-o no fundo dos olhos.

— Quero que você ganhe o jogo, Lex. Quero ver a Nina humilhada. — Bárbara estreita o olhar, franzindo os lábios e trincando o maxilar.

— Qual é o seu intento? O que você ganha com isso? Satisfação pessoal? Vingança? — Lex se recosta na parede da embarcação, cruzando os pés e os braços.

— Não importa. Você cumpre a sua parte e eu cumpro a minha. — Bárbara ajeita o *short jeans* que mais parece uma calcinha de tão curto. E então sacode o celular nas vistas de Lex.

— Tá, já sei, vai mostrar o vídeo para o meu velho. — Lex revira os olhos, bufando. — Essa chantagem já está cansando, de verdade.

— Ganhe o jogo, Lex. — Bárbara avança para cima dele, como um cachorro raivoso. Ele não se move, aliás, nem se estressa com a aproximação.

— E se a Nina ganhar de forma limpa? Ela parece jogar bem.

— Estarei assistindo e saberei se você entregou o jogo ou não. — Bárbara encosta a mão num tonel sujo e faz cara de nojo. — Estamos entendidos? — Ela limpa a mão no peito de Lex.

— Ei, olhe, mas não toque! — Lex se afasta e encara a Kibi com desdém. — É só isso o que quer? Que eu ganhe o jogo?

— No momento é só.

— Então sai andando. — Gancho desce do parapeito e começa a enxotar Bárbara, como se fosse um bicho asqueroso. — Vaza logo, anda!

— Não sabe com quem está mexendo, Gancho. — Ela aponta o indicador para o nariz do cara, como se fosse uma arma.

— Sei, sim, uma escrota de uma Kibi!

Bárbara parte para cima de Gancho, mas, antes que algo aconteça, Suzana e Ana Paula a seguram. De onde foi que elas surgiram mesmo? Enfim, isso não importa. O que realmente tem importância é o fato de Gancho ter entrado para a lista negra da Kibi-mor, o que o torna mais um alvo a ser abatido.

Vinte e um

A Ilha Inamorata

— Bem-vindos à Ilha Inamorata! Serão sete dias de praia, sol, aventuras e muita diversão. Façam os seus *check-ins* e vistam suas roupas de banho para inaugurarmos essa estada em grande estilo. Daqui meia hora, nós nos encontraremos à beira-mar — um dos monitores dá as boas-vindas munido de um megafone.

Nina, Laís e Nathália dividirão um mesmo quarto. As garotas estão em êxtase, sem saber para onde olhar. O quarto é supercharmoso, com três camas boxe revestidas de colchas de retalhos coloridos. Há muita madeira, bambu e peças náuticas decorativas.

Nina abre as portas duplas e descobre uma varanda fenomenal, com duas redes e uma vista capaz de fazer o tempo parar. Estão no segundo andar do hotel e têm uma visão privilegiada da praia e da piscina.

Nina abre a mala e escolhe um biquíni frente única. A parte de cima é em tons pastel, com formas geométricas. A parte de baixo é lisa, num verde pálido. A vestimenta apresenta uma espécie de cinto acoplado, com franjinhas arrematando o visual.

Ela vasculha a bagagem em busca de uma saída de banho e encontra uma perfeita. Foi confeccionada em crochê, num tom de verde mais forte que o do biquíni. A peça foi adquirida há três meses, em sua última visita a Embu das Artes.

Nathi escolhe um biquíni azul *royal* supercomportado e de um tecido brilhante. Por cima, veste uma camisa de seda branca, com os botões parcialmente fechados.

Laís opta por um maiô preto bem diferente, todo aberto no abdômen e nas costas. As fendas laterais são bem pronunciadas e ela está um arraso. Uma canga indiana arremata o figurino.

— Querem chinelos para combinar? Eu trouxe uma mala cheinha. — Laís abre a mala azul sobre a cama e zilhões de chinelos saltam às vistas.

— Sério, Laís, você tem problemas — Nathi comenta, procurando um chinelo para combinar com seu biquíni.

— Eu também quero. — Nina encontra um chinelo verde, quase da mesma cor da saída de banho.

Vestidas a caráter, as três seguem as instruções do monitor-chefe e caminham rumo à praia, descompromissadas. O passeio, todo de pedras brancas, é ladeado por tulipas, jacintos, narcisos e várias outras flores que Nina não reconhece. O aroma é inebriante e as garotas podem sentir a vida pulsando ao redor.

Lex está de costas e, quando cutucado por Gancho, se vira para olhar na direção em que o amigo aponta. Aos olhos do garoto, a cena transcorre em câmera lenta: três beldades caminham, graciosamente, pelo passeio de pedras brancas. Do lado direito, Laís com seus cabelos cor de fogo e um maiô pra lá de provocante. Do lado esquerdo, Nathi com seu rabo de cavalo a dançar e a camisa branca caída de lado, revelando um biquíni azul brilhante e sardas muito sensuais. Caminhando ao meio, eis que vem Nina, trajando um biquíni incrivelmente *sexy*, que deixa à mostra a barriga extremamente lisa, as pernas bem torneadas e um par de seios fartos, daqueles capazes de mandar um cara para a lona.

Gancho se apoia sobre o ombro de Lex, babando como um cão. Talvez o cara até uivasse, se realmente fosse um cachorro.

As três estão sorrindo e conversando, totalmente alheias aos olhares que as acompanham até a praia. Quando finalmente alcançam a areia, arqueiam o corpo para a frente, tirando os chinelos.

A brisa do mar sopra com mais força e Lex pode ver mais detalhes do corpaço de Nina. Ela leva a mão aos cabelos, balançando-os. Quando retoma o caminho com o par de chinelos à mão, seus cabelos a seguem, esvoaçantes e altamente sugestivos. Lex se imagina tocando aqueles fios, embrenhando-se naquele pescoço, sentindo o aroma daquela pele que o atrai como um ímã poderoso.

— Caras, estamos no paraíso — Bola comenta e toma um tapão na nuca, desferido por Gancho.

— Não ouse olhar para a Nathi, sacou?

— E nem pense em colocar os olhos na Nina, entendeu? — Lex arremata, sentindo um calor infernal subir pelas costas.

Bárbara está se roendo de inveja, ciúme e algo mais. Engole Nina com o olhar e não percebe quando arranca sangue do próprio lábio ao fincá-lo com os dentes. Observa a reação de Lex a distância e o cara só falta cair de joelhos e rastejar. Patético. Isso não vai ficar assim, mas não vai mesmo!

Vinte e dois

O mergulho de inauguração

Nina desliza os óculos de sol para o alto da cabeça. O olhar vagueia pela praia, detendo-se numa elevação distante, perfeita para escalar. Talvez amanhã, em sua corrida matinal, dê uma olhada mais de perto no local.

Nathália não tira os óculos espelhados, somente assim consegue fitar Gancho sem que o garoto perceba. Eles quase ficaram no Aquarium, mas não rolou. Lex precisava voltar para casa mais cedo e os dois foram embora, deixando Nathi chupando dedo.

Laís não tem olhos para ninguém. Sua mente está em São Paulo, relembrando os beijos de Doc. Um suspiro saudoso escapa de sua garganta. É quando Camila e as outras garotas se aproximam.

— Ei, Laís, viu aquilo? — Camila sussurra, indicando as Kibis com a cabeça.

— Fio dental? É sério mesmo? — Laís comenta, boquiaberta.

— Essas três são completamente sem noção — Nathi entra na conversa. — Elas não percebem que são ridículas? Que os caras tiram sarro e só querem aproveitar?

— Não. Elas não percebem — Nina julga, acertadamente.

— Muito bem, meninos e meninas! — O megafone se faz ouvir. — Aqui temos bolas de vôlei, óculos de mergulho e até boias de braços com formato de bichinhos. — O monitor aponta dois baús na areia. — Com esse mergulho inaugural, vocês estarão sendo batizados por Poseidon e as férias na Ilha Inamorata oficialmente terão início. Aproveitem sem moderação!

Os garotos arrancam as camisetas e bermudas, correndo desesperados para o mar. As garotas são mais comedidas e precisam de mais tempo para tirar todos os acessórios e adentrar nas águas cristalinas.

Nina deixa os chinelos na areia, dobra a saída de banho e verifica se tirou o par de brincos. Caminha ao lado das outras meninas, sem nenhuma ansiedade aparente.

A água está morna e o sol começa a descer no horizonte. A cena é linda, digna de um Oscar de melhor fotografia. Por um breve instante, Nina se sente una com o todo. Mas o momento passa e ela começa a se sentir incrivelmente só, apesar de estar cercada de pessoas.

Os dois pés de Nina tocam a água. Ela observa as pequenas ondas se formando, suaves e contínuas. A brisa sopra com força, acariciando a pele. É então que seus olhos se encontram com os de Lex.

Ele está de bermuda e sem camisa. Nada que Nina ainda não tenha visto, já que Lex adora se exibir. Mas ver assim tão de perto é a primeira vez.

Os cabelos cor de mel estão molhados e gotas salgadas escorrem pelo rosto, pescoço, tórax e braços. Lex balança a cabeça e gotículas brilhantes voam para todos os lados. Ele segura um par de óculos de mergulho. Nina se detém, como se seus pés estivessem enraizados na areia.

— Não vai entrar? A água está ótima. — Lex se aproxima, vencendo a força das águas.

— Não com você. — Ela se mantém na defensiva, observando as amigas se afastarem.

— Qual é, eu entro com você.

— Não. Fique longe, está bem?

O olhar de Lex vai descendo pelo corpo de Nina. Ela nota que a respiração dele está acelerada. As gotas de água o alisam de maneira fascinante e por um mísero segundo ela gostaria de ser uma dessas gotas. Um arrepio lhe percorre a espinha quando se dá conta desse pensamento.

— Tem medo de se apaixonar? — Lex murmura, como se estivesse lendo a mente dela.

— Rá, rá! Vá sonhando. — Nina, resoluta, se coloca a caminhar. Ficar ali parada com Lex não é uma boa opção.

O garoto não desgruda. Segue ao lado dela, provocando-a. Ele sabe exatamente como irritá-la, e ela está irritada por ele saber como irritá-la. Conseguiram entender?

— Ali é um ótimo lugar para mergulhar. — Ele aponta para algum local à esquerda. — Dá para ver uns peixinhos bem legais.

— Lex, me dê um tempo, tá legal? — A água já bate na altura da cintura. Apesar de o mar estar calmo, Nina sente a correnteza empurrá-la para cima de Lex. Hum, seria mesmo a correnteza?

— Você é quem sabe. — Ele suspira e recoloca os óculos. Grita qualquer coisa para Gancho e mergulha, nadando para longe dela.

Novamente a sensação de solidão, de abandono. Nina fecha os olhos, buscando encontrar um foco. Lex não é nada para ela e nunca será. Então por que está se sentindo assim? Por que essa vontade louca de que ele volte para encher o seu saco?

Lex não volta e ela se sente um lixo.

Vinte e três

O jantar de boas-vindas

Estamos agora à beira da piscina. Candelabros presos nos galhos das árvores criam uma atmosfera aconchegante e incrivelmente romântica. Uma grandiosa mesa foi posta de maneira linda, com trinta e seis lugares marcados.

O primeiro dia da viagem chega ao fim. A lua está alta no céu e a trilha sonora vem de um violão elétrico solitário e de uma voz melodiosa de um cara que não deve ter mais do que vinte anos.

Nina senta-se entre Nathália e Laís. Come uma salada de alface com tomates e morangos. A garota só percebe estar com fome quando leva a primeira garfada à boca.

Lex está do outro lado da mesa, a pouquíssimos centímetros de distância. Vez ou outra seus olhares se encontram, mas ele não parece ser o mesmo Lex. O que está havendo?

— Lançou mão da nossa estratégia do dia? — Gancho sussurra no ouvido do amigo.

— Fiz o que você disse. Não elogiei o biquíni nem o corpaço. Não foi nada fácil.

— E ela? — Gancho pergunta, um tanto afoito pela resposta.

— Não sei dizer. Acho que ela ficou, tipo…

— Decepcionada? — ele se apressa em arrematar.

— Essa é a palavra. Decepcionada.

— Bom, muito bom, meu camarada! — Gancho dá um tapa dolorido no ombro de Lex. — Vamos levar essa estratégia adiante até o jogo de amanhã.

O jantar transcorre sem incidentes e até Bola está tranquilo. A única traquinagem do dia foi jogar na piscina todas as cuecas de Nando e Edgard, seus colegas de quarto. Mas o garoto foi pego, como sempre. E foi ele quem caiu na água, de roupa e tudo, para resgatar as tais cuecas.

— Certo, pessoal. Depois do jantar, teremos torneios de pôquer e sinuca na sala de jogos. Espero todos vocês por lá — o monitor lança o convite.

Nina dispensa a sobremesa. Há uma urgência em ficar a sós para pensar na vida. Nathália e Laís se entreolham, preocupadas. Nina jura que está tudo bem e segue para a praia, sozinha.

— O que acha que está rolando? — Laís debate com Nathália, observando Nina caminhar entre o passeio florido.

— Algo que eu já suspeitava. — Nathi sustenta uma expressão endurecida.

— Acha que ela está, tipo, ela está...? — Laís se sobressalta com a possibilidade.

— Sim. Acho que ela está começando a se apaixonar.

— Não! Isso não pode acontecer! — Laís arregala os olhos, chacoalhando Nathália pelos ombros. — Não podemos deixar!

— O problema nessa história toda é que eu acho que a Nina ainda não percebeu o que está havendo.

Lex, sem camisa como sempre, observa Nathi e Laís de longe. Procura Nina entre os alunos do Prisma e não a encontra. Gancho também não a viu.

— Ela deve ter ido para o quarto. — O pirata se apoia num taco de sinuca, aguardando a vez de jogar.

— Vou procurar por ela, beleza? — Lex avisa.

— *Man*, lembre-se do que conversamos. Mantenha a estratégia. — Gancho aponta o taco para o nariz do amigo.

— Beleza, Cabeçudo.

O garoto demora um bocado para localizar Nina. Quando a vê, sozinha, sentada na areia da praia, algo de muito ruim toma conta de seu peito. É um sentimento estranho, quase de infelicidade. Lex ignora a sensação e se encaminha para o local onde ela está.

Nina não percebe a aproximação. O uivo da brisa é alto e contínuo. Seus cabelos estão presos por um elástico colorido, esvoaçando com o vento.

Veste um *short* preto e uma bata branca, caída na lateral do ombro, revelando parte do colo e das costas. O olhar se perde em algum lugar do oceano.

Vazio.

Nina nunca havia sentido o vazio antes. Nem quando seu primeiro namorado partiu sem dizer um tchau. Nem quando Bruno a enganou. Até o dia de hoje, ela não havia se deparado com essa sensação.

Mas o vazio está ali e incomoda. Sufoca-a de forma intermitente. Um desespero toma conta de Nina, uma ânsia que ela não sabe de onde vem. Algo importante está faltando, algo essencial que preencha o vazio.

Lex senta-se ao seu lado, sem dizer palavra. Nina não se vira para ver quem é, e nem precisa. Já reconhece o cheiro dele a distância.

Abraçada aos joelhos, Nina permanece calada por um longo tempo. Além do ruído da brisa do mar, pode ouvir a respiração cadenciada de Lex ao seu lado. Ela não tem nada para dizer, está com preguiça até de pensar. Contudo, por incrível que pareça, o silêncio não incomoda. Ele é bem-vindo para ambas as partes envolvidas.

Após um tempo que não sei determinar, Lex corta o silêncio com sua voz rouca e um tanto preocupada:

— O que está havendo?

— Hum? — Nina está perdida em seu vazio interior, apenas existindo.

— O que está acontecendo com você? Nunca a vi assim — Lex refaz a pergunta.

— Não está acontecendo nada. — Nina abraça as pernas com mais força.

— Você está triste — ele conclui.

— É só... deve ser TPM.

— TPM? Isso é um pleonasmo. — Lex ri da própria piada, mas, ao perceber que Nina nem se move, fica sério novamente. — Desculpe.

— Você tem razão. Não precisa se desculpar.

O.k., parem tudo. Estrelas: parem de piscar. Mundo: pare de girar. Tempo: pare de correr agora mesmo!

— Está concordando comigo? Está doente? Com febre? — Lex leva a mão à testa de Nina. Antes de tocá-la, ela gira a cabeça para encará-lo. O garoto recua, instintivamente, temendo um tapa, um soco, um cuspe ou qualquer coisa que envolva violência física. Nada disso acontece.

— O que está fazendo aqui, Lex? Tem um torneio de pôquer rolando lá dentro. Por que não vai até lá? — O tom de Nina é um poço sem fundo.

— Escute, quer dar uma volta? — Lex faz uma pausa para pensar. — Acabo de me dar conta de que não sei nada sobre você. Estudamos juntos há quanto tempo? Seis meses? — Nina confirma com a cabeça. — Pois então, só sei que você curte Creedence, odeia pessoas que usem cuecas e é uma CDF.

— Lex, me poupe dos seus jogos esta noite, tá legal? Eu realmente não estou no clima, não estou a fim de me esforçar para humilhá-lo.

— Pensei que era natural, que não precisasse se esforçar para me humilhar. — Lex pega um punhado de areia, observando-a escapar por entre os dedos.

— Só esta noite, está bem? Prometo que amanhã voltarei a odiá-lo com todas as minhas forças.

Lex deixa o restante da areia se esvair. Bate uma mão na outra e se levanta num pulo. Encara Nina antes de lhe estender a mão.

— Uma volta na praia, sem jogos, sem aposta. — Lex aguarda, na mesma posição.

— Por que está fazendo isso? — Ela hesita.

— Venha.

Contrariando todos os avisos mentais que gritam "perigo extremo", Nina aceita a mão de Lex. Enquanto se levanta, livra-se da areia no *short* e nas pernas, seguindo-o até a beira do mar.

Vinte e quatro

Um passeio à beira-mar

A água vem e vai, molhando os pés de Nina e Lex. Ela carrega os chinelos com uma das mãos e a outra está no bolso. Os dois caminham preguiçosamente, apenas ouvindo suas respirações. O ruído da brisa finalmente dá uma trégua.

Nina estranha suas sensações. Em vez de se sentir tensa com a situação, está bem à vontade, como se caminhasse ao lado de um velho amigo. Lex se abaixa e pega uma concha fechada, jogando-a de volta ao mar.

— Qual faculdade vai fazer? — ele pergunta, limpando as mãos na bermuda.

— Medicina — ela responde, um tanto dispersa.

— Sério? Vai se especializar em quê?

— Cardiologia.

Lex não consegue segurar o riso. Nina percebe, mas não se altera. Sabe em que ele está pensando e torna isso público.

— Acha que não tenho coração. É isso, não é? — O tom de Nina soa um tanto deprê.

— É claro que você tem coração. Talvez ele só esteja meio congelado. — Lex tenta guardar o sorriso, mas é mais forte do que ele. O garoto aguarda uma reação de Nina, qualquer uma. Mas a reação não vem, e ela demora um pouco a falar.

— E você? O que vai fazer?

— Música. Apesar de o meu velho querer muito que eu assuma os negócios dele.

— O que seu pai faz? — Nina tira o elástico do cabelo, soltando as madeixas.

— Ele compra e vende empresas. Falidas, na maioria. Reestrutura o negócio e depois vende por um preço exorbitante. Não quero isso pra mim.

— Você é bom. Digo, tem uma voz incrível e manda muito bem no violão.

— Você acaba de me elogiar? Cadê o cinismo? — Lex toma a frente de Nina, encarando-a nos olhos. — Certo, você foi abduzida, só pode ser.

— Lex, estou sem forças para cinismo esta noite. Só isso, nada de mais. E não, eu não fui abduzida. Acha mesmo que eu deixaria um extraterrestre me zoar? Pense bem.

— O ET iria se dar bem mal.

Nesse momento, cercados por um cenário cinematográfico, com a lua e as estrelas como testemunhas, Lex entreabre os lábios, deixando um suspiro escapar. Algo naquela garota mexe com ele de uma maneira diferente de todas as outras. Suas mãos são tomadas por uma urgência em tocá-la, uma pressa que ele não consegue controlar. Lex toma coragem, elevando uma das mãos em direção ao rosto de Nina. Ela aguarda, sem se mover.

— Ei, vocês dois!

Observação 1: Sempre tem um mala para atrapalhar momentos perfeitos.

Observação 2: Poxa, é sério mesmo? Não dá para voltar depois?

Margareth, a troncuda professora de Educação Física, se aproxima, aos pulos. A mão de Lex recua, no susto.

— O que estão fazendo aqui sozinhos? — Ela finalmente alcança os dois. — Nina! Você e o Lex juntos? Ele a obrigou a isso? — A professora franze as sobrancelhas, segurando Nina pelo braço.

— Qual é, Mags, só estamos conversando. — Lex tem essa mania de dar apelido a todas as pessoas.

— Garoto, você me irrita — a professora vocifera, entredentes. — Nada de passeios noturnos, já conversamos sobre isso. Se não querem ir para a sala de jogos, vão para seus respectivos quartos, estamos entendidos? Não estou a fim de voltar com nenhuma adolescente grávida para casa.

— Não iria acontecer nada. É como o Lex disse, só estávamos conversando. — Quem Nina quer enganar? A si mesma, obviamente. Essa não era apenas uma conversa, Lex estava jogando o tempo todo. Ele iria beijá-la e a trouxa cairia, como uma pata manca. Ao se dar conta da realidade, Nina finalmente acorda do estranho sonho no qual estava metida.

— Que seja. — Margareth, com seu bafo de café e dentes amarelados, mira bem o rosto de Lex, apontando o dedo indicador como se fosse atirar. — Estou de olho em você, garoto.

— Mags, eu não fiz nada. — Lex levanta os braços, desacreditando na reprimenda.

— Coloque uma camiseta, moleque, pelo amor de Deus! Venha, Nina, eu a acompanho até o quarto.

E, assim, Nina é escoltada até o seu quarto e um resignado Lex vai para a sala de jogos. Contrariando todas as projeções, o garoto perde todas as partidas no jogo de pôquer.

Vinte e cinco

Antes do desafio

Bárbara confere as fotos que já conseguiu de Nina e Lex. Suzana pluga o celular no computador, descarregando os vídeos.

Ana Paula está no banheiro, com o chuveiro ligado. Na verdade, ela está vomitando o café da manhã e não quer que ninguém a ouça. Nem comentarei o fato de tão absurdo que é.

— Droga, não temos nada realmente quente. — Bárbara deixa a câmera de lado.

— Escute, estou de saco cheio de ficar espionando por entre arbustos. Poxa, vamos aproveitar a viagem! — Suzana suspira tristemente, mirando o céu azul do lado de fora do dormitório.

— Não viemos passear. Viemos para nos vingar — Bárbara relembra. — E o nosso informante? Alguma novidade?

— Nada ainda. Você vai mesmo cumprir o que prometeu a ele? Um beijo? — Suzana faz cara de nojo.

— É claro que não! Surtou? — Bárbara leva o dedo à boca, como se fosse provocar o vômito. — Olhe, se não fosse a bafuda da Margareth, nós teríamos um bom material em mãos. O Lex estava prestes a beijar a vagaba e então a coisa poderia evoluir para um tirar de roupas e tal.

— Babi, deixe essa vingança para lá.

— Nem pensar! Se esqueceu da nossa humilhação? Fala sério, Suze! — Bárbara se levanta num pulo, colérica.

— Não, eu não esqueci.

— E tem outra: se não fosse o informante que descolei, nós não saberíamos que você e a Ana são apostas. Eu salvei vocês duas, de novo — Bárbara joga na cara de Suzana, de forma abrasadora.

— É, eu sei. — Suze abaixa a cabeça, submissa.

— Então, nada de desistir da vingança!

— Tudo bem, você tem razão.

— Eu sempre tenho razão!

* * *

Nina, Laís e Nathália estão deitadas nas espreguiçadeiras da piscina em companhia das outras garotas. O sol queima a pele com violência e Nina passa uma segunda camada de protetor solar.

Se vocês tivessem visto a garota na hora em que acordou, vislumbrariam olhos brilhantes em vermelho-sangue e um sorriso perigoso nos lábios. Sim, Nina Albuquerque está de volta! Adeus, deprê!

— O que aconteceu ontem? — Nathi pergunta, fechando o livro. — Quando voltamos para o quarto, você já estava dormindo.

— Sei lá. — Nina dá de ombros.

— Hormônios são uma merda. — Laís pega um chapéu da bolsa, ajeitando-o na cabeça.

— Não são hormônios — Nathália discorda. — Você está sucumbindo, Nina.

— Sucumbindo a quê? — O mau humor de Nina dá as caras e uma sombra transpassa seu olhar. — O que acha que está acontecendo, dona Sabe-Tudo?

— Não me ataque, não sou sua inimiga. — Nathália, apesar de conhecer Nina há apenas seis meses, sabe lidar bem com o gênio explosivo da amiga.

— Desculpe. — Nina relaxa os ombros e se desarma. — Não sei o que aconteceu ontem. Eu fiquei um pouco triste, sem nenhum motivo.

— Tem a ver com o Lex, não tem? — Laís se levanta, sentando-se aos pés de Nina. — Pode contar para nós, somos suas amigas.

— Não tem nada a ver com o Lex. O cara é um babaca presunçoso e arrogante.

— Tome cuidado, está bem? Estamos preocupadas com você. — Laís franze os lábios, observando a reação de Nina.

— Eu sei, prometo me cuidar.

Nesse momento, um bando de garotos sem noção começa a correr em direção à piscina. Atiram-se como bombas para dentro da água. Apesar de terem se protegido, as garotas ficam ensopadas.

— Seu bando de idiotas! — Nathi vocifera, segurando o livro molhado em mãos. — Vocês não têm nada melhor para fazer da vida, seus ridículos?

— Ei, Nathi, relaxe. — Gancho, com uma baita facilidade, ergue o corpo e sai da piscina.

— Poxa, meu livro. — Os olhos de Nathi se umedecem.

— Desculpe, Nathi. — Gancho se aproxima, arrependido pelo salto mortal. Joga a franja de lado no maior charme. Nathi deveria estar babando na cena, mas a verdade é que está muito puta por causa do livro. — Escute, quando voltarmos para casa, eu lhe dou um novinho.

— Não quero um livro novo, quero continuar a leitura, pô. E olha só! — Ela suspende o livro e as páginas pingam, como lágrimas.

— Que livro é esse? — Gancho o toma das mãos da garota. — Caraca, ou você tem muita sorte ou estamos em sintonia. Peguei esse emprestado com o meu irmão, ainda nem comecei a ler.

— Brincou? Você está com esse livro aí? — Os olhos de Nathália brilham e um pequeno sorriso surge em seus lábios retesados.

— Vamos lá no meu quarto que eu pego.

— Sabe que não posso entrar na ala dos meninos. — Nathi leva as mãos à cintura, batendo um dos pés no chão, cadenciadamente.

— Tudo bem, subo agora e pego para você. Só me descole uma toalha, beleza?

— Valeu, Gancho. — Nathi alcança a toalha e a coloca sobre os ombros do cara.

Nina e Laís estão abafando risadinhas. Nathália gira nos calcanhares, com cara de quem comeu e não gostou.

— O que foi? — ela bufa.

— Precisa de um babador? — Laís dá uma gargalhada.

— Humpf! — Nathi se senta na espreguiçadeira e finalmente se descontrai, contagiada pelas amigas.

* * *

Quando o almoço chega ao fim, o monitor sobe em uma cadeira, limpa a garganta e faz a pergunta, como um anúncio:

— Soube que hoje teremos um desafio de tênis, é isso mesmo galeraaaaaa?

— Yeahhhhhhhhhhhhhh!!!! — a turma grita em resposta.

— Nesse caso, a Caça ao Tesouro ficará para amanhã. — O monitor busca Lex e Nina entre os estudantes. — Vocês dois estão prontos? O jogo começará às quatro da tarde.

Ambos concordam com a cabeça. Seus olhos se cruzam e Nina, com o indicador, passa o dedo em seu próprio pescoço como quem diz: "Vou degolar você". Lex solta uma gargalhada de deboche no ar, feliz por Nina ter voltado ao seu estado normal.

Vinte e seis

O jogo de tênis

Quatro da tarde.

Um dos monitores se aproxima de Gancho e Lex, trazendo bolas de tênis e raquetes sobressalentes. Coloca tudo sobre um banco localizado na lateral da quadra e dá as instruções:

— Os monitores desafiaram os professores para um jogo de vôlei de praia. E, como vocês estarão aqui, o jogo vai rolar agora. Ficarão de boa?

— Com certeza. — Gancho pega uma das bolas e joga para o ar. — Fique tranquilo.

— Precisarão de um juiz, juízes de linha e boleiros — o monitor continua.

— Já está tudo acertado, e eu serei o juiz. — Gancho pega mais duas bolas e dá uma de malabarista.

— Certo. Qualquer quebra-pau, você me chama. Bom jogo para vocês. — Após dar um tapinha nas costas de Lex, o monitor sai andando.

Nina, com a raqueteira pendendo do ombro, cruza com o monitor, que lhe deseja um bom jogo. Ela responde, afirmando que acabará com Lex, e o monitor solta uma sonora gargalhada antes de retomar o seu caminho.

Seguida pelas garotas do Prisma, com exceção das Kibis, Nina traja um vestido lilás da Nike, desses bem curtinhos, especiais para jogar tênis. Por baixo, está usando um biquíni rosa. Nos pés, os tênis desenvolvidos para saibro são tão brancos que chegam a ferir os olhos. Nos pulsos, Nina usa duas munhequeiras brancas e, na cabeça, uma testeira também branca.

Conforme vai passando, os garotos lhe batem nas costas, desejando sorte. Nina fará melhor, jogará como se sua vida dependesse disso. E depende, se pararmos para analisar.

Ela entra em quadra e não se digna a olhar para o adversário. Os estudantes tomam assento na pequena arquibancada, buscando o melhor ângulo para assistirem ao confronto do ano.

Nina abre o zíper da raqueteira, puxando duas raquetes lá de dentro. Analisa ambas, pesando-as de forma impassível. Escolhe a Babolat por ser mais leve e guarda a outra. Confere as cordas e o *overgrip*. Tudo certo, aparentemente.

Nathi e Laís estão organizando o banco de Nina, deixando duas toalhas de rosto sobre a bancada e conferindo o estoque de água no isopor.

Só então Nina se permite olhar para Lex.

Ele está usando um *short* azul, meias soquete e um Nike preto detonado para saibro. Como não trouxe raquetes, confere as trazidas pelo monitor, optando por uma da marca Wilson. O cara está sem camisa, para variar.

— Não vai jogar sem camiseta, vai? — Nina vence a distância que os separa e o encara.

— Por que não? Ou meu tórax malhado vai desconcentrar você?

— Rá! Seu tórax depilado vai me fazer rir, seu babaca. — Nina arranca risadas de Nathi e Laís. Até Gancho curtiu a tirada da garota.

— Vá rindo. Lembre-se de que quem ri por último, ri bem mais gostoso.

— Coloque a camiseta, Lex. — Gancho joga a vestimenta por sobre o ombro do amigo. Ele a veste. É branca, cavada e deixa o cara incrivelmente *sexy*.

— Que vença o melhor. — Lex estende a mão para Nina, lançando uma piscadela no ar.

— Ou seja: eu — Nina rebate com força, e olhem que o jogo ainda nem começou.

Gancho assume sua posição. Nando e Edgard seguem para a linha, serão os juízes assistentes. Bola e Hulk estão atrás dos jogadores, trabalharão como boleiros durante a partida.

Nina perde no cara ou coroa e a bola é do adversário. Ela então escolhe o lado da quadra. O sol está às suas costas, o que facilitará muito a visão de jogo. Lex se posiciona, verificando as cordas da raquete uma última vez.

— Certo. Terão dez minutos para se aquecer. Competidores, batendo bola! — Gancho autoriza.

O bate e rebate é tranquilo, como deve ser. Na arquibancada, cabeças vão para lá e para cá, num movimento robotizado e hipnótico. As mãos de Nina suam mais do que o normal e ela busca o autocontrole por meio da respiração abdominal, algo que aprendeu nas aulas de judô.

Nina não deveria desviar a atenção da bola, mas, vez ou outra, ela se pega olhando para os olhos do adversário. Ele é bom estrategista? Será que tem alguma falha da qual ela possa se aproveitar? Bem, Nina precisará esperar o jogo começar para detectar possíveis falhas no jogo de Lex. Aproveitar-se dos erros do adversário é uma ótima estratégia. Ainda assim, ela acredita que o ataque é sempre a melhor defesa.

Quando o aquecimento chega ao fim, Nina precisa urgentemente de um gole de água. Tira o elástico do cabelo, prendendo-o novamente, bem firme dessa vez. Nathália e Laís acenam da arquibancada e Nina permanece inalterada, totalmente concentrada.

Gancho conversa com os jogadores, deixando claro que as regras do tênis são válidas. Serão três *sets* de seis *games* cada um. O pirata jura a Nina que não vai roubar.

Lex respira fundo, batendo a bola no chão. Ele encara a adversária, lançando um beijo no ar. Nina finge cuspir e esmagar o beijo com a ponta do tênis. O cara não se aguenta e cai na risada.

Nina arqueia as costas e ginga para lá e para cá, aguardando. Lex continua batendo a bolinha amarela no chão. Uma, duas, três batidas. Seus olhos vagueiam pela arquibancada e se detêm em Bárbara. Ela acena com a cabeça e a máquina fotográfica balança em seu pescoço cheio de colares.

Concentração, Lex!

Certo, o garoto volta sua atenção para a bola. Esse movimento de vai e vem da pelota o mantém focado, desanuviando os pensamentos de qualquer outra coisa que não seja o jogo que está prestes a ser iniciado.

Lex está pronto. Agora é para valer.

Ele lança a esfera amarela para cima e respira fundo ao mesmo tempo. Quando a bolinha começa a cair, o garoto solta o ar de uma só vez, batendo com força, colocando a bola em jogo.

O primeiro *set* finalmente começa.

Nina recebe e rebate de leve. Lex devolve. Ela precisa correr, mas alcança a bola e manda uma cruzada. O garoto é pego no contrapé e Nina vibra ao garantir o primeiro ponto da partida.

Lex se posiciona e bate a bola no chão novamente. Segundo saque. Preciso. Nina rebate, mandando a bola para o fundo da quadra. Ele devolve. Ela rebate. Ele devolve. Ela rebate.

O ponto é disputado a raquetadas, e Lex vira o jogo mandando uma bomba. Juro, nem vi a cor da bola. Mas Nina vê, e com uma velocidade surpreendente se estica toda e recupera, devolvendo uma bola alta para a quadra de Lex.

O garoto, juntando toda a sua força e fúria, dá uma cortada fenomenal, um *smash* perfeito que tira Nina da jogada. Ponto para Lex.

É nesse clima de disputa acirrada que o *game* continua. Nina salva bolas incríveis e Lex possui uma técnica apurada. Fica difícil definir um vencedor, pois, nesse ritmo, tudo pode acontecer.

Nina joga a raquete longe quando Lex acerta um saque poderoso e cheio de efeito *topspin*. O garoto ri, deixando Nina desconcertada. Ela mostra o dedo do meio e recebe uma advertência do árbitro por abuso de equipamento. Pela primeira vez na partida, Nina não tem certeza de que poderá vencer Lex.

Ele inicia o quarto *round* — sei que não é luta livre, mas estamos bem próximos disso — com um *ace* que desconcentra Nina. Antes que destrua uma nova raquete, ela trinca os dentes e cerra os punhos em torno da empunhadura, enfurecida. Ela precisa ganhar esse jogo, custe o que custar.

A garota se concentra quando o segundo serviço de Lex chega, cheio de efeito. Nina não consegue virar o jogo e faz um *approach* fora de hora. Por sorte, o voleio é perfeito e Nina converte.

Não está nada fácil, vou dizer isso a vocês. Nina sua em bicas. A camiseta de Lex está colada ao corpo e o sol começa a dizer "tchau, galera, até amanhã". Mas o ocaso está tão demorado que, sinceramente, acredito que o astro esteja doido para saber quem será o vencedor da partida.

O vôlei entre monitores e professores já terminou. Deram uma passada na quadra de tênis antes de se dirigirem para os quartos. Esse jogo de vida ou morte promete avançar até a noite.

Entre *backhands*, *topspins*, *forehands*, *smashs*, *volleys*, *aces* e quebras de serviço, o jogo se desenvolve ferozmente. Se Lex vencer o próximo *game*, será o vencedor.

A água desce queimando pela garganta ressequida de Nina. O restante da água, ela joga na nuca e molha a testa. Nathi está fazendo um curativo no dedão da amiga, que está bem esfolado. Lex, do outro lado da quadra, não está muito diferente. Ele luta para respirar e se manter em pé. O desafio já dura quase duas horas e seus músculos estão gritando por descanso.

— É a hora da verdade. — Gancho massageia os ombros tensos de Lex.

— Se eu não ganhar agora, não conseguirei continuar jogando. Teremos que deixar para amanhã, sério. — Lex geme quando Gancho afunda os dedos em seu ombro direito.

— Essa partida termina hoje, beleza? Concentração, meu camaradinha!

Voltando ao outro lado da quadra, Nathi arremata o curativo no dedão de Nina. A garota está um trapo, um lixo ambulante.

— Eu vou perder, não acredito. — Ela leva a mão à testeira, arrancando o acessório.

— Não perderá coisa nenhuma. Foco, Nina. Entre nessa quadra para ganhar! — Laís incentiva.

— Lei da atração. Busque forças sei lá eu de onde e acabe com o Lex. — Nathália estende uma toalha para Nina. — Você precisa vencer, entendeu? Diga que entendeu!

— Certo, entendi.

Nina e Lex se encaram. Os holofotes da quadra já estão acesos. As pessoas começam a se inflamar nas arquibancadas com a possibilidade do fim do jogo. Para entreter essa turma, a cozinha do hotel descolou baldes de pipoca e refris trincando de tão gelados.

Nina sacode os braços, passando a raquete de uma mão à outra. Ela precisa ganhar, precisa! O acordo foi que, se Lex perdesse, a escravidão seria imediata. E se Lex ganhasse, bem, nesse caso, o beijo também seria imediato, na frente de todos. Só de pensar nisso, Nina xinga baixinho.

O jogo recomeça.

A cada bola que rebate, Nina sente que o corpo vai se quebrar ao meio. A cabeça lateja, os braços estão queimando e o dedo esfolado incomoda muito.

Lex solta o braço e manda uma bola curva, daquelas indefensáveis. Nina não deixa barato. Joga-se no chão e recupera, mas não é o suficiente. Quarenta a quarenta. Iguais. Nina precisa da vantagem a qualquer custo.

O jogo continua. O ar está tenso, úmido e raios riscam o céu. Vem chuva por aí. Nina manda uma paralela veloz, mas Lex não deixa por menos, devolvendo de bate-pronto.

Bate...Rebate

Bate...Rebate

Bate...Rebate

Bate...Rebate

Bate...Rebate

Ai, cansei. E não sou só eu. Nina hesita quando a bola volta para sua quadra, as pernas não respondem. Lex está com a vantagem e nem assim comemora, ele não tem forças para isso.

E Gancho quer jogo!

Os boleiros já foram trocados três vezes. Os caras estão mortos, literalmente falando. A galera na arquibancada está tensa. Alguns estudantes já foram e voltaram e o jogo se desenrola.

A possibilidade do *match point* deixa Lex desperto. Nina respira de forma rápida e imprecisa. Ela está apavorada! Precisa tirar a vantagem de Lex, ou então *game over*.

A pequena bolinha amarela apanha muito! De lá para cá, de cá para lá, de lá para cá. Lex bate colocado e Nina não deixa barato, virando o jogo a todo momento. Vai e vem, vem e vai, vai e vem e, então, Lex avança e, em vez de dar uma porrada na bola, dá uma deixadinha, um *drop shot*.

Acabou, galeraaaaaa! Lex é o vencedor!

Vinte e sete

Pagando a aposta

Finalmente a chuva prometida despenca dos céus, mas ninguém arreda o pé da quadra, todos aguardam ansiosos pelo desfecho do desafio. E que disputa, meus amigos!

Lex luta em busca de ar. Não ousa comemorar a vitória para não piorar ainda mais a situação. Imagina que Nina esteja furiosa e não quer acordar o furacão que existe dentro dela.

Do outro lado da quadra, a garota olha para o nada, apática. Seus braços estão caídos rentes ao corpo, a cabeça da raquete tocando o saibro. Inconformada, ela solta o equipamento e arranca as munhequeiras.

A chuva é fininha e morna, mas não lava a alma de Nina. Desconsolada, ela mira as mãos trêmulas após o vigoroso esforço. Não se conforma em ter perdido o jogo.

A turma invade a quadra, cobrando o pagamento da aposta. Nina ouve o murmurinho lá longe, como se estivesse a quilômetros de distância. Bem que ela gostaria de estar.

Nathália estende uma garrafa de água.

— Não acredito que perdi — Nina solta a frase num tom de desabafo.

— Você lutou até o fim, nunca vi um jogo desses na minha vida — Laís toca o ombro da amiga, consolando-a.

— Beba essa água. É para dar coragem — Nathi incentiva.

— Nathi! — Laís se estressa. — Você não está ajudando!

— Ela tem razão. Agora terei que pagar a aposta. — Sem parar para respirar, Nina mata todo o conteúdo da garrafa. Ainda não teve coragem de olhar para Lex. Sente como se o mundo estivesse em suspenso, aguardando. Bem, se o mundo está aguardando eu não sei, mas eu e toda essa galera estamos!

— Acabe com isso. — Laís pega a garrafa vazia das mãos de Nina. — Vá lá e pague logo essa aposta.

Vencida, destroçada e humilhada, Nina se põe a caminhar, cabisbaixa. Lex, do outro lado da rede, joga a cabeça para trás e deixa a água da chuva eliminar o excesso de suor do rosto. Ele sente como se tivesse sido atropelado por um Hummer.

Nina se aproxima e lhe estende a mão, como adversários costumam fazer. O cumprimento de Lex é frouxo. Assim como Nina, ele também está com todos os músculos enfraquecidos.

— Nunca vi ninguém jogar como você — Lex afirma, apoiando-se no ombro de Gancho.

— Não foi o suficiente. — Ela faz uma força descomunal para não sair correndo. Bem, como poderia? Suas pernas não obedeceriam ao comando "corra, agora".

— O que querem fazer? A aposta precisa ser paga e a galera está impaciente. — Gancho limpa a garganta, temeroso da reação de Nina.

— Aposta é aposta. E eu costumo cumprir minha palavra. — Nina deseja que um raio lhe caia na cabeça nesse exato momento.

— Tem certeza disso? Olhe, se você não quiser, por mim tudo bem — Lex se apressa em dizer.

— Eu tenho palavra, Lex. Fiz a besteira de apostar, não foi? Agora cumprirei minha parte no acordo.

Nathália puxa Gancho de lado. A chuva pinica a pele e todos estão ensopados. Um raio abre o céu em duas partes, iluminando-o de maneira fantasmagórica. Logo o barulho do trovão se faz ouvir, retumbando fundo e sacudindo as estruturas.

— Dê espaço a eles. Mantenha essa galera fora da quadra — Nathi sussurra no ouvido do pirata.

— Concordo. — Gancho então providencia o que Nathália pediu.

Nina e Lex se encaram, demoradamente. Ela sente como se seus ossos tivessem se transmutado em gelatina. O rosto pega fogo e as mãos estão geladas, ainda trêmulas. O coração batuca acelerado e os joelhos bambeiam quando ela pensa no que acontecerá nos próximos minutos.

— Se não quiser pagar a aposta, não precisa — Lex reitera.

— Se eu tivesse ganhado o jogo, você pagaria a aposta, certo? E olhe que eu pensei em fazer barbaridades com você. — Nina força um sorriso.

— Sério mesmo? Bom — Lex faz uma pausa —, eu aguentaria a pressão.

— Também aguentarei. Não quebro fácil, Lex, acho que já provei isso.

Após enxotar a turma para fora da quadra, Gancho mira o relógio de pulso. Meninos e meninas permanecem de pé na arquibancada, num entusiasmo que não foi visto durante o jogo. Esse pessoal adora um babado forte.

— Vai mesmo levar isso adiante? — Nathi pergunta para uma abatida Nina.

— Não sou de fugir, você me conhece — a amiga responde, tristemente.

— Um minuto, correto? — Gancho aperta uma tecla no relógio de pulso, acendendo o cronômetro.

— Um minuto — Nina confirma, sentindo-se fraquejar.

— O.k. Em suas marcas. — Gancho aguarda. Nina se aproxima de Lex o suficiente. — Preparar. — Lex abaixa a cabeça e sente um frio esquisito na barriga. Os lábios estão tão próximos que Nina inspira a expiração dele. — Já!

As bocas se tocam. No início, de maneira tímida, comportada. Os lábios de Lex a envolvem com doçura e Nina sente choques elétricos percorrerem toda a extensão da pele.

A barba por fazer massageia o rosto de Nina, sem arranhar. Passados alguns segundos, a garota é tomada por uma força do além e ela deseja mais, anseia por tudo.

Lex sente o mesmo frenesi. As mãos que estavam ao lado do corpo rasgam a chuva e se enlaçam à cintura dela, trazendo-a para mais perto. Nina envolve o pescoço dele, seus dedos se agarrando fortemente aos cabelos ensopados do garoto.

É para ser um beijo de língua, confere?

Sim! As línguas invadem a cena num duelo intenso, e Nina vasculha cada centímetro da boca de Lex, sentindo-se preenchida, completa.

O cara está maluco a ponto de entrar em combustão espontânea. Arqueia o corpo para a frente e tomba a cabeça de lado, buscando aplacar a sede intermitente. Ávido, selvagem, inflamado.

E os segundos vão passando.

Nina se esquece por completo da plateia. Nesse momento, só os dois existem. A chuva continua a cair, tão fininha que não chega a atrapalhar. Lex investe mais fundo e Nina sente o corpo em chamas. O coração enlouquece dentro do peito e ela se dá conta de que está frágil, entregue, completamente perdida.

Lex a segura como se não fosse soltar nunca mais. Ele não quer que acabe, não quer que o minuto passe. Mas passará e tudo voltará a ser como era antes. Ou não?

— O.k. Aposta cumprida! — Gancho grita e a galera vaia, querendo mais, muito mais!

É difícil pararem de se beijar. Nina precisa se afastar um pouquinho, e Lex, ainda de olhos fechados, arfa em busca de ar. Ela ouve um gemido? Sim, ele deixa um gemido escapar da garganta.

Quando seus olhos finalmente se abrem, encara Nina, desconcertado. O melhor beijo da vida dele acaba de acontecer. E, se fizermos uma continha básica, Nina está com tudo, hein! O cara já beijou trinta e duas bocas até hoje.

Finalmente a ficha cai e a garota retorna para a Terra. Seus olhos se umedecem e ela cambaleia, abalada. Ainda com os braços entrelaçados ao pescoço de Lex, Nina esconde o rosto no ombro dele. Ele a abraça mais forte quando a escuta soluçar.

— Gancho, mande essa galera embora daqui. — Lex cola os lábios à testa de Nina, cerrando as pálpebras.

— Considere feito, *man.* — Gancho parte para o alambrado, aos gritos. — Acabou o *show*, moçada, todos voltando para os quartos! Tomem banho direitinho que já é hora do jantar, beleza? Bora, galera, mexendo esses traseiros aí. E, Bárbara, pare de fotografar, o *show* acabou, não ouviu?

— Vá se ferrar, Cabeçudo!

Nathália e Laís se entreolham, petrificadas. Não sabem o que fazer para ajudar a amiga. Talvez não haja nada a ser feito.

Nina e Lex continuam abraçados, ela soluçando e ele apertando-a com mais força contra o peito, sentindo um nó na garganta.

— Me desculpe — ele sussurra.

— Eu fui humilhada — ela diz para si mesma, o som de sua voz abafado pela camiseta dele.

— Não foi humilhada — ele discorda.

— Não acredito que deixei isso acontecer. — Nina se afasta e soca o peito de Lex.

— Pare com isso. — Ele segura as mãos dela, delicadamente.

— Você foi cruel, Lex. — Nina se desvencilha daqueles braços fortes, enxugando as lágrimas com raiva. — Eu odeio você.

Nina assume uma postura endurecida, mas a verdade é que está se sentindo vulnerável. Lex a prende com os olhos e ela precisa fazer uma tremenda força para se soltar.

Nathália se aproxima, enganchando-se no braço da amiga, puxando-a para longe de Lex:

— Venha, vamos sair daqui.

— Foi uma aposta, Nina, mas você tinha escolha — desolado, ele afirma acima do barulho da chuva.

— É, eu sei, sou uma idiota — Nina fala por sobre os ombros, dirigindo-se para a saída da quadra.

O garoto pega a raquete do chão e encara o equipamento fixamente. O olhar matador do cara já diz tudo, e Gancho recua alguns passos, não quer correr o risco de tomar uma raquetada nas ideias.

— Lex?

— Ela vai me odiar pelo resto da vida — ele divaga, num balbucio.

— É claro que não. Foi uma aposta, cara. E você deu alternativas, ela beijou porque quis.

— Não é bem assim, eu peguei pesado. — Lex passa a raquete de uma mão para a outra.

— Na boa, essa aposta não foi nada do outro mundo. Amanhã isso já estará esquecido, confie em mim — Gancho tenta confortar.

— Tudo isso é culpa dessa maldita Kibi dos infernos. — Trincando os dentes e reunindo a pouca força que lhe resta, Lex lança a raquete longe. O objeto gira no ar e a ponteira finca como uma estaca no alambrado verde.

— Puta merda! Que tiro certeiro, meu irmão!

— Não serei mais chantageado, Cabeção. Essa história termina hoje mesmo!

Vinte e oito

O contra-ataque

Nina está de banho tomado, com o corpo todo moído. Nathália traz um Dorflex e um copo de água. Ela joga o comprimido no fundo da garganta e sorve todo o conteúdo do copo num só gole.

Seus olhos estão inchados de tanto chorar, a humilhação foi demais para ela. Resolveu não descer para o jantar e não há Cristo que a faça mudar de ideia. A única coisa que deseja é se enfiar debaixo dos lençóis e hibernar, para só acordar no dia de ir embora.

Com exceção das Kibis, todas as meninas do Prisma estão atulhadas no quarto de Nina, consolando-a, dizendo palavras de incentivo. Nada parece adiantar, a garota está irredutível: ela desistirá da Grande Aposta.

— Ah, Nina, não faça isso. — Camila ajeita uma mecha loira atrás da orelha.

— Concordo, você não pode desistir agora. — Nathália toma uma posição. — Eu disse que você não deveria ter feito essa aposta, mas, agora que fez, não pode simplesmente sair fora. Não pode deixar o Lex vencer.

— Você ainda não contou como foi o beijo. — Laís para de lixar as unhas e encara Nina.

— Laís! — Camila bufa.

— Quê? — Laís dá de ombros e interpela Nina: — O beijo tirou você do eixo, não foi?

A garota morde o lábio, pensativa. Só de se lembrar da boca dele contra a sua, das mãos em seus cabelos, da conexão que surgiu entre os dois… Nina perde o chão, o eixo como, Laís disse.

— Nina? — Laís aguarda.

— Foi incrível — Nina revela para espanto das meninas.

— Eu sabia! — Nathália bate a mão espalmada na própria perna, furiosa. — Ai, meu Deus, você está se apaixonando pelo Lex. Isso se já não estiver apaixonada.

— Eu não estou! — Nina dá um salto na cama. — Quer dizer, eu não sei, não faço ideia do que está acontecendo comigo.

— O que isso quer dizer? Que o Lex venceu a aposta? — Camila pergunta, tensa. — Ele não pode vencer. Esses caras já passaram dos limites e essas apostas me dão nos nervos.

— Sei de algo que poderia reverter o jogo a seu favor — Laís toma a palavra, livrando-se da lixa de unha.

— Você não está entendendo, Laís, eu não quero mais jogar. Vou desistir dessa aposta, preciso acabar com isso antes que… antes que eu…

— Antes que você se apaixone? — Laís termina a frase. — O.k., Nina, me parece tarde demais.

Tarde demais. Laís terá razão? Será que o beijo de Lex despertou o congelado coração de Nina? Não, não pode ser. Ela saberia, não é? Bem, a única coisa que sabe é que Lex mexe com ela de uma maneira que nem Bruno conseguiu.

— Qual é o seu plano, Laís? — Nathália pergunta e o quarto mergulha num silêncio cheio de expectativa.

— A Nina vai reverter o jogo dando em cima do Lex. Ela precisa deixar o cara tão doido que é ele quem vai se apaixonar. — Laís expõe seu plano com uma expressão diabólica no rosto.

— Como é? — Nina engasga. — Você ficou louca?

— Ei, não é má ideia. — Um sorriso se desenha no rosto de Nathália. — Na verdade, essa é uma ideia genial! Laís, mandou muito bem!

— Isso não pode ser sério. Vocês estão mesmo cogitando essa possibilidade? — Nina entreabre os lábios, incerta.

— Em vez de ficar trancada no quarto o restante da viagem, você vai virar esse jogo e nós vamos ajudar. — Laís é a segurança em pessoa.

— Nina, o plano é perfeito! Por favor, considere a possibilidade. Faça isso por todas as garotas que já foram apostas no Prisma. — Camila une as mãos, suplicante.

— Você não pode deixar o Lex levar a melhor — Nathi vocifera.

— Até você, Nathi? — Nina choraminga, sentindo-se acuada.

— Não pode desistir da aposta, não a esta altura do campeonato. Essa é a minha opinião. — Laís se senta na beirada da cama, encarando Nina.

— É a opinião de todas nós — Camila dá voz ao que todas estão pensando.

— E se as coisas só piorarem? Eu fui humilhada naquela quadra hoje — Nina rebate, um tanto cansada de discutir.

— Por isso mesmo você precisa virar esse jogo. — Laís assume a voz de comando e continua: — Lex Heinrich ficará de quatro por você, escute o que estou dizendo.

— Pense sobre o assunto, Nina. — Camila se levanta, seguida pelas outras meninas. — Amanhã você nos dá uma resposta.

Vinte e nove

A Kibi-mor

Lex, assim como Nina, acaba de tomar um Dorflex. O cara sente como se tivesse sido preso em uma cama sadomasô e sido esticado de forma impossível. Não descerá para o jantar, não está em condições.

Gancho chega com Hulk, trazendo um sanduba de dois andares e refris. Lex geme de dor ao se levantar para comer.

Mata o sanduba em tempo recorde, sorvendo uma Coca gelada para arrematar. Ele precisava mesmo é de uma cerva, mas o pessoal do hotel é incorruptível, segundo Gancho.

— Tentarei de novo. Aquela loirinha da cozinha ficou me encarando... Quem sabe eu não descolo umas três latinhas? — Hulk se levanta, pega a carteira e sai do quarto.

— E a Nina? — Lex pergunta, um tanto deprimido.

— Nem sinal dela, da Nathi nem da Laís. Tentei subir escondido até a ala das meninas, mas a Margareth barrou a minha passagem — Gancho elucida.

— O que eu devo fazer, Cabeça? Me ilumine aqui!

— Se você encarar a Kibi, ela vai liberar o vídeo para o seu velho. E aí, meu camaradinha, vai feder para o seu lado.

— Meu pai só está esperando algo assim para barrar a minha faculdade. Ele já avisou, cara, não vai pagar as mensalidades se eu aprontar. E o acidente com a moto pode ser chamado de aprontar, não pode?

— Se fosse meu filho naquela moto, eu arrebentava a cara dele — Gancho faz piada, mas o assunto é sério. Lex poderia ter morrido naquela brincadeira insana. — Mantenha a aposta. Agora só faltam cinco dias.

— Não posso continuar com isso sem saber qual o plano da Bárbara. — Lex geme ao se ajeitar na cama. O pescoço e os braços estão queimando.

— Vamos descobrir. Amanhã cedo pegamos ela de jeito.

* * *

A manhã nasce nublada, com previsão de chuva no fim da tarde. Depois de tomar um café da manhã cheio de carboidratos, Bárbara segue para o quarto e descarrega as fotos e os vídeos. Ana Paula está no banho, para variar. Bem, vocês sabem o que isso quer dizer.

— Não temos material suficiente. Isso aqui não dá pra nada! — Bárbara soca o travesseiro.

— Foi só o que conseguimos — Suzana tenta colocar panos quentes na situação. Mas, como a coisa está fervendo, ela deveria colocar panos congelantes.

— Que droga! — Bárbara explode.

— Eu não queria tocar no assunto, mas… — Suzana teme terminar a frase.

— O que é?

— Aquele beijo de ontem não foi um mero pagamento de aposta. Sei que não fui a única a notar isso. — Suzana engole em seco, mas continua. — Eu realmente acho que você não vai conseguir seu namorado de volta, nem com chantagem. O que está rolando entre o Lex e a Nina já ultrapassou a linha de segurança e você é a culpada disso. — Mesmo com a possibilidade de um tapa na cara ou uma vingança desmedida, Suzana fala tudo o que pensa. Aguarda uma reação exacerbada por parte da Kibi-mor, mas essa reação não vem. Bárbara encara a parede branca por um longo tempo antes de responder.

— Você tem razão, as coisas saíram do meu controle. Eu sabia que isso poderia acontecer. Enfim, terei que mudar de estratégia. Não que isso seja ruim, só não é o ideal.

— O que pretende? — Suzana se apruma sobre os lençóis.

— Minha vingança contra a vagaba vai continuar. E, quanto ao Lex, bem, vou fazer o cara sofrer como ele me fez sofrer. Se ele realmente se apaixonar pela Nina, não deixarei que fiquem juntos.

A história de Bárbara e Lex não é nada de tão anormal. O problema foi que o cara mexeu com a Kibi errada. Depois de ficarem juntos numa festa, a Kibi-mor cercou o garoto de todas as maneiras, seguindo-o em todas as baladas da cidade. Eles ficaram juntos mais duas vezes depois disso.

Os amigos — entenda Gancho no topo da lista — desafiaram Lex a namorar a mesma garota por mais de quinze dias. E o cara, que não suporta ser desafiado, topou a aposta.

O alvo já estava marcado: Bárbara, a Kibi. Bem, nessa época o termo Kibi ainda nem existia. Uma pena, facilitaria muito o meu trabalho narrativo. Mas vamos em frente.

Bárbara sempre foi louca pelo Lex. Se não me engano, desde o quinto ano do fundamental. O tempo passou e ela finalmente ficou com o cara, na tal festa citada. Babi realmente acreditava ter fisgado Lex, para todo o sempre.

Como se fazia antigamente, ele pediu Bárbara em namoro. Foi uma situação tão esdrúxula que prefiro não entrar em detalhes. A garota aceitou, aos pulinhos. O que ela não sabia é que esse namoro estava com os dias contados. Ou sabia?

Enfim, nos quinze dias de namoro rolaram: lanchonete, cinema, *shopping*, cinema, *shopping*, lanchonete, cinema, sorveteria... bem, vocês já entenderam. No décimo sexto dia, Bárbara chegou à casa de Lex sem ser convidada. O dia estava chuvoso, escuro, e os trovões faziam as janelas tremerem. Naquela tarde, Lex estava sozinho jogando *video game*.

A funcionária deixou Bárbara entrar e apontou a escada para o andar de cima. Os pais de Lex estavam no trabalho e a garota poderia colocar seu plano em prática.

O rapaz nem imaginava o que estava para acontecer.

Atirando em *aliens* malvados na tela, Lex se mantinha alheio ao que rolava do lado de fora do quarto. Pensava em uma maneira de terminar o namoro com Bárbara sem causar nenhum trauma à menina. Ele já não aguentava mais o grude e os papos fúteis que ela gostava de dividir.

Lex ansiava por sua liberdade e a aposta havia sido cumprida.

Os beijos e amassos não eram de todo ruins. O que Lex odiava era a garota no seu pé, dia e noite, ligando de meia em meia hora para saber onde ele estava. E não só isso. Ela começou a dar palpites em suas roupas, a corrigir sua postura e a pentelhar para que ele a levasse a um restaurante de verdade, sem ser o McDonald's ou o Burger King.

Lex estava a ponto de explodir. Precisava terminar logo com esse namoro.

A porta do quarto foi aberta e o garoto quase teve um surto quando Bárbara, vestindo apenas um robe de seda transparente, cruzou o umbral e se segurou no batente, desenvolvendo uma *performance* à la *pole dance*. Ela sustentava um olhar avassalador, daqueles só vistos em filmes proibidos para menores de dezoito anos.

Vocês imaginam a cara embasbacada do Lex?

Juro, o garoto não sabia onde se enfiar. Arrancou o lençol da cama e correu para cobrir Bárbara. Mas ela não aceitou ser coberta e muito menos deixou Lex falar. Pegou o cara pelo colarinho, jogando-o na cama.

Bárbara caiu sobre ele, que, mesmo desnorteado, tentou escapar. Bem, qualquer homem numa situação dessas sucumbiria facilmente. Mas não Lex. Ele não conseguiria enganar Bárbara e conviver com isso depois. Lex apostava sim, até ludibriava, mas nada desse porte.

Bárbara não parava de beijá-lo, de apertá-lo, de sei lá eu mais o quê. Lex rolou para o lado e segurou os braços da garota acima da cabeça. Ela precisava ouvi-lo, por Deus! O problema é que ela não queria ouvir!

Ele até pensou em dar uns tapas na cara dela, quem sabe assim chamasse atenção. Felizmente, não foi preciso dar umas bofetadas, e ele conseguiu falar o que precisava ser dito, até mesmo sobre a aposta.

Bárbara implorava para que Lex não terminasse com ela. Suplicava por outras coisas também. A cena foi deprimente. A garota, nua, vestindo apenas um robe transparente, aos prantos. É claro que Lex ficou comovido, mas foi irredutível. O namoro estava acabado e ponto final.

Não pensem vocês que Bárbara ficou chorando por Lex. Oh, não! O chororô durou dois dias, no máximo. Depois disso, a garota voltou a sua habitual rotina: beijar todos os caras e infernizar a vida das meninas do Prisma.

Analisando o fato friamente, acredito que Bárbara esteja se enganando quanto ao amor que sente por Lex. Ela pode até ser doente pelo cara, mas amor? Está bem longe disso.

* * *

As Kibis descem para a piscina. Apesar de o dia estar nublado, um forte mormaço toma conta da ilha. Ana Paula e Suzana estão dentro da água com um bando de garotos, e, quando Lex e Gancho se aproximam, a Kibi-mor está sozinha lendo uma revista, estirada na espreguiçadeira. Ela levanta a cabeça, olha para os garotos com desdém e retoma a leitura. Gancho arranca a revista das mãos dela, nada simpático.

— O que querem? — Bárbara interpela, deslizando os óculos de sol sobre a cabeça. — Aliás, excelente *performance* a sua ontem, Lex. Uau, fiquei sem fôlego. — Ela se abana com as mãos.

— Precisamos conversar. — O tom de Lex é indecifrável.

— Se é sobre o vídeo ou a aposta, esqueça, não voltarei atrás. — A Kibi recoloca os óculos sobre os olhos. — Aliás, você está se saindo muito bem, nem precisei passar as instruções.

— O que está pretendendo? Qual é o seu plano diabólico? Se quer se vingar de mim, tudo bem, mas deixe a Nina fora dessa. — Lex se senta na espreguiçadeira ao lado.

— Veio defender a vagaba? Sério mesmo, Lex? — Bárbara se ajeita, numa frieza glacial. — Eu quero o sangue da Nina. Quero humilhar a garota, vê-la chorar como aconteceu ontem.

— Pronto. Já conseguiu a sua vingança. O que mais pretende? — Gancho joga a revista no colo de Bárbara.

— Cumpra a sua parte no acordo que eu cumprirei a minha, Lex. Aliás, a internet aqui do hotel funciona bem que é uma beleza. Dê um passo em falso e mando o vídeo para o seu pai.

— Não tem conversa com você, não é? — Lex retesa os lábios, irritado.

— *Nope*. E vão andando, estão estragando o meu dia.

Trinta

Virando o jogo

Nina encara seu reflexo no espelho de corpo inteiro. Os olhos estão inchados, os cabelos despenteados e ela se sente um lixo. Tomou outro relaxante muscular assim que acordou, mas o remédio ainda não surtiu o efeito esperado.

Laís entra no quarto trazendo o café da manhã: uvas, pãezinhos cheirosos e um copo de suco de laranja. Nina agradece aos céus por não precisar descer ao restaurante nesse estado lastimável.

— O que decidiu? — Laís pergunta, abrindo sua gigantesca mala de chinelos.

Nina entra num estado meditativo. A resposta está na ponta da língua, mas a garota não acredita que terá a coragem de pronunciar as próximas palavras. Antes que Laís questione novamente, ela finalmente revela:

— Você tem razão, eu preciso virar esse jogo. Desistir da aposta seria mais humilhante ainda. E, como quero vencer, preciso mudar a minha estratégia.

— Grande garota! Assim é que se fala. — Laís comemora com palminhas afetadas.

— O.k., o que sugere?

— O lance é provocar o Lex e ao mesmo tempo desprezá-lo. Além disso, você precisa estar feliz, sorria o tempo todo. Garanto que vai pegar o cara no contrapé, como fez ontem na quadra de tênis.

Nina não se empolga com a estratégia traçada por Laís. Não se imagina fazendo nada parecido com isso. Mas ela não pode negar que a ideia é boa e talvez o resultado seja positivo.

— Tudo bem, vou seguir o seu plano — ela concorda, a contragosto. — O que mais preciso fazer?

Laís analisa a amiga da cabeça aos pés. Tomba a cabeça para lá e depois para cá, estreitando o olhar. Fica claro que ela está confabulando consigo mesma. Nina aguarda, impaciente.

— Laís?

— Certo, vamos começar dando um tapa no seu visual. Tire essa roupa de ginástica já. Darei um *up* em você agora mesmo.

— Droga, onde eu fui me meter. — Nina revira os olhos e se entrega às mãos da amiga.

* * *

Gancho dá um cutucão tão forte em Lex que o cara se desequilibra. O garoto demora algum tempo para notar Nina e Laís. As duas caminham próximo da borda da piscina, arrancando assobios dos garotos e olhares fuzilantes das Kibis.

As amigas se encontram com Nathália mais à frente. Entre sorrisos e sussurros, essas três estão confabulando, deixando a galera ao redor bem curiosa. É hora de colocar o plano em prática.

Nathi encontra-se numa posição estratégica. Nota que Gancho e Lex estão com os olhos vidrados nelas. A garota abaixa a cabeça e se aproxima o suficiente das meninas, declarando:

— Gancho e Lex à vista.

— Tem uma visão clara do alvo? — Laís abafa o riso.

— Perfeitamente. — Nathi ajeita os óculos de sol.

— O.k., hora da ação.

Nina estremece com a resolução de Laís. Engole em seco e nem imagina o que a amiga esteja tramando. Mas ela topou virar esse jogo e prometeu a si mesma que não deixará barato o que aconteceu naquela quadra de tênis.

— O que eu devo fazer? — Nina questiona.

— Seduzir.

— E como se faz isso? — Nina congela, sem reação.

— Qual é! — Laís cai na risada.

— Tô falando sério, eu nunca fiz nada parecido antes.

— O.k., tire essa canga da forma mais sensual que conseguir. A intenção aqui é deixar a boca do Lex no chão, entendeu? Feito isso, tomamos o caminho da praia, como se este fosse o dia mais feliz e lindo da sua vida.

— Eu não vou conseguir. — Nina cerra as pálpebras ao mesmo tempo que as bochechas ruborizam.

— É claro que vai — Nathália incentiva. — Ande logo, eles ainda estão olhando para cá.

Nina desenlaça a canga colorida vagarosamente. A única voz que escuta é a de Laís, dando as instruções. A garota nunca provocou um cara dessa maneira, mas, quando o ato se consuma, ela se sente bem consigo mesma.

Quando Nathália assente com a cabeça, Nina tem certeza de que o alvo foi atingido em cheio, num tiro certeiro, à queima-roupa. Aos risos, essas três amigas saltitantes deixam a área da piscina a caminho da praia.

* * *

Gancho precisa fechar a boca de Lex, que ainda está entreaberta. Como sempre acontece quando se trata de Nina, o garoto acompanhou cada detalhe em câmera lenta: ela desamarrando a canga da cintura de forma sensual, deixando o tecido escorregar por sua pele demoradamente, numa provocação explícita. A cena foi como um soco no estômago, deixando Lex sem ar.

— Aquilo foi golpe baixo. Ela está provocando na cara dura! — Gancho se pendura no ombro do amigo. — E eu que pensei que não veríamos a Nina tão cedo.

— Mudança de planos, Cabeça. Vamos à praia.

— Vai levar a aposta adiante? Não tínhamos combinado fingir para a Kibi?

— Não é mais uma aposta, agora é questão de honra. — Lex tira a camiseta, enche o peito de ar e se arma do seu melhor sorriso sedutor.

* * *

Após a chuva de ontem, o mar está mais revolto do que de costume. Ainda assim, todas as garotas — com exceção das Kibis — estão reunidas logo depois da zona de arrebentação, concentradíssimas num jogo de vôlei animado. É Laís quem vê Lex e Gancho ao longe, mergulhando na direção em que elas se encontram.

— Nina, não olhe para trás. O Lex está vindo pra cá.

— Uau, o lance da canga funcionou. — Nina deixa um sorriso satisfeito escapar.

— Muito bem, novas instruções. Flerte com o cara e, quando ele chegar junto, basta desprezá-lo.

— E isso funciona? — Nathi se aproxima e pergunta, curiosa.

— Funciona que é uma loucura. Vá por mim — Laís confirma. — Já usei a técnica zilhões de vezes.

— É sério, preciso ter umas aulinhas com você. — Nathália vê a bola se aproximar e dá um toque para cima.

* * *

Lex e Gancho se atiram no mar gelado e demoram algum tempo para vencer a força das ondas. O dia está cinzento, assim como as águas. Finalmente alcançam as garotas e, sem pedir permissão, entram no jogo.

Lex se posiciona bem próximo a Nina. Lança olhares furtivos para a garota, mas nenhum dos dois se manifesta. Ele tenta chamar a atenção dela de todas as formas e, como não atinge seu intento, resolve quebrar o silêncio que os separa:

— Pensei que estaria dolorida hoje.

— E estou — ela confirma, sem desviar o olhar da bola. — E você?

— Também.

— Humm... — Ela o mira brevemente. — Sabe, vou querer uma revanche qualquer dia desses. E prometo que dessa vez não deixarei você ganhar — o tom de Nina é casual, como se ela estivesse bem à vontade.

— Não me odeia mais?

— Não. — Ela dá de ombros.

— Bom, sendo assim, será um prazer.

* * *

A brincadeira na água vai rolando, sem incidentes. Os monitores juntam-se ao bando, trazendo pranchas de surfe e acessórios legais para mergulho. Nesse caso, o jogo de vôlei chega ao fim e a turma cai matando nos apetrechos divertidos.

— Onde você disse que é um bom lugar para mergulhar? — Nina fita Lex, descompromissadamente.

— Quer mergulhar?

— Está se oferecendo para me acompanhar? — Nina entra no jogo proposto por Laís. E não é que a garota começa a gostar?

— Fique aqui. Vou buscar as máscaras.

Laís, que estava próxima o bastante, levanta o dedo polegar em sinal de aprovação. Nina bate continência para a amiga com um sorriso bem-humorado: A operação "Virando o Jogo" tem início imediato.

Trinta e um

O mergulho e a caça ao tesouro

Lado a lado, Nina e Lex nadam até o local indicado pelo monitor. Poderiam até apostar uma corrida, mas o corpo não corresponderia ao esforço. As dores do jogo de ontem ainda estão latentes.

Lex desliza a máscara de mergulho sobre os olhos e Nina faz o mesmo. Não estão em zona de perigo nem nada, mas não dá pé para nenhum dos dois. Sendo assim, batem as pernas vigorosamente.

Ambos mergulham.

No silêncio das águas do mar, Nina sente a paz transbordar por todas as suas células. É um silêncio que a aproxima do todo, que a conecta à Terra, que a lembra, por um milionésimo de segundo, de que todos somos um só.

O recife de corais é surpreendente. A biodiversidade naquele pedacinho de mar deixa a garota boquiaberta. Seus pulmões precisam de oxigênio e ela emerge para respirar. Quando retorna, Lex estende a mão, puxando-a mais fundo.

Mesmo após a chuva, a visibilidade é boa. Apesar de a água estar um tanto turva, é possível ver os mínimos detalhes, numa miscelânea de cores que se fundem de forma surreal.

Um cardume passa em frente aos olhos de Nina. São peixinhos pequenos, rajados e multicoloridos. Lex aponta para uma rocha e Nina sorri quando reconhece uma estrela-do-mar.

Ela precisa de ar novamente e desta vez Lex a acompanha. Da praia, um monitor aponta para o relógio de pulso e o garoto entende a mensagem: o horário do almoço se aproxima.

— Temos que voltar. — Lex desliza a máscara para o alto da cabeça.

— Mas já? — Nina tomba a cabeça de lado e tenta soar decepcionada.

— Podemos voltar amanhã. Topa?

— Hum, hum. Fechado.

* * *

Os estudantes do Prisma estão espalhados pelo restaurante do hotel, separados por níveis de afinidade. As três mosqueteiras dividem uma mesa e já estão na sobremesa. Laís deixa o talher sobre o prato e arqueia o corpo para a frente, em direção a Nina. Num sussurro, ela diz:

— Não sei o que você fez, mas conseguiu. O Lex não tira os olhos daqui.

— Mentira! — Nathi engasga, precisando de um gole de suco para desentalar.

— Eu não fiz nada, nós só mergulhamos no recife. — Nina leva uma colherada de *mousse* de maracujá à boca.

— Bom, o que posso dizer? Você está virando esse jogo bonito! — Laís ergue o guardanapo do colo e limpa os cantos da boca. — E quanto à Caça ao Tesouro…

— O que é? — Nina arregala os olhos quando nota que as amigas estão abafando risinhos com as mãos. — O que vocês fizeram?

— Nós descobrimos que a caça será realizada em duplas, previamente sorteadas. Nesse caso, eu e a Nathi aqui convencemos o monitor a colocar você e o Lex juntos.

Agora é a vez de Nina engasgar. Ela arqueja e cospe a sobremesa no prato, virando o copo de suco numa golada só. Quando recupera o fôlego, encara as meninas e sibila:

— Vocês fizeram o quê?

— Qual é, vai ser divertido. E lembre-se: mantenha a estratégia. Dê em cima do Lex e, na hora H, salte fora. Combinado?

— Laís, não acredito que isso vá dar certo. — Nina joga o guardanapo na mesa, descrente.

— Vai dar, confie em mim.

* * *

Conforme as instruções dos monitores, essa galera veste roupas confortáveis e tênis nos pés. As três amigas estão sentadas na areia da praia, aguardando o início da Caça ao Tesouro.

Nina está tensa. Ainda não acredita no que está para acontecer. Ela e o Lex juntos no meio do mato? Droga, isso não vai prestar. A garota finca os dentes no lábio com força e estala os dedos, na vã tentativa de baixar a ansiedade.

Passa das duas da tarde e um sol tímido resolve dar as caras por trás de nuvens escuras. Um dos monitores toma a palavra e explica em detalhes como será a brincadeira.

— Certo, meu povo, a Caça ao Tesouro será realizada em duplas, que foram sorteadas pela manhã. Na primeira etapa, os competidores estarão atrelados pelos pulsos a essas algemas aqui. — Levanta as algemas no ar, o que já causa um murmurinho entre os estudantes. — Um mapa será fornecido e a dupla deverá adentrar na mata e procurar por uma caixa como esta aqui — ele agora ergue uma pequena caixa de bambu. — Dentro da caixa, vocês encontrarão as chaves das algemas e outro mapa. O segundo mapa os levará para outra parada, ainda dentro da mata. Vocês encontrarão uma garrafa e um último mapa, que finalmente os levará ao tesouro. Lembrem-se de que o xis marca o lugar. Caso alguém se perca ou algo aconteça na mata, vocês estarão munidos de apitos e localizadores. Só usem em caso de emergência, estamos entendidos? Monitores e professores estarão aguardando no local onde está o tesouro. A chegada dos vencedores é prevista para as quatro e meia da tarde. E nem preciso dizer que a dupla que chegar primeiro levará o prêmio, certo? Boa sorte a todos, tenham cuidado e vamos descobrir quem são as duplas!

O monitor chama as equipes sorteadas pela manhã. Nathi e Laís fazem um sanduíche de Nina, chocando seus ombros contra os dela, esperando que a amiga dê uma risada ou esboce qualquer reação. Mas Nina está nervosa demais para isso.

— Nina e Alexandre — o monitor lê em voz alta. Nina já sabia, mas finge espanto. Lex, ao contrário, está realmente surpreso.

Ambos seguem até a mesa de apoio. Nina oferece a mão direita e Lex a esquerda, e então os dois são algemados e recebem o primeiro mapa.

— Certo, crianças, cuidem-se na mata. — O monitor entrega um apito, um localizador e um cinturão para cada um. — Posicionem-se no ponto de partida — ele aponta uma linha no chão, onde outros estudantes já se acotovelam.

— Alguém armou para nós? — Lex sussurra a pergunta. Com a cara mais cínica do mundo, Nina responde:

— Não faço a menor ideia.

Trinta e dois

A primeira etapa da caça

Algemados. Oh, sim, esses dois se embrenham no meio da mata atrelados pelos pulsos, as peles se tocando, um perigo extremo!

Lex está com os localizadores no bolso de trás da bermuda e Nina segura o mapa aberto. Os apitos balançam pendurados ao pescoço, sustentados por um fio de náilon.

Ambos receberam um cinturão com alguns apetrechos e um cantil água. Lex dá uma olhada rápida no bolso da pochete e descobre: uma m lanterna, duas barras energéticas e um canivete suíço. O.k., dá para o

Nina vai guiando Lex pela trilha aberta na mata. Percebem mapas não são iguais quando Nathi e Nando tomam outro cami se mantêm na mesma rota que Gancho e Laís, Bárbara e Bola Edgard e outras duplas que vêm logo atrás.

— Temos que virar aqui — Nina para e aponta algo n

— Certo.

Os dois saem da pista principal, avançando por um inclinado, ladeado por árvores e plantas rasteiras. A pa por conta própria.

Estudando o mapa, Nina acredita que logo a marcada com um xis vermelho. Quando chegare pegar um caminho adjacente e seguir em frent lá que encontrarão a caixa com a chave e o se

Nina estaca de repente. Lex, desavisad para trás. Vira-se para encarar a garota, irr

— Custa avisar que vai parar de andar?

— Shhhhhh — Nina pede silêncio, levando o indicador aos lábios. — Acho que ouvi alguma coisa.

— Fala sério — Lex bufa e joga a cabeça para trás. — Estamos no meio da mata, é óbvio que você vai ouvir coisas.

— Não é isso. Tenho a estranha sensação de que estamos sendo seguidos. — Nina está séria, compenetrada. Aguarda um pouco mais antes de retomar o caminho. — Devo estar enganada.

— Não somos os únicos nesta mata. — Lex revira os olhos, doido para chegarem logo ao riacho.

Eles retomam a caminhada. Pouco tempo depois, Lex vê a rocha com um xis marcado em vermelho. Ao alcançarem o local, viram à esquerda, numa trilha estreita e com a vegetação mais fechada.

— Tem cobras aqui? — Nina não tinha pensado sobre o assunto até então.

— Com certeza. Mas fique tranquila, elas não vão se aproximar.

— Nem vou perguntar se o que acabou de dizer é uma ironia. — Nina acelera e Lex toma um tranco violento no pulso.

O mapa é preciso e logo escutam o ruído da água. Devem estar próximos ao riacho. Nina segue em frente, segurando-se nos troncos das árvores. Nesse ponto, o terreno está lamacento, resultado da chuva de ontem.

— Estou ouvindo o barulho de água — Lex fala o óbvio.

— Não estou surda.

— Deus, que garota difícil! — Ele chacoalha as mãos e, por consequência, uma das mãos de Nina balança junto.

— Se não quiser tomar uma joelhada daquelas, pare de balançar a inha mão.

— Se me der uma joelhada, vou cair e você vai precisar me arrastar Lex retruca, parando de andar. Nina sente o solavanco e fuzila o garoto o olhar.

Não precisarei arrastá-lo. Quebro o seu dedão e tiro a algema.

Que coisa macabra. Você me dá medo às vezes. — Lex a encara, ndo-se num tronco grosso e cheio de falhas. Pega o cantil do cindá uma golada. — Quer?

Não. Só quero chegar logo a esse riacho e me livrar de você. — m a cara amarrada, ergue o braço atrelado ao garoto.

— Por que quer se livrar de mim? — Ele guarda o cantil e dá um puxão em Nina. A garota bate contra o peito dele e usa a mão livre para se afastar.

— Faça isso de novo e eu juro por Deus que quebro a sua cara — Nina ameaça.

— Já disse que você fica extremamente *sexy* quando está brava? — O cara curte brincar com fogo.

Nesse caso, a velha Nina daria um bom chute no meio das pernas dele, correto? Mas, a pedido de Laís, usará outra estratégia com Lex.

— Ah, é? Você acha isso mesmo? — Ela entreabre os lábios e, com o dedo indicador, traça um caminho perigoso que desliza pelo peito depilado de Lex até o seu lindo rostinho queimado pelo sol. A garota aproxima-se um pouco mais, prendendo os olhos dele aos seus. O cara é pego no contrapé, a respiração falha e o coração bombeia o sangue num ritmo alucinado.

— O que está fazendo? — ele balbucia, a voz entrecortada.

A mão livre de Nina está na nuca dele e os olhos não se desgrudam nem um instante. As bocas se aproximam, mas ela desvia na hora H, alisando a barba dele com os lábios, chegando até o lóbulo da orelha. Ela mordiscou? Sim, ela mordiscou a orelha dele! Lex solta um gemido abafado, fecha os olhos e sente um arrepio cortante subir pelos braços.

E então, para arrematar com chave de ouro esse momento provocante, a garota murmura, com a voz mais insinuante que consegue fazer:

— Se me irritar novamente, vou mostrar quanto sua morte por afogamento pode ser *sexy.* — Dito isso, ela se afasta para o mais longe que as algemas permitem.

Lex abre os olhos. No lugar daqueles pontos luminosos que brilham como raios solares, duas bolas de fogo faíscam na direção de Nina. Um tanto violento, ele a atira contra outra árvore, prendendo-a pelos braços.

— Se me provocar desse jeito de novo, não respondo por mim — ele arfa.

— E o que vai fazer? — Nina mantém o tom insinuante.

— Está avisada!

E, arrancando o mapa das mãos da garota, ele retoma a trilha, arrastando uma triunfante Nina logo atrás.

Trinta e três

A segunda etapa da caça

Lex localiza a caixinha de bambu. Está posicionada sobre uma rocha branca, próxima às margens do riacho. A corredeira é feroz, e, se os dois entrarem na água, poderão ser levados. A melhor opção é um deles se agarrar a uma árvore e o outro resgatar o objeto.

— Eu vou — o tom firme de Lex não deixa opção.

— Tudo bem, vai lá. — Ela dá de ombros, analisando as árvores ao redor. Um galho grosso e forte o bastante poderá ajudar na estratégia.

— Acha que consegue nos segurar? — ele pergunta.

— Acho que sim.

— Se for soltar, me avise. — Lex entra na água.

— Tá legal.

A operação é executada com maestria. Lex pega a caixa de bambu e volta para a margem, encharcado da cintura para baixo. Só então percebe que Nina morde o lábio, olhando para algum lugar próximo.

— O que foi? — Ele olha para trás. — Que merda! Corremos risco à toa.

Sobre um tonel cinza, uma corda foi deixada pelos monitores, propositadamente. Realmente Lex estava achando aquela operação de resgate muito arriscada.

— Agora já foi — Nina diz, indiferente. — Por favor, nos solte logo.

Lex abre a caixa e pega a chave. Sem nenhuma dificuldade, consegue livrá-los das algemas. A garota sacode o braço, avaliando se o pulso está ferido. Não está. Lex desenrola o mapa envolto em um saquinho transparente.

— Para onde agora? — Ela enche o cantil com água fresca.

— Tem uma trilha mais à frente — Lex aponta para algum lugar além das árvores.

— O.k., vamos lá.

* * *

Eles caminham — na verdade se arrastam — pela nova trilha. Nina está cansada e não consegue contemplar a beleza da mata. Desvia de folhas, arbustos, galhos e nem sequer nota os micos que pulam acima da cabeça deles.

Lex segue logo atrás, tomando o último gole de água do cantil. Abre a embalagem de uma barra energética e manda para dentro em três dentadas. Já passa das três e meia da tarde.

— Esse tesouro tem que valer a pena — Lex comenta para si mesmo.

— Se não valer a pena, vou socar alguém — Nina esbraveja, enxugando o suor da testa.

O caminho ziguezagueia entre outras trilhas. Mas o mapa é perfeito, cheio de marcações, impossível se perderem. Nina ainda está com aquela forte sensação de estar sendo seguida, e não é por Lex. Olha para trás uma vez. Mais outra. E mais outra.

— O que foi? — ele finalmente pergunta, olhando também para trás.

— Juro, acho que estamos sendo seguidos.

— Nina, você está paranoica.

— Não estou, não. Tenho quase certeza disso.

— Tudo bem, vou ficar atento. Agora ande, ainda temos chão pela frente. — Lex mira o mapa e confere se estão no caminho certo. — De acordo com as instruções, vamos encontrar a garrafa logo ali.

Ele aponta para um conjunto de árvores que formam um semicírculo. Vasculham a área à procura do objeto. No mapa, uma árvore está marcada com um xis rubro. Nina olha em volta, mas é Lex quem encontra o tronco pintado.

A garrafa está presa nos galhos mais altos, balançando com o vento. Nina olha para Lex. Lex olha para Nina. Alguém precisará subir.

— Certo, eu vou — ele decide.

— Nada disso — ela interpõe. — Você resgatou a caixa, nada mais justo que eu pegue a garrafa.

— Está alto demais!

— Está duvidando da minha capacidade? Quer apostar? — Nina leva as mãos à cintura.

— Pensei que nunca mais apostaria algo na vida. Não depois de... Bom, deixe para lá. — Lex está em dúvida se deve permitir ou não que Nina escale a árvore.

— Eu subo. Fique aqui — ela o posiciona —, caso eu despenque lá de cima.

— Por favor, tome cuidado, é sério.

Nina analisa a árvore detalhadamente. Apresenta ranhuras no tronco, o que facilitará a escalada. Lex une as duas mãos, entrelaçando os dedos. Ela se posiciona e toma impulso.

Tranquilamente, Nina encontra pontos de apoio para os pés. Cautelosa, chega aos primeiros galhos e tudo fica mais fácil ainda. Seus dedos já podem tocar a garrafa. O objeto está preso a um galho grosso e pesado. Nina se segura e corta a corda com a ajuda do canivete suíço. Olha para baixo e vê quando Lex a pega ainda no ar.

— Agora desça daí.

Uma brilhante ideia pisca no cérebro de Nina como um painel de néon. Quando inicia a descida, lembra-se das palavras de Laís e resolve colocar o plano em prática. Se algo der errado, ela poderá se machucar. Será que os fins justificam os meios? Bem, só testando para descobrir.

Engolindo em seco, Nina finge colocar o pé em falso e despenca da árvore. Lex a alcança, mas não consegue se equilibrar. Os dois desabam no chão.

A antiga Nina teria levantado num pulo, afastando-se de Lex. A nova Nina, criada por Laís, não faz nada disso. Permanece onde está, por cima do garoto. Os olhos estão cravados um no outro. Lex está arfando? Oh, sim, ele está. Não consegue controlar a mão que rasga o ar, tocando os cabelos dela.

A sensação é de que o tempo parou. Com os polegares, ele traça o desenho dos lábios de Nina, suavemente. Ela não se afasta, nem quando a mão dele desliza para sua nuca, puxando-a para mais perto.

Ela sente o hálito quente de Lex. As bocas já estão entreabertas e as pálpebras, semicerradas. Se a garota precisa agir, o momento é agora.

Tomada por uma urgência, Nina se desvencilha das mãos dele. Levanta-se sobressaltada, sustentando uma expressão que denota surpresa e algo mais. Lex nem imagina que a cena foi premeditada.

— É melhor irmos andando. — Nina bate as mãos na bermuda, livrando-se das folhas secas e da terra.

— Nina. — Lex se senta, tentando domar a respiração.

— Vamos, Lex. — Ela pega a garrafa do chão, puxa o novo mapa para fora e retoma a trilha, sem olhar para trás.

Trinta e quatro

O fim da caça

— Não vai rolar. — Nina recua, balançando a cabeça. — Não tenho pernas para aguentar essa subida.

— A escalada é bem *punk* mesmo. — Lex checa o mapa, buscando uma rota alternativa.

Estão defronte a um morro íngreme, cheio de rochas, pedras soltas e vegetação rasteira. Nina observa quatro cordas que vêm do cume até o sopé. A escalada não é lá tão difícil, mas o jogo de ontem detonou com os músculos desses dois.

— Estou podre, o efeito do remédio já passou faz tempo. Acho melhor desistirmos — Nina observa, com um semblante derrotado.

— De jeito nenhum! Qual é, não sou cara de desistir fácil. — Lex analisa as cordas e o terreno. — Mas você tem razão, também estou quebrado.

— Vamos voltar, então. — Nina esvazia o cantil na nuca.

— Podemos dar a volta e contornar o morro. Veja o mapa. — Ele balança o papel contra o vento. — Se caminharmos rente à montanha, não iremos nos perder.

— Má ideia. Não sabemos para onde a trilha vai nos levar — Nina discorda.

— Já disse, não vou desistir. Se quiser, volte você.

— O quê? E deixar você contar vantagem depois? Nada disso! Começamos juntos e vamos até o fim. — Nina se põe de pé, pronta para encarar o desafio. — O que estamos esperando?

Um sorriso debochado ilumina o semblante de Lex. Ele adora a personalidade forte e decidida de Nina, mas nunca revelará o fato. Tanto é verdade que, imediatamente, balança os cachos ensolarados, tentando deletar esse pensamento. Para desanuviar de vez, dá uma olhadela no relógio de pulso e se sobressalta:

— Vamos andando, já são quatro da tarde.

* * *

Quando Lex e Nina desaparecem na trilha secundária, Bárbara e Bola finalmente saem de trás das árvores. Ainda estão algemados e a Kibi o puxa com certa brutalidade.

— Você é muito mole! — a garota se estressa.

— Chega disso, você já conseguiu várias fotos hoje. Eu quero voltar.

— Cale a boca e ande logo. — Bárbara dá um tranco em Bola, irada.

— Pare! Não vou mais seguir você. Seu plano é idiota, sabia? Você está tão cega de ódio que nem se deu conta disso. — O garoto estaca.

Fica claro que Bola não está mais a fim de ajudar, por isso Bárbara resolve mudar de estratégia. Respira profundamente e encara o garoto suado, requebrando o quadril lateralmente. Com lábios de mel, vai se aproximando, docilmente.

— Qual é, Bolinha, não quer ganhar um beijo meu? Não foi esse o nosso acordo? Se você for até o fim nisso comigo, é o que vai ganhar como prêmio.

O cenho franzido de Bola se desfaz no mesmo instante. Ele, que nunca beijou uma garota na vida, começa a repensar. Mesmo sabendo que poderá apanhar nos próximos segundos, solta a bomba:

— Me dê um beijo agora ou nada feito.

Trincando de raiva e com os punhos cerrados, Bárbara se vê num beco sem saída. Na realidade, ela tem várias alternativas, mas opta por se manter no plano original.

— Você quer um beijo meu agora? E então fará tudo o que eu mandar? — A Kibi vai se aproximando mais, gingando, levando as mãos aos braços de um Bola todo arrepiado.

— Me dê um beijo de verdade que eu sigo você até o inferno.

A Kibi-mor nem precisa pensar muito. Reunindo uma boa dose de coragem — mas muita coragem mesmo —, ela fecha os olhos e imagina que o garoto à sua frente, na verdade, é Lex. Antes de tascar um beijo naquela boca gordinha e sedenta, ela sussurra:

— Esse será o melhor beijo da sua vida.

* * *

A mata é fechada e a trilha sumiu das vistas. Lex e Nina estão caminhando há quase uma hora e nada de chegarem a lugar algum. Ela está ultrairritada e Lex já não aguenta mais os ataques coléricos da garota a cada cinco segundos.

— Já passamos por aqui. Estamos andando em círculos. — Nesse momento, um raio risca o céu. — E está para cair uma chuva daquelas! — Nina faz uma pausa dramática, levando as mãos à cintura. — Que horas são?

— Cinco da tarde — Lex responde num fio de voz. Odeia a cara arrogante que ela faz quando tem razão.

— Me dê os sinalizadores. — Nina estende a mão, batendo um dos pés no chão de forma cadenciada.

— Espere. — Ele fecha os olhos e escuta os sons da mata. — Está ouvindo isso?

— O quê? Só escuto a chuva se aproximar.

— É barulho de água. — Lex abre o mapa. — Se for o mesmo riacho onde encontramos a caixa, ficará fácil voltar para a praia.

— Lex, estamos perdidos e já são cinco da tarde. Os monitores e os professores devem estar preocupados.

— Confie em mim. — Ele toma outro caminho, seguindo o ruído da água.

— Mas que droga! — Irritada, ela soca o ar e não vê alternativa a não ser segui-lo.

* * *

O garoto tinha razão, tudo leva a crer que é o mesmo córrego do início da Caça ao Tesouro. Existe uma trilha larga e serpenteante ladeando as margens. Seguindo por esse caminho, é provável que consigam voltar à praia.

A chuva começa a cair, um tanto tímida ainda. Relampeja e a escuridão se aproxima. Lex segue na frente e Nina vem logo atrás, mantendo a cabeça baixa e o foco cravado no chão desnivelado. Ela não nota quando ele para abruptamente. A trombada tira sua concentração, ou seja, temos um belo motivo para a garota explodir de vez:

— Droga, Lex, o que foi agora?

— A trilha acaba aqui — ele vocifera.

Nina dá uma olhada por cima do ombro dele. Uma imensa rocha interrompe a trilha e não parece haver outro caminho. Com a raiva que ela está sentindo, o autocontrole já foi para o saco faz tempo. A garota começa a esbravejar:

— Eu falei que deveríamos ter voltado, seu cabeça-dura! Agora está escuro, estamos perdidos e vão demorar séculos para nos achar! — Ela bate a mão espalmada na rocha, estressada. — Que droga, por que eu fui ouvir você?

— Quieta! Estou tentando pensar — Lex se altera.

— Quieta? Quieta? Está mandando eu ficar quieta? — Nina urra, mais alto que o barulho da chuva.

— Eu mandei você calar a boca!

— Ah, é? Vem calar se você for homem, seu babaca!

Ai, ai, ai. Esse clichê mexeu com o brio do cara. Num ímpeto, Lex parte para cima de Nina, segurando firme os ombros dela contra a rocha lodosa. Gotas de chuva escorrem pela face, levando o suor e a sujeira embora.

Lex não retruca. Seu peito — descamisado, obviamente — movimenta-se num ritmo inconstante, acompanhando as batidas do coração. Esses dois estão próximos demais.

Lex se esquece de onde está e para onde deveria ir. Não se importa com a chuva, a trilha interrompida ou mesmo por estarem perdidos. A única coisa que ele quer é calar aquela boca.

E ele a cala, sentindo um choque térmico ao tocar os lábios de Nina. Tão sedosos, saborosos, sedutores. Em vez de se afastar, ela corresponde, agarrando-se a ele, cravando as unhas em suas costas e descendo.

Lex fica louco quando ela apalpa sua bunda redonda e bem definida, demora a entender o que ela pretende com isso. Quando o garoto se dá conta, não há mais tempo para impedi-la. Nina acaba de iluminar o céu com um dos sinalizadores.

Fuzila Nina com os olhos e se afasta. Esfrega os lábios como se tivesse pedido sorvete de chocolate e, na verdade, a sobremesa fosse feita de jiló.

— Por que fez isso? — Lex interpela. — Por um milionésimo de segundo, pensei que estávamos nos entendendo.

— Pensou errado — Nina rebate. — Estou com fome, com frio, debaixo dessa chuva e ainda por cima perdida com você. O que eu deveria fazer?

Um farfalhar no meio da mata atrai a atenção dos dois. Entreolham-se, sem saber o que pensar. O barulho torna-se mais intenso. Algo se aproxima rapidamente.

Lex segura Nina contra a rocha, selando seus lábios com o indicador. Tira o canivete do bolso e, com um aperto de botão, libera a faca.

O farfalhar continua. O que mais pode dar errado no dia de hoje? Nina está apreensiva, aguardando. Um instinto protetor desperta o homem das cavernas que existe em Lex. Assume uma posição de ataque, protegendo-a com o próprio corpo e a lâmina em punho.

— Ah, são vocês! — Uma cínica Bárbara finge surpresa. — Não somos os únicos perdidos, viu, Bolinha?

— Ei, Lex, vai nos matar? — Bola aponta para o canivete. O garoto fecha a faca e guarda o acessório no bolso, relaxando.

— O que estão fazendo aqui? — Nina questiona, desconfiada.

— Estamos perdidos, como vocês. Vimos o sinalizador e viemos para cá. — Bola, acostumado a mentiras, nem precisa se esforçar.

— Vocês ainda estão algemados — Lex observa, estreitando os olhos.

— Longa história — Bárbara leva as mãos aos cabelos molhados, sacudindo-os a seguir. — Não deveríamos usar outro sinalizador?

— Eu solto, eu solto! — Bola se empolga e aponta o cano vermelho para cima, liberando a luz em seguida. A noite se ilumina de imediato.

— Agora temos que esperar. — Lex se vira para Nina, que, como ele, também sente a mentira no ar.

Bárbara e Bola iniciam uma discussão irritante sobre onde sentarão. Apesar de ensopada, a Kibi não quer sujar o minúsculo *short*. Enquanto eles brigam, Nina aproxima-se de Lex e sopra em seu ouvido:

— Não é megaestranho estarem algemados ainda? Acha que estavam nos seguindo?

Lex suspira alto. Nina tinha razão, estavam sendo seguidos. A Kibi quer vingança e, pelo visto, mantém algum plano diabólico em mente que envolve espionagem e sabe-se lá mais o quê. Mas o garoto descobrirá; afinal, Bola está metido nisso de alguma maneira.

— Nina, eu não faço ideia. — Ele puxa o sinalizador do bolso traseiro da bermuda, encarando o tubo por algum tempo. — Bola, vocês têm mais um aí, certo?

— Sinalizador? É, temos mais um.

— Vamos disparar um a cada cinco minutos, beleza?

— Beleza, Lex — Bola concorda, desequilibrando-se e caindo quando a Kibi o puxa para baixo.

Lex vai até o riacho e pega algumas pedrinhas no chão. Começa a jogá-las, uma a uma, no meio da corredeira, na intenção de fazer com que o tempo corra mais depressa.

Bola e Bárbara não param de discutir um segundo. Lex olha para Nina de esguelha. Ela está se abraçando, trêmula. A chuva é pesada, fria e a sensação térmica cai alguns graus.

Tomado por uma força maior, ele caminha até a rocha, arrancando a camiseta presa à bermuda, torcendo-a para tirar o excesso de água. Aproxima-se de Nina, colocando a vestimenta sobre os ombros dela. Os dois se encaram.

— Logo estaremos no hotel. — Lex ajeita uma mecha úmida do cabelo de Nina atrás da orelha.

— Preciso de um banho fervendo. — Ela fricciona as mãos contra os braços, tentando em vão se aquecer.

— E, depois, um *cheeseburger* duplo com maionese. — O estômago de Lex dá as caras quando pensa em comida.

— Com batatas fritas. — Ela sorri, penetrando mais fundo nos olhos do garoto.

— E *milk-shake* de chocolate.

— Com caramelo.

Uma nuvem elétrica cerca esses dois, prendendo-os de maneira sobrenatural. Lex sente uma vontade irresistível de tocá-la, mas é Nina quem diminui a distância, afundando o rosto em seu peito. Ela arfa quando se sente abraçada, seu corpo se arrepia quando a temperatura começa a subir.

— Já devem estar chegando — Lex pressupõe, tocando a testa de Nina com os lábios.

— Hum, hum. — Ela já não sabe se quer ser resgatada. Por um breve momento, a segurança que sente nos braços dele parece bastar.

— Não está na hora de soltarmos outro sinalizador? — Bola pergunta, acima das reclamações de Bárbara.

— Manda lá, Bolota — Lex concorda, sem olhar para trás.

Trinta e cinco

Passeio de escuna

Depois do resgate e de ouvirem um baita sermão dos professores, os quatro estudantes ensopados seguiram para seus respectivos quartos. Nina toma um banho fervendo, daqueles em que a água pinica a pele. Nathi e Laís sentam-se no chão frio, prestando atenção à narrativa da amiga.

— Ainda não entendi o que a Bárbara e o Bola estavam fazendo ali. Isso está muito estranho — Nathi começa a divagar. — E você teve a sensação de estarem sendo seguidos.

— Também achei muito esquisito. E, como eu disse, eles estavam algemados. — Nina abre a tampa do condicionador, espalhando o conteúdo nos cabelos. — Que eles estavam nos seguindo, disso eu tenho quase certeza. A pergunta que não quer calar é: por quê?

— A Kibi é louca pelo Lex, acho que ela faria qualquer coisa para tê-lo de volta. Ou, então, abriria as portas do inferno para que ninguém pudesse ficar com ele — Laís conjectura.

— Ela estava seguindo o Lex e a Nina para ver o que iria acontecer entre eles, é isso? — Nathi lança a pergunta em meio à névoa esbranquiçada.

— É a única explicação — resume Laís.

— Eu sei lá e pouco me importa. A única coisa que quero é comer, estou morta de fome.

* * *

O dia nasce com um sol brilhante em meio a nuvens esparsas. Camila e Edgard foram os vencedores da Caça ao Tesouro e, acompanhados por dois instrutores, executam manobras radicais a bordo de *jet skis*, fazendo inveja para todos os estudantes do Prisma.

Nina, Laís e Nathália já estão com suas bolsas de praia a tiracolo, aguardando a escuna chegar ao píer. O almoço da galera acontecerá em uma ilha próxima, a meia hora da Ilha Inamorata.

Lex e Gancho estão posicionados, aguardando Bola chegar à praia. Quando finalmente dá as caras, os garotos se jogam em cima dele, arrastando-o para um local longe das vistas curiosas.

— O que está aprontando, Bolota? — Lex interpela, impaciente.

— O quê? Do que você está falando?

— Não se faça de besta. Ande logo, conte o que está aprontando com as Kibis. — Gancho aperta o pescoço do garoto com força. — Está dando uma de agente duas caras, é isso? Leva e traz? Moleque de recados?

— Qual é, Gancho, eu nunca faria isso com vocês. — Bola está ficando com as bochechas vermelhas.

— Você e a Bárbara estavam nos seguindo na trilha ontem, não estavam? — Lex pergunta, com cara de quem vai matar alguém. — Anda, responde!

— Estou sem ar — a voz do garoto é apenas um sopro.

— Solta ele, Gancho. — Lex toca o braço do amigo, fazendo-o soltar o pescoço do garoto.

— Galera, juro, eu não fiz nada — Bola choraminga.

— Meu irmãozinho, desde que chegamos à ilha você aprontou muito pouco. E isso só quer dizer uma coisa: você está ocupado com algo mais importante. — Gancho faz uma pausa para respirar. — Das duas uma: ou você virou um maricas ou está de conluio com as Kibis.

— Gancho, Lex, caras… eu não fiz nada errado, juro para vocês!

— Resposta errada. Você sempre está aprontando alguma. — Lex chega mais perto e Bola recua dois passos. — Se eu souber que você está metido com as Kibis, juro por Deus, encho você de porrada!

— Caramba, Lex, pega leve. Tô falando, podem confiar em mim, juro por Deus. — Bola cruza os dedos às costas. Nem Lex nem Gancho percebem a manobra.

— Ei, vocês, a escuna chegou! — Hulk grita na direção dos três.

— Se tem algo para nos contar, que seja agora — Gancho esbraveja, enfurecido. — Estou dando uma chance a você, Bola.

— Já disse, sou inocente.

Lex e Gancho se entreolham. Nenhum dos dois acredita na inocência do garoto, mas a partir de agora ficarão mais espertos.

— Vai, vaza. — Gancho dá um tapa na nuca de Bola e o garoto sai correndo.

— Não acreditei em uma palavra. — Lex lança um olhar matador para o nada.

— Nem eu, *man*. De agora em diante, ficaremos de olho nele.

* * *

A bordo da escuna, as meninas fritam no sol e os garotos jogam truco. Nina está afastada da turma, sentindo o vento nos cabelos e uma liberdade gostosa, dessas que poucas vezes sentimos.

Lex se aproxima sem ser notado.

— Um milhão pelos seus pensamentos.

— Um milhão de quê? Me disseram que seu pai cortou a sua mesada — Nina ironiza, sem olhar para trás.

— Que tal um milhão de beijos? É a única moeda de troca que tenho no momento.

Lex arranca uma gargalhada de Nina. Ela gira nos calcanhares para encará-lo, já sabendo o que vai encontrar: um sorriso debochado naqueles lábios altamente sugestivos.

Mesmo com os óculos de sol, a garota precisa colocar o braço à frente do rosto para fitar um Lex sem camisa. O mau tempo foi embora e a previsão afirma que é em definitivo, até o fim da viagem.

— E então? Em que está pensando? — ele insiste.

— Nos lugares que ainda não conheço, nas viagens que quero fazer. — Nina faz uma pausa, olhando para os chinelos coloridos que Laís emprestou. — Por que isso importa?

— Tudo o que diz respeito a você é importante para mim.

— Rá! Você realmente quer perder os dentes, não é? Pare de me zoar, tá legal?

— Não estou brincando. — Lex chega mais perto e Nina dá um passo atrás, batendo com as costas no parapeito da embarcação. — Me diga, que lugar quer muito conhecer e ainda não conhece?

— Paris — ela responde, com ar distraído.

— Paris? *La ville lumière*?

— Ah, não. Você fala francês. — Nina revira os olhos com desdém.

— É a linguagem do amor, sabe como é.

— Como você é óbvio, Lex — ela rebate, estalando a língua no alto da boca.

— *Je ne suis pas pardi. D'ailleurs, tu sais que tu es très belle, aujourd'hui?*[1]

— Acha que estou linda hoje? Sério mesmo? — Nina manda muito bem no francês.

— Putz grila! — O cara é pego no contrapé. — Fala francês? Por que não me disse?

— *Tu ne m'as pas demandé, con.*[2]

— Hahahahaha. Nina, você é uma caixinha de surpresas.

— E, como eu disse, você é o cara mais óbvio que conheço. — Ela gira sobre os chinelos e suspira profundamente. Lex entende a deixa, mas não desiste de aporrinhar.

— Que lugar mais a atrai em Paris? — ele pergunta entre os cabelos esvoaçantes de Nina.

— Podemos até conversar civilizadamente se você largar de ser um otário.

— Tudo bem. O otário sai e o legal entra em cena. Pronto, podemos conversar. — Ele faz uma pausa. — E então? O que quer conhecer em Paris?

Nina bufa alto antes de responder, num rugido:

— O Louvre.

— Tantas coisas para conhecer em Paris e é o Louvre que chama a sua atenção? — Lex se posiciona ao lado de Nina. Alisa os cachos para trás e aguarda uma resposta à provocação.

— Quero ver a pirâmide de vidro de perto. Pode até ser que eu chore de emoção — Nina entra em devaneios, afastando os cabelos que teimam

1. – Não sou óbvio. Aliás, já disse que você está linda hoje?

2. – Você não perguntou, seu babaca.

em voar para o rosto. — Algo me diz que o Louvre é um lugar mágico. — Então, se dá conta de com quem está dialogando e completa: — Vai me zoar?

— É claro que não. Aliás, poderíamos ir juntos a esse lugar mágico. Prometo enxugar suas lágrimas. — Lex sorri, acompanhando a reação de Nina de rabo de olho.

— Poxa, não dá mesmo para manter uma conversa normal com você — ela se inflama de raiva.

— Estamos tendo uma conversa normal — ele retruca, indignado.

— Não estamos, não. E quer saber? Dê o fora daqui antes que meu joelho de ferro entre em ação!

— Ei, Lex, venha tocar algo pra gente! — Gancho grita, com o violão em mãos.

— Bem, fui salvo pelo gongo. — Curvando-se perante Nina, finaliza de maneira teatral: — *Ma chérie, enchantée de te parler. Au revoir.*[3]

A Ilha da Sereia é um lugar mágico, cercado por uma atmosfera aconchegante e rústica. As principais atividades da pequena ilha são a pesca, o artesanato e o turismo.

Um dos únicos restaurantes do lugarejo localiza-se à beira-mar. Esse é um local alto-astral, bucólico e supercolorido. É o típico lugar onde você se sente abraçado ao entrar.

Após o almoço, Nina dá de cara com o violão de Lex sobre uma mesa e, tomada por uma urgência do além, toca as cordas com a ponta dos dedos, sentindo-se arrepiar. A energia de Lex emana do instrumento. Laís e Nathi se entreolham, aos pulinhos.

— Toque para nós, Nina — Nathália pede, com olhos brilhando em excitação.

— Não na frente dessa galera — Nina recua.

— Podemos ir ali, naquele cantinho. — Laís aponta para um lugar mais distante, uma espécie de bangalô sobre um tablado de madeira.

— Ah, Nina, por favor! — Nathi implora.

— Ei, Gancho! — Nina chama. — Posso pegar o violão do Lex emprestado?

3. – Minha querida, foi um prazer conversar com você. Tchau.

— Vai quebrar na cabeça dele? — O pirata arregala os olhos.

— Não, Cabeçudo! Ela vai tocar pra nós — Nathi intervém. — Acha que o Lex vai ficar bravo?

— Bom, se a cabeça do cara ficar inteira, acho que não tem problema nenhum. — Gancho libera o violão e as amigas se encaram, sorrindo.

* * *

Quando Lex sai do mar, leva as mãos aos cabelos, livrando-se do excesso de água. Com os olhos cerrados, sente uma vibração chegar aos ouvidos: uma voz melodiosa acima de duas outras. São vozes femininas ao som de um violão.

As pálpebras de Lex se abrem, procurando. Petrifica-se no lugar quando vê a cena, para variar, em câmera lenta:

Nathi e Laís estão sentadas sobre *futons*, elevadas por um tablado. Seus corpos vêm e vão, acompanhando o ritmo ditado pelo violão. Nina, sentada ao meio, toca com uma palheta em punho, os acordes tomando vida a cada batida.

E a voz, o que dizer da voz? Seria Nina uma sereia disfarçada? Lex está sentindo um chamado quase insuportável, um clamor que grita para que ele se aproxime. Antes que comece a caminhar, quase flutuar em direção à voz, Gancho dá um tapa no ombro do cara, trazendo-o de volta à realidade.

— Tudo bem eu ter emprestado o violão para as meninas? — É a segunda vez que Gancho faz a pergunta.

— Oi?

— Se liga, Lex! Está com a cabeça onde, meu camarada?

— Desculpe, Cabeçudo. O que foi?

— Tudo bem eu ter emprestado o seu violão? Quer que eu faça mímica?

— Ah, isso. Sem problemas — Lex responde de forma casual. Seus olhos retomam o caminho até o tablado e ali se fixam, vidrados.

— Lex? Você está de boa? — Gancho corta a visão do amigo com a palma da mão. — Ai, meu bom *God*! O que é isso que eu vejo?

— Hum? — Lex ouve a voz de Gancho lá longe.

— Meu irmão, você está gamadão! Cara, não acredito nisso! Como eu não percebi antes?

— O quê? — Lex se sobressalta. — Cale a boca, Cabeça, não é nada disso.

— Alexandre Heinrich, você está perdidamente apaixonado, meu camaradinha. Juro que não imaginei que viveria para ver essa cena.

— Gancho, enlouqueceu? — Lex sussurra, olhando para os lados.

— Qual é, Lex, eu sou seu *brother*!

— Não estou apaixonado, tá legal? — Lex sustenta uma expressão nervosa, quase desesperada.

— *Man*, sabe que pode me contar qualquer coisa, não sabe?

— Gancho, no dia em que eu me apaixonar, você será o primeiro a saber.

Trinta e seis

Véu de Noiva

São duas da tarde. Os professores reuniram toda a turma num local chamado Canto da Sereia. A comitiva que partirá para a Cachoeira Véu de Noiva já está impaciente debaixo desse sol escandaloso. O monitor-chefe toma a palavra e dá as instruções antes da saída:

— A trilha é de quinze minutos, supertranquila e plana. Aqueles que quiserem poderão descer a cachoeira de rapel ou tirolesa. Os que não forem adeptos dos esportes radicais seguirão por outra trilha. Permaneçam juntos e vamos em busca de aventuras!

O caminho é ladeado por árvores frondosas de copas largas carregadas de um colorido suntuoso. Apesar do forte calor, a sombra refresca os estudantes e o aroma de natureza intocada é revigorante.

Nina, Laís e Nathi puxam a fila, caminhando logo atrás dos monitores. Um deles vai nomeando as espécies nativas ao redor. Um passeio para lá de cultural, já que Nina não conhece metade da flora que lhe é apresentada.

Numa bifurcação, os estudantes se dividem em dois grupos: os Pés no Chão e os Amantes de Adrenalina. Óbvio que Nathi segue entre os Pés no Chão e Nina e Laís optam pelos Amantes de Adrenalina. Ambas escolheram a tirolesa e já se preparam para saltar, numa queda de trinta e seis metros de adrenalina na veia.

Laís é a primeira da fila e dá um grito quando salta. O monitor checa o equipamento de Nina, posicionando-a. Ela será a próxima. O coração quer sair pela boca, mas a garota é corajosa. Lex se aproxima, com um sorriso de deboche.

— Vai mesmo encarar?

— Não conheço o medo, Lex.

— Encontro com você lá embaixo — o tom dele muda, denotando apreensão. Lex está com medo por ela? Pouco provável. Ou estou enganada?

— Está pronta? — O monitor termina a checagem do equipamento, atrelando-o à corda.

— Prontíssima. — Nina fita Lex por um segundo. Cadê o sorriso debochado? O que ela vê é uma expressão receosa e um olhar sério. — Ei, eu não quebro, lembra?

— Chegue inteira lá embaixo, está bem? — Lex testa o equipamento de Nina, dando pequenos trancos para verificar se ela estará em segurança.

— Quer apostar?

Lex morde o lábio e não responde à provocação.

— O.k., Lex, fique tranquilo. Vejo você lá embaixo. — Dito isso, ela se joga em direção ao nada, sentindo tudo ao mesmo tempo. — Uhuuuuuuuuuuuuuu!

* * *

Caramba, o que dizer sobre a cachoeira? O lugar é um pedaço do paraíso na Terra, com um lago esverdeado e límpido cercado por formações rochosas e muito verde. A água cai aos montes lá de cima, abrindo-se num véu que bate com força no deque natural de pedra calcária.

Nina e Laís nadam até a margem, onde Nathália está sentada com um livro nas mãos. É o mesmo que Gancho emprestou quando o dela ficou ensopado.

— Nathi, venha nadar! — Laís chama.

— Ah, gente, vocês sabem que eu não curto esse tipo de coisa. O fundo é lamacento e tem bichos estranhos aí dentro. — A garota marca a página do livro e o fecha. — Eu prefiro ficar aqui, sendo comida pelos borrachudos.

— Você deve ter o sangue doce. Os borrachudos não ousam se aproximar de mim — Nina brinca, saindo da água.

— Certo, pessoal, para aqueles que se aguentam nas próprias pernas, atrás da queda-d'água existe uma gruta incrível. São quatro câmaras desenhadas pela natureza. Sigam-me os bons! — O monitor mergulha e poucos o seguem. Nenhuma das meninas encara passar por debaixo da queda-d'água.

— Laís? — Nina aponta com a cabeça para a cachoeira.

— Ai, será? Não sei, não. — Laís não está muito disposta a encarar a fúria da natureza.

— Sozinha eu não vou. — Nina está muito a fim de conhecer a tal gruta.

— Vou com você — a voz de Lex se faz ouvir quando ele sai da água.

— Não, obrigada — Nina rebate, com descaso.

— Qual é, vamos lá, será divertido. — Gancho se aproxima, colocando pilha nas garotas.

Laís topa ir com Gancho, mas só depois de Nathália dar um o.k. com a cabeça. Lex espera por uma resposta de Nina.

— Vai lá, Nina — Nathi incentiva.

— Talvez não seja boa ideia. A força dessa água vai arrancar o meu biquíni e eu deixei a camiseta na praia.

— Sinceramente, adoraria que a água arrancasse o seu biquíni. Quanto à camiseta, pode usar a minha. — Lex tira a camiseta ensopada da cintura, estendendo-a para Nina.

— Como você é engraçadinho. — Ela estreita os olhos, metralhando-o.

— Vai logo, Nina. — Nathi empurra a amiga para cima de Lex.

— Dê essa camiseta aqui. — Ela puxa a vestimenta, analisando os prós e os contras.

— Não pense, apenas vá. Ou depois vai se arrepender de não ter ido. — Nathi então retoma a leitura.

Vestindo a camiseta de Lex, ela o segue a nado até a cachoeira. A força da água é surpreendente e Nina tem dificuldades para respirar. Lex sobe no deque com uma facilidade extrema e lhe estende a mão.

A água pesa toneladas e massageia ferozmente os ombros e a cabeça. Nina sente os joelhos arquearem e Lex a puxa de uma só vez para dentro da gruta.

O chão está escorregadio e ela se apoia no ombro dele. Lex a enlaça pela cintura e os dois avançam com muito cuidado. Laís e Gancho seguem mais à frente, um amparando o outro para não caírem.

— Está escorregando muito — ela comenta.

— Enquanto estiver nos meus braços, estará segura — ele solta a pérola.

— Rá, rá! Como você é presunçoso.

— Olha quem fala.

Avançando vagarosamente, finalmente chegam a uma segunda câmara. O monitor explica como aquela gruta foi formada e Nina não consegue prestar atenção, sua mente não processa as mais simples palavras.

Lex está próximo demais.

O toque dele em sua cintura, o calor que ele emana, as gotículas de água que escorrem pelo seu tórax, a forma como ele tomba a cabeça de lado, os olhos da cor do sol, a barba dourada por fazer, os dentes brancos que agora mordem o lábio.

Nina se pega relembrando o gosto que ele tem, a forma como ele a segura ao beijá-la, aquele sorriso debochado nos lábios... Ele nem imagina, mas ela se derrete por dentro quando ele sorri.

O monitor leva a turma para outra câmara e, em vez de seguir o pessoal, Nina estaca, sentindo que precisa sair correndo dali agora mesmo. Há uma ânsia que abre caminho por suas veias, uma vontade absurda e incontrolável de sentir os lábios de Lex contra os seus.

— O que foi? — ele pergunta quando percebe que há algo errado.

— Nada. — Nina acaba de corar, abaixando a cabeça para que Lex não perceba.

— Está tudo bem?

— *Tudo certo* — ela responde tão rápido que o "tudo certo" pareceu uma palavra só. — Eu... eu vou voltar.

— Por quê? — Lex suspende o queixo de Nina com o polegar. — Não fiz nada errado, fiz?

— Não — ela se apressa em responder. — Por incrível que pareça, você não fez nada errado.

— Então?

— Não é nada, só quero voltar. — Ela desliza os pés pelo chão rochoso e vai se arrastando, sem conseguir se firmar.

— Tudo bem, eu ajudo você. — Ele a segura pela cintura e os dois seguem rumo à saída da gruta.

Desesperada para se livrar do garoto, Nina avança sem prudência e dá um passo maior do que deveria. O pé de apoio não a sustenta e Lex a ampara, usando a parede rochosa para escorá-la. Tão próximos, tão perigosamente próximos!

Eles se encaram por alguns segundos. Nina sente o coração pulsar mais rápido e teme cometer uma loucura a qualquer momento. E não é que ela comete?

Indo contra sua natureza congelante, Nina agarra o rosto de Lex num ímpeto desenfreado, trazendo-o para si, para sua boca. A garota perde o controle, o chão, a noção. Lex não se afasta, pelo contrário. Ele a gruda no paredão, num desespero causticante.

A conexão entre os dois é imediata. Tudo ao redor perde a importância, o significado. Nina sabe que deveria se afastar, mas não consegue; os sentimentos gritam e tomam espaço com uma força avassaladora.

As mãos de Lex ganham terreno, subindo pelas curvas de Nina, levantando a camiseta molhada até o meio das costas. Ele tomba a cabeça de lado e se agarra aos cabelos dela, completamente ensandecido.

Esses dois estão pegando fogo e Nina não consegue apagar o incêndio. Uma de suas pernas se enlaça aos quadris de Lex e o garoto está a ponto de entrar em ebulição.

Infelizmente eles não veem, mas eu vejo: Bola, escondido nas sombras, lança mão da câmara à prova de água de Bárbara e clica esse momento tão íntimo. Com um sorrisinho lateral, o cara se afasta, doido para ganhar mais um beijinho.

Trinta e sete

Voltando para a Ilha Inamorata

Nina afasta Lex brutalmente. Ela arfa. Ele também. Os dois se fitam por um período indeterminado e a garota está envergonhada. Em que diabos ela estava pensando ao agarrar o cara dessa maneira?

Bola já se mandou faz tempo, esgueirando-se para dentro da gruta, juntando-se aos outros. Lex e Nina estão sozinhos, ao lado da queda-d'água. O sol incide de maneira que forma um lindo arco-íris, mas nenhum deles aprecia o espetáculo.

— Desculpe, não sei o que me deu. — Ela mira os pés, sentindo-se ruborizar.

— Quando um não quer, dois não beijam. — Lex se aproxima novamente, mas a garota o bloqueia com a mão espalmada, mantendo-o a uma distância segura. — Nina, precisamos conversar sobre isso.

— Não, Lex. Não há nada o que conversar. — Segurando-se na parede rochosa, ela vai se equilibrando, deslizando os pés para chegar à saída da gruta.

— Nina, por favor.

— Não quero conversar. — Ela balança a cabeça, sentindo-se ruir por dentro.

— Espere, eu ajudo você.

— Não. Eu me viro sozinha.

Lex estaca. Observa Nina se afastar, passar pela parede de água e sumir da vista. Alisa a franja para trás e mira o teto cavernoso, com lábios trêmulos e a mente confusa. Tomado por uma fúria crescente, desfere um soco no paredão rochoso. Lex está pego e sabe disso, apesar de não querer acreditar em seus próprios sentimentos.

* * *

Já passa das seis e o céu sustenta os últimos raios de sol, numa aquarela belíssima em *dégradé*. As três divas estão sentadas em um banco acolchoado na proa da embarcação, conversando sobre os últimos acontecimentos. Nina acaba de contar o que aconteceu na gruta e as meninas estão boquiabertas, sem saber o que dizer.

— Eu acho que perdi a aposta. — Nina prende o cabelo num rabo de cavalo improvisado. Os olhos estão marejados e os sentimentos são confusos e intensos. — Você estava certa, Nathi. É impossível resistir ao Lex.

— Odeio sempre estar certa. — Nathália tomba a cabeça para trás, fitando as primeiras estrelas que surgem no firmamento.

— Não é só atração? — Laís especula. — De repente você está confundindo sensações com sentimentos. Acontece com mais frequência do que se imagina.

— Eu não sei. Nunca estive tão perdida na minha vida — Nina confessa, desanimada.

Nathália suspira alto; tinha certeza de que isso aconteceria. Lex é um cara sedutor, dos mais gabaritados. Ninguém, em sã consciência, resistiria aos seus encantos.

— O que eu posso dizer? — Laís segura as mãos de Nina entre as suas. — Antes de decretar a vitória do Lex, tenha certeza dos seus sentimentos. Coloque-os à prova. Enquanto isso, mantenha a nossa estratégia.

— Não tenho mais forças para continuar com isso. Estou cansada — Nina revela, aos choramingos.

— Faltam só três dias para voltarmos. Espere até lá antes de dar fim à aposta — Nathi finaliza e deita-se sobre o banco acolchoado, admirando os brilhos piscantes no céu.

* * *

A Kibi-mor fica puta ao ver a fotografia, mas a vontade de se vingar de Nina é maior e sobrepuja qualquer outro sentimento. Sendo assim, Bola mereceu mais um beijo daqueles.

A foto de Lex e Nina aos amassos, atrelados como dois selvagens, ficou fantástica. A luminosidade, o cenário, o clima "homem das cavernas"... Tudo ficou perfeito.

Mas Bárbara quer mais, algo realmente quente. Uma imagem que grite "Nina é uma biscate". Essa foto, a Kibi ainda não obteve. Mas ela conseguirá, independentemente do que precise fazer para isso.

* * *

O clube do bolinha está reunido após o jantar, conspirando na sala de jogos do hotel, e não parece haver ninguém à espreita.

As únicas apostas cumpridas até o momento foram o jogo de tênis, em que Lex venceu, e Nando *versus* Camila. A garota, sem saber de nada, caiu na rede de Fernando lá na cachoeira. Deram uns amassos e o garoto venceu a aposta. Coitadinha da Camila, é a quarta vez que cai numa aposta. No entanto, ao contrário das outras vezes, ele realmente está interessado e resolve investir pesado. Ponto para Camila.

A aposta Gancho *versus* Nathália não anda muito bem das pernas. O cara ficou puto e não quer levar isso adiante. Não que não esteja interessado em Nathi, longe disso. O que ele não quer é que ela seja uma aposta e, por isso, decide manter distância, preservando-a.

As apostas Edgard *versus* Suzana e Hulk *versus* Ana Paula não vingaram. As Kibis parecem saber que são apostas, como se alguém houvesse delatado. Sempre que os garotos se aproximam, elas rugem, ferozes. Coisa estranha.

Bem, para nós não é nada estranho, afinal Bola deu com a língua nos dentes, contando para Bárbara sobre as apostas. Garoto mau, muito mau.

A única aposta sem um final definido é Lex *versus* Nina. Os garotos querem saber detalhes e ele se limita a dizer que já perdeu essa. Não conta sobre os beijos nem sobre seus sentimentos em relação à garota.

Gancho abaixa a cabeça e dá uma risadinha. O Cabeçudo é o único que sabe sobre os beijos roubados e tudo o que está rolando entre esses dois. Apesar de o amigo jurar que não, Gancho tem certeza de que ele está apaixonado.

Trinta e oito

O início do quinto dia na ilha

Lex e Nina não conversaram depois do que rolou na gruta. Ela se esquiva, não quer confrontá-lo de maneira nenhuma. Sente como se estivesse no olho de um furacão, sem saber para onde correr.

A garota teme enfrentar seus sentimentos, não considera a possibilidade de descortinar o que está por trás das sensações que invadem seu corpo quando Lex está por perto. Não quer descobrir que Nathália estava certa, não suporta a ideia de estar apaixonada. Justamente ele?

Depois do café da manhã, os monitores reúnem os estudantes na praia com a proposta de uma disputa para lá de divertida. Será uma espécie de *Iron Man*, em que as mesmas duplas da Caça ao Tesouro deverão cumprir várias tarefas com o objetivo de cruzar no menor tempo a linha de chegada. O desafio inclui: caiaque, mergulho, corrida, escalada, arborismo e outras coisinhas mais.

Nina olha para o céu, pedindo socorro. Agora não terá como escapar de Lex. Até pensa em não participar do desafio, mas, por sorte, ela tem Nathi e Laís como amigas. Ambas não permitem que ela desista e Laís é mais contundente ainda:

— Como vai saber se está apaixonada se não encarar a situação?

— Talvez seja melhor eu não saber — Nina reflete.

— Ah, fala sério! Você é uma mulher ou uma barata? — Nathi incita. — Você não tem medo de nada, lembra? Cadê a sua coragem? Ou tudo não passa de encenação?

— Estou com a Nathi. Você vai participar do desafio, sim! Se fugir, juro que te dou um soco. — Laís sacode Nina pelos ombros. — Esconder-se não ajudará em nada. Enfrente a situação, coloque seus sentimentos à prova, descubra o que está havendo entre vocês.

— Eu amo vocês duas, já disse isso alguma vez? — Nina as puxa para um abraço grupal.

— Não, você nunca disse isso — Nathi responde, um tanto emocionada. — E, por favor, pare de ter medo de ser feliz.

* * *

A primeira parte do desafio é a seguinte: a dupla utilizará um caiaque para remar até o local indicado com uma imensa boia vermelha. Nesse ponto, um dos competidores mergulhará para resgatar uma bandeira com o logotipo do hotel. Feito isso, as duplas voltam para a areia e a segunda parte do desafio será liberada.

— Para deixá-los com água na boca, o prêmio será um almoço inesquecível preparado pelo *chef* Louis, com direito a camarões gigantes, lagosta, risoto de salmão e tudo o mais que puderem imaginar. Um bangalô será montado na praia e os perdedores terão que comer a gororoba do restaurante do hotel. — O.k., a parte da gororoba é uma mentira, já que a comida do lugar é fantástica. — Os vencedores também ganharão um passeio em volta da ilha a bordo da nossa lancha superultramegaveloz. — O monitor encara aqueles olhinhos brilhantes antes de arrematar: — Quem quer vencer?

Uma debandada de pássaros arranha os ouvidos quando a galera se manifesta aos gritos de forma desordenada. Nina está apática, não esboça nenhuma reação. Ainda não teve coragem de olhar para Lex, que está a alguns passos de distância.

Vou dizer: Se esses dois trabalharem juntos, podem vencer a disputa com facilidade. São atletas bem preparados, têm um fôlego invejável e ambos são competitivos ao extremo. Eu aposto nessa dupla, e vocês?

— O.k., crianças, procurem o seu par e estejam a postos em cinco minutos. O desafio já vai começar!

Laís e Nathi se despedem de Nina, que fica sozinha no meio da multidão. Lex se aproxima, um tanto temeroso, nunca sabe o que esperar. É possível que ela o enforque. Porventura o morda. Ou talvez ele leve outro chute no meio das pernas.

Nada disso acontece.

— Está pronta? — ele pergunta.

— Hum, hum.

— O que acha de vencermos? Adoro camarão. — Lex tenta quebrar o gelo.

— E eu adoro lanchas. — Nina desvia o olhar dos chinelos trançados para fitar os olhos dourados de Lex. — Acho que deveríamos vencer.

— Está comigo? — Lex estende a mão.

— Estou com você. — Ela bate na palma da mão dele e o trato está feito.

* * *

Já sabendo do desafio de antemão, Nina optou por um maiô preto, mais comportado e fechado. Está usando uma saia de tactel branca, daquelas que secam bem rápido. Passou uma generosa camada de protetor solar na pele e, da dúzia de óculos de sol que trouxe, escolheu um esportivo da Mormaii, perfeito para o dia de hoje.

Lex está sem camisa — oh, que novidade! —, vestindo apenas uma bermuda preta Billabong e um boné cinza. Ele e Nina estão ao lado do caiaque vermelho com lugar para duas pessoas, aguardando o apito de largada.

Lex joga o boné na areia e, no lugar, posiciona a máscara de mergulho. Os dois combinaram que é ele quem vai para a água quando chegarem ao local marcado.

O apito soa e a bagunça começa. Lex pega o caiaque pela frente e Nina segura por trás. Quando a pequena embarcação flutua no mar, os dois se acomodam e remam juntos.

As remadas são sincronizadas e a canoa desliza suavemente sobre as águas cristalinas. O dia está quente, ensolarado, e não há nem uma nuvem sequer no céu. A boia vermelha se aproxima e Lex mergulha quando atingem o ponto mais próximo.

Enquanto o garoto está debaixo da água, Nina gira a embarcação em direção à praia. Por sorte, já navegou antes e sabe como manejar os remos. Outros competidores se enrolam e uns poucos ainda nem saíram da areia da praia.

Lex vem à tona com uma bandeira vermelha nas mãos. Nina equilibra a embarcação para que ele suba sem derrubá-los. E então são os primeiros a chegar à praia ao som de vociferações de quem ainda não conseguiu resgatar a bandeira.

Tiram o caiaque do mar e correm em direção ao monitor-chefe. Ele lhes dá duas garrafas de água e um papel pardo que contém a explicação da próxima parte do desafio. Nina lê em voz alta enquanto Lex sorve metade da água:

"Corram até as rochas e escalem até o cume da montanha. Lá encontrarão um monitor e novas instruções. Apressem-se."

— Certo, vamos! — Lex se põe a correr e Nina se emparelha com ele, tentando seguir o forte ritmo que ele impõe.

Correr na praia não é tão simples assim. Estão descalços e a areia é fofa, o que a torna um obstáculo natural, impedindo que aumentem a velocidade. Lex olha para trás algumas vezes, certificando-se de que estão abrindo vantagem sobre os outros competidores.

Lex alcança as rochas e inicia a subida. Ele progride com facilidade e Nina tem maiores dificuldades, mas não pede ajuda; ela é orgulhosa demais para isso.

Nas pedras, o cuidado precisa ser redobrado. As rochas estão revestidas de limo e escorregam um bocado. Um passo em falso e a brincadeira poderá chegar ao fim.

Lex esbarra num ponto crítico e interrompe a subida, estudando melhor o terreno. As ondas batem com força nas pedras, lançando água para todos os lados. Nina faz cara de nojo ao detectar algumas baratas do mar. Eca!

Lex opta por fazer um desvio e se pendura em uma rocha pontiaguda, erguendo o corpo com facilidade. Nina nota quando os músculos do cara se contraem, devido à força que ele emprega. As costas dele são perfeitas, para dizer o mínimo.

Lex estende a mão e Nina a aceita, relutante. Ele a puxa para cima como se ela não pesasse nada. De onde estão, ambos enxergam uma praia vizinha, praticamente deserta. Um barco veleiro está ancorado e pescadores trabalham em uma rede à beira-mar.

A subida recomeça e Nina segue Lex de perto, pisando onde ele já pisou, só por garantia. Uma gaivota passa voando pela cabeça deles e a garota se distrai, desequilibrando-se quando já estão quase no alto da montanha.

Ela bate as mãos para trás, como se tivesse asas, tentando se reequilibrar. Lex, num raciocínio rápido, consegue segurá-la pelo cós da saia, trazendo-a para junto de si.

— Ei, aonde pensa que vai? — ele debocha, atrelando-a pela cintura.

— Foi a gaivota! Ela tinha que gaivotar justamente agora?

— Hahahahaha. Gaivotar foi ótimo. — Lex umedece os lábios. — Você está bem?

— Estou. — Nina revira os olhos, tirando as mãos de Lex de sua cintura.

— Estamos chegando, hein, seus manés! — É Hulk quem grita, aproximando-se rapidamente.

— Vamos em frente. — Lex deixa Nina passar e segue atrás, vencendo os últimos metros.

No topo da montanha, a garota engole um suspiro. A paisagem é asfixiante de tão incrível. Mas Lex não permite que Nina perca o foco e a puxa pela mão, correndo em direção ao monitor.

— Vocês são os primeiros, por enquanto — o monitor aponta para o alto do farol. — Subam juntos até o topo e acenem para mim. Só então peguem a bandeira. Quando descerem, eu lhes direi qual a próxima etapa. — O monitor dá uma risadinha e Lex e Nina se apressam.

O farol, pintado em vermelho e branco, possui uma única entrada. A porta está aberta e eles entram, olhando para cima e bufando. Os degraus são estreitos e a escada vai até o alto, em forma de espiral. Nina fecha os olhos, maldizendo a própria sorte.

— Por que não colocam um elevador neste lugar? É sério, terei um troço na metade do caminho — ela diz, arqueando o corpo para a frente.

— Pense na lancha. Estou pensando nos camarões.

Lex sobe os degraus de dois em dois. Nina vai logo atrás, sentindo que a qualquer momento os pulmões serão expelidos pela boca ressequida. Na metade do caminho ela começa a arfar e precisa de água, urgentemente. Lex, que está com as duas garrafas nos bolsos laterais, passa uma para Nina.

Se precisam de motivação, o estímulo chega. Quatro vozes sobem a escada e Lex agarra o pulso dela, vencendo os degraus tão rápido quanto possível.

Acenam para o monitor e Lex pega a bandeira. Nina precisa de um tempo para se recuperar. As pernas queimam, latejando. Enxuga o suor da testa com o antebraço e bebe mais um gole de água.

— Como faremos para descer? Só passa um por vez nesta escada. — Nina se recosta na grade, recuperando o fôlego.

— Podemos usar o corrimão. Só tenha cuidado, tá legal?

— Certo.

Iniciam a descida e vou dizer: é muito mais fácil do que subir. Hulk tenta atrasá-los, mas Nina ameaça jogá-lo lá de cima. O cara, que já foi atirado num balde de gelo, recua, deixando que eles passem. E dá-lhe Nina!

Na saída do farol, esbarram com várias duplas, mas ainda estão na frente quando Lex entrega a bandeira ao monitor. As novas instruções revelam:

"Pedalem pela trilha até alcançar o Centro de Arborismo. Lá encontrarão um monitor e uma nova instrução. Boa viagem."

Lex enxerga várias bicicletas ao longe. Os dois correm em disparada, buscando manter a dianteira. As *bikes* estão equipadas com pedaleiras de borracha, ou seja, nada de pé doendo.

A trilha é cheia de altos e baixos. Por sorte, a maior parte é descida e não precisam efetivamente pedalar. Nina aproveita para relaxar, curtir a paisagem e tomar mais uns goles de água.

— Precisamos conversar — Lex grita.

— Estou focada na lancha — Nina retruca.

— Vamos vencer e teremos um almoço inteiro para conversarmos.

Nina congela sobre a bicicleta, não tinha pensado nisso. Se vencerem, almoçarão juntos e depois farão um passeio de lancha, também juntos. Ela não terá mais como fugir de Lex.

— Estamos chegando. — Lex aponta para o Centro de Arborismo. — Preparada?

— Talvez — Nina está em dúvida se deve ou não vencer o desafio.

— Nina?

— O.k., vamos vencer essa bagaça!

Trinta e nove

Linha de chegada

Já passa do meio-dia. O Centro de Arborismo, como o próprio nome diz, é um local repleto de árvores estrondosas, de troncos grossos e muito verde ao redor. Pouca luminosidade solar atravessa a copa das árvores, o que torna o clima do lugar mais úmido e ameno.

Lex acaba de ler as instruções. Pela primeira vez no desafio, os dois irão para lados opostos.

Um monitor iça Nina até o topo de uma árvore. É bem alto. Ela se agarra às laterais da primeira ponte, caminhando sobre uma corda grossa e inconstante. Conforme avança, a estrutura de cordas balança para lá e para cá, para cima e para baixo.

Nina chega à primeira parada. Agora precisará passar por uma ponte de madeira, dessas assustadoras que rangem a cada passada. Pode ouvir a voz de Lex motivando-a. Também escuta várias vozes vindas lá de baixo. Outras duplas já chegaram ao Centro de Arborismo.

Nina alcança o outro lado da ponte. Seguindo as instruções, pega uma bandeira vermelha e se dirige para o Grito do Tarzan. Lex está na outra árvore, gesticulando para que ela ande rápido. Nina morde a haste da bandeira, atrelando-se aos nós da corda. Olha para baixo e vê uma imensa tela de proteção. Se cair, terá de engatinhar até o outro lado, o que demorará o dobro do tempo.

Um, dois, três e já!

Nina se joga no Grito do Tarzan, segurando-se como pode. Lex está com uma das mãos estendidas e a outra segura firme num pilar de madeira.

Ele a puxa pela cintura e, como as leis da física são sempre válidas, os dois são atirados para trás. A bandeira cai no chão.

Ela engole em seco. Ele deixa um suspiro escapar. Novamente tão próximos! Os olhos de Lex percorrem o rosto de Nina numa ânsia abrasadora. Os olhos dela acompanham os movimentos dele sem perder um só detalhe.

Lex entreabre os lábios, fixando-se na boca dela. Antes que algo possa acontecer, Hulk aparece para aguardar seu companheiro de desafio.

Nina pisca de forma incessante, como se assim pudesse cair na real. Lex arqueia o corpo e pega a bandeira do chão. Os dois seguem para a escada de cordas e começam a descida.

Um monitor já os aguarda com a última parte da disputa nas mãos. Entrega dois broches para Nina e Lex com os dizeres: "Sobrevivi ao desafio Inamorata".

Nina alfineta o seu broche à saia e Lex, à bermuda. O monitor indica a trilha que devem seguir de volta à praia. A linha de chegada deve ser cruzada e só então serão os vencedores.

Ambos retomam a corrida. Nina sorve a água como se fosse ar. O restante, joga no rosto e na nuca, sem parar de correr.

Já é possível vislumbrarem a praia e o hotel. Lex olha por sobre o ombro e vê duas duplas se aproximarem rapidamente.

— Certo, teremos que dar um *sprint*. Você aguenta? — Lex pergunta, num tom de esgotamento.

— *Sprint* é o meu nome do meio — ela se vangloria.

— No três: um, dois, três.

Quarenta

Almoço no bangalô

Apenas cinco duplas completaram o desafio. O restante da turma desistiu em vários pontos do circuito.

Nina está sentada sobre a areia quente. Suas pernas queimam, os joelhos gritam e o pulmão está dando uma de coitadinho, chiando quando o ar entra e sai.

Lex alonga o pescoço, os braços, os ombros. A cada movimento que faz, os músculos saltam às vistas de maneira ultrajante.

— Onde ele malha? No Olimpo? — uma das meninas comenta.

— Estou sem palavras — outra reitera.

Nina não deveria sentir-se assim, mas o ciúme chega sorrateiro, instalando-se na boca do estômago. Várias das garotas do último ano estão babando em Lex e isso a deixa incrivelmente alterada.

Antes que fale alguma bobagem, o monitor anuncia os vencedores. Lex e Nina venceram por muito pouco.

Nathália e Laís dão pulinhos e batem palmas. Suas duplas desistiram logo no começo da disputa. É Laís quem aponta para o bangalô montado na areia da praia.

A estrutura consiste num tablado de madeira com duas paredes laterais feitas de bambu e cobertura de tecido tensionável. Nina observa uma mesa baixa em estilo japonês e *futons* cor de terra espalhados pelo chão.

A mesa está posta, lindamente adornada com flores e um candelabro no centro. Pela forte brisa que vem do mar, Nina pensa que será impossível acender as velas.

— Vencemos. — Lex se aproxima.

— Tudo por um camarão, hein? — Nina prende os cabelos no alto.

— Talvez eu tenha feito isso pela lancha. — O comentário de Lex pega a garota no contrapé. Ela finge não ter ouvido e combina de se encontrarem no bangalô em meia hora.

Nina está nervosa com esse almoço. Não consegue escolher uma roupa para vestir e Laís resolve ajudar, escolhendo pela amiga.

O vestido de tecido fluido e floral é bem curtinho, com mangas esvoaçantes e um decote arrematado por um laço. Laís separa também um biquíni para Nina usar por baixo. Nos pés, um dos chinelos da megacoleção.

Nathália está jogada na cama quando Nina gira nos calcanhares, fazendo o vestido flutuar ao seu redor. As amigas batem palmas.

— Eu não sei nem o que conversar com ele. Sobre o que vou falar? Era muito mais fácil quando eu só precisava ser ácida e cruel. — Nina se senta numa cadeira para que Laís possa arrematar uma presilha na lateral dos cabelos dela.

— Seja você mesma, fale o que der na telha — Nathi aconselha.

— E se eu falar besteira?

— Pare de sofrer por antecipação. — Laís finaliza os cabelos de Nina. — Você vive me dizendo isso.

— Não é tão fácil na prática. — Ela se levanta, fitando o reflexo no espelho. Se não se conhecesse o suficiente, diria se tratar de uma outra pessoa, alguém que nunca foi enganada e que acredita em contos de fada.

* * *

Lex está com o peitoral escondido. É isso mesmo, produção? O cara veste uma camiseta azul, bermuda branca e um chinelo desses de couro, bem moderninho.

Laís tem um ataque de riso quando vê o garoto recostado no bangalô, girando uma flor nas mãos. Será para Nina?

Ele e Gancho conversam... Na verdade, parece que Gancho dá as instruções e Lex concorda, meneando a cabeça.

— Agora é com você. — Laís ajeita uma mecha do cabelo de Nina para trás da orelha. — Nada de ficar tensa, tá legal? Aja naturalmente e tudo dará certo.

— Não acredito no que está acontecendo. Se me dissessem, uma semana atrás, eu teria feito xixi nas calças de tanto rir. — Nina está desconfortável em sua própria pele.

— Na verdade, acho mais provável que você tivesse socado quem lhe contasse algo assim. — Nathi olha para Gancho e suspira alto.

— É, tem razão. Eu teria socado o infeliz — Nina concorda.

Os amigos param de conversar no instante em que as garotas chegam. Lex engole Nina com os olhos e ela se sente ruborizar. A brisa sopra o vestido de maneira sensual e o garoto não consegue disfarçar o fascínio que ela exerce sobre ele.

— Seus sortudos do caramba! Bom almoço para vocês. — Gancho se encaixa no meio de Nathi e Laís, abraçando-as pela cintura. — Venham, meninas, vamos comer o grude do restaurante. — E os três seguram risinhos, dando meia-volta a caminho do hotel.

Lex gira a flor com uma expressão nervosa. Nina olha para os pés, sentindo algo crescente se formar em seu estômago, não sabe como agir em situações como essa. Ou, se sabe, desaprendeu em algum lugar do passado.

— Você está linda. Perfeita, eu acrescento. — O tom de Lex é formal.

— E você está vestido… uau! — Era para o comentário de Nina ter soado ácido, mas não foi assim que saiu.

— Bem-vindos ao nosso humilde bangalô, vencedores. Tomem seus assentos, porque a viagem gastronômica já vai começar. — O *chef* Louis de francês não tem nada. O sotaque é baiano, daqueles bem arretados. Nina morde o lábio, segurando o riso. Lex olha para o céu, respirando fundo para não gargalhar. O *chef* deposita duas casquinhas de siri na mesa e volta para a cozinha, seguido por um garçom.

— Primeiro as damas. — Lex curva o corpo para a frente, permitindo que Nina passe. Ela faz uma reverência e tira os chinelos na entrada do bangalô, sentando-se em um *futon*.

Lex se ajoelha perante a garota antes de tomar o seu lugar. Ela congela, não esperava por isso. O garoto pede permissão com o olhar.

— Está brincando, não é? — Nina recua, desconfiada.

— É só uma flor. — Ele a gira entre os dedos, pelo caule. — É a minha bandeira da paz, uma trégua.

— Uma trégua? — Ela pensa por um segundo. — Tudo bem, acho que posso aceitar isso.

Numa situação para lá de romântica, Lex coloca a flor nos cabelos de Nina, usando a presilha de Laís para prendê-la. Nina abaixa a cabeça, sentindo um calor sufocante de repente.

— Sem jogos, concorda? — Eles se encaram e Nina abafa os sentimentos que afloram, descontrolados. Engole em seco e concorda com os termos de Lex:

— Sem jogos. Entendido.

Os dois brindam com os talheres e começam a comer. Nina revira os olhos, em êxtase. Essa, definitivamente, é a melhor casquinha de siri que já comeu na vida.

O *chef* Louis volta da cozinha trazendo uma imensa porção de camarões graúdos empanados e fritos com um molho tártaro para acompanhar.

O garçom recolhe os primeiros pratos e serve mais água e coquetel de frutas — sem álcool, infelizmente. Não sou a favor de bebidas alcoólicas, mas nesse caso até que poderia ser bem útil.

Nina não está à vontade. Teme que Lex entre na conversa "aposta e beijos roubados". É exatamente no que ele pensa, só está tentando encontrar uma brecha para falarem sobre o assunto.

Esse poderá ser um diálogo perigoso, enveredando por terrenos desconhecidos. O garoto, após devorar quase um prato de camarões, resolve que o momento é agora.

— Temos que conversar sobre o que está havendo.

— Você disse *sem jogos*. Então, será que não poderíamos falar sobre outra coisa? — Nina se esquiva.

— Em algum momento, teremos que falar sobre isso.

— Não sendo agora, para mim está ótimo. — Nina tenta parecer descontraída, mas os músculos de sua face a entregam. Estão tensos e sua expressão denota apreensão.

O garçom retira o prato de camarões e o *chef* Louis coloca uma imensa lagosta na frente dos garotos, explicando, em detalhes, a forma como foi feita. Quando a explanação termina, *chef* e garçom se retiram e Lex retoma o assunto, tomando outro caminho:

— Eu tenho uma curiosidade imensa sobre você. — Ele a encara, perscrutando suas reações: — O que aconteceu para transformá-la em uma muralha? Por que parece ter tanto medo de se envolver? — Lex entrelaça os dedos sobre a mesa, aguardando.

— Quer mesmo falar sobre isso? — Nina limpa as mãos em uma toalha úmida, trazida com a lagosta. — Quer mesmo saber o que aconteceu no meu passado? — Faz uma pausa dramática e arremata: — Talvez não goste do que vai ouvir.

— Quero muito entendê-la, conhecê-la melhor.

— Só quer isso porque faz parte da aposta. — Nina cruza as mãos à frente do corpo, na defensiva.

— Não é isso. Não estou jogando. — A sinceridade exala daqueles lábios sedutores.

Nina inspira profundamente. Poucas pessoas sabem o que aconteceu no passado, sua história com Bruno. Laís e Nathália são duas delas. Mas um impulso de abrir o jogo a assola de repente, como se isso fosse o certo a fazer.

— Se é isso o que você quer, tudo bem. Vou contar.

Quarenta e um

Abrindo o jogo

A alguns metros dali, escondida entre arbustos de folhagens esverdeadas, Bárbara aproxima o *zoom* da câmera e tira mais uma foto. A Kibi-mor está fritando de raiva por ainda não ter conseguido a fotografia que imaginou. Vingança é a única palavra que essa garota parece conhecer.

De todas as fotos, apenas duas são realmente boas: a de Lex e Nina na trilha da Caça ao Tesouro e a da gruta. A imagem do beijo na quadra de tênis também é fenomenal, mas não terá o efeito desejado. Afinal, a sala inteira assistiu ao espetáculo de camarote. Não. Ela precisa de um material inédito e *caliente*. Quer provar que Nina é uma biscate.

— Não acredito que esteja aí observando os pombinhos — Bola chega por trás, sem aviso.

— Cale a boca e se abaixe! — Bárbara puxa Bola para detrás dos arbustos. — Quer entregar a minha localização, seu idiota?

— Quem você está chamando de idiota?

— Bolinha, é sério, eu preciso muito de uma foto quente. Então, se me der licença…

— Eu tenho o que você precisa. — Bola a encara com uma expressão de superioridade. — Mas o preço vai dobrar.

— Como é? Está querendo me chantagear?

Eu deveria rir, mas a situação é tensa. Todo chantagista já passou ou passará por um momento como esse. Afinal, colhemos o que plantamos.

Bola tem um trunfo ilícito na manga, algo que poderá mudar o rumo dos acontecimentos. Eu já disse que esse garoto é mau?

— O que você tem para me ajudar? Uma foto quente? A Nina nua? O que é? — Bárbara é a ansiedade em pessoa ao chacoalhar os ombros de Bola.

— Primeiro vamos determinar o preço, só então eu lhe mostro o produto — Bola negocia, preguiçosamente. O cara está por cima e sabe disso.

— Droga! — Bárbara se inflama. — Tudo bem, qual é o seu preço?

— No luau de hoje à noite, quero que fique comigo na frente de todos. — A expressão de Bola não se altera.

— Como é? — A Kibi sibila e levanta-se num pulo.

— É isso ou nada feito. Você é quem sabe. — Bola dá de ombros, indiferente.

— Qual é a jogada? O que você tem em mãos?

— Aceitará o meu preço?

A garota se ajoelha na grama recém-aparada, pensativa. Seus olhos se estreitam, ávidos por descobrir o plano de Bola. Sentindo certa repulsa por si mesma, ela resolve pagar para ver.

— Tudo bem, eu aceito — Bárbara ruge. — Agora me diga, o que você tem para a minha vingança?

— Isto aqui. — Bola tira do bolso da bermuda um frasco sem rótulo.

— Em que isso vai me ajudar? — Bárbara faz cara de quem conversa com um otário. Bem, ela realmente conversa com um otário.

— Eu roubei isto aqui do estoque do meu irmão, sabia que seria útil em algum momento. — Ele rola o frasco entre os dedos. — Ele e os amigos da faculdade criaram esta droga. Batizaram-na de Droga da Coragem. Quem a ingere fica totalmente desinibido e faz coisas que nunca faria, nem à base de álcool.

— Isso é uma droga? — Bárbara se senta com os olhos brilhando em excitação. — Tipo, uma droga, droga?

— É, quer que eu desenhe? Que parte você não entendeu?

— Bola, você é um gênio!

— Eu sei, só que ninguém parece perceber isso. — O garoto olha para o céu, distraindo-se. Bárbara pigarreia e então ele continua: — Enfim, apenas seis gotas disto aqui e a Nina vai fazer o que tem vontade. Sem medos, receios ou pudores. Você finalmente conseguirá sua vingança.

Bárbara tenta pegar o frasco das mãos de Bola, mas, num impulso, ele fecha os dedos, meneando a cabeça em negativa.

— Nada disso. Primeiro pague, depois receba.

— Mas amanhã é o último dia na ilha. Temos que usar isso hoje mesmo! — A Kibi é tomada por uma sensação de urgência, seus lábios tremem com as possibilidades.

— Pague o que me deve hoje e amanhã eu garanto que terá a sua foto quente.

— Esse troço é perigoso, tipo a Nina pode morrer e tal? — Não que Bárbara esteja preocupada com isso, a pergunta foi feita por desencargo de consciência.

— Não é perigoso. Relaxe, vai sair tudo como você quer. — Bola se levanta do esconderijo. — Estamos acertados?

Com um sorriso maquiavélico e olhos flamejantes, Bárbara balança a cabeça em concordância.

— Estamos acertados.

* * *

Lex quer desvendar todos os segredos dessa linda garota de olhos esverdeados e a estimula a continuar. Nina não acredita que esteja a ponto de contar algo tão íntimo a ele.

Ela se convence de que falar pode lhe fazer bem, expurgando todo o veneno que ainda corre em suas veias. Quem sabe o passado de Nina mostre a Lex que o terreno no qual pisa é perigoso e arriscado, cheio de minas enterradas e armadilhas mortais?

Nina suspira alto, sentindo algo se remexer dentro de si. Talvez seja a lagosta, ou seu espírito, quem sabe?

— Quando eu tinha quinze anos, comecei a namorar um cara dois anos mais velho. Nós nos conhecemos no colégio e ele estava prestes a se formar. Nós ficávamos naquele flerte a distância e eu nunca tinha tido coragem de me aproximar. Alguns amigos me avisaram que ele era um tremendo galinha, mas eu achava que estava apaixonada e nem liguei para os comentários. Quando a oportunidade surgiu, eu me agarrei a ela Namoramos por seis meses. Meus pais eram contra e passaram a vigiar todos os meus passos. Eu não podia usar a internet e os telefonemas eram gravados. Meu pai é advogado criminalista e minha mãe trabalha com segurança da informação, ou seja, eles desconfiam até da própria sombra. Hoje eu os entendo perfeitamente.

Nina faz uma pausa. Rememorar o passado nunca fez bem a ela. Mas, de alguma forma, sente que, quando terminar a narrativa, será uma outra pessoa.

— O que aconteceu? — Lex reclina-se para trás, escorando o corpo com as mãos.

— Durante seis meses, nós namoramos na minha casa e às escondidas, quando eu conseguia enganar os meus velhos. O filho da mãe tinha uma lábia incrível e fez com que eu acreditasse que era especial. Ele dizia que me amava e que eu era única e perfeita. Hoje eu sei que ele só estava preparando o terreno para o ataque.

Os lábios de Lex se retesam. As pálpebras tremem e ele se inclina sobre a mesa com os punhos cerrados. Uma sombra atravessa aquele olhar dourado e Nina continua:

— Todas as vezes que nos encontrávamos, era a mesma história. Ele me amava, eu o amava e nós tínhamos que elevar nosso relacionamento a um outro patamar. Eu era muito nova, Lex, totalmente inexperiente e, de certa forma, inocente. Ele usou isso contra mim da forma mais repugnante que se possa imaginar. Numa tarde, o cara apareceu na minha casa sem aviso. Eu estava sozinha e as coisas começaram a evoluir rápido demais... Eu não tive escapatória.

Nina faz outra pausa e, por incrível que pareça, não está se debulhando em lágrimas. A expressão de Lex é matadora e o cara trinca os dentes, mas não diz nada. Não ainda.

— Eu não queria, juro para você. Eu só tinha dezesseis anos e não estava pronta. Mas ele forçou a barra, disse coisas que eu queria ouvir. Parecia que ele podia ler meus pensamentos, minhas vontades. Eu sempre fui uma tola romântica. Que idiota. Nunca pensei que me entregaria daquela forma, no sofá da sala, sem nenhuma preparação, sem... sem romance. Quando terminou e ele foi embora, eu não me senti plena ou flutuando, como dizem. Eu me senti suja e com vontade de gritar. Não que ele tenha sido bruto, mas não foi feito com amor. Ele parou de me ligar depois disso. Eu deixava recados no celular e nada de um retorno. Quando eu finalmente tive coragem e liguei na casa dele, descobri que a mãe do cara nem sabia quem eu era. Ela disse algo mais ou menos assim: "Ah, não, outra pseudonamorada? Esse garoto não tem jeito. Quantos anos você tem, mocinha?" Foi então que eu descobri tudo. Minhas amigas ajudaram, vasculhando a internet, perguntando aos amigos dos amigos dos amigos. Tudo o que eu vivi durante seis meses não passou de uma mentira, uma farsa com o único intuito de me levar para a cama. Bem, para o sofá da sala. Eu quis muito me vingar, eu queria o sangue dele nas minhas mãos. Mas não foi nada disso o que eu fiz. Eu me resignei, me fechei para o mundo, parei de confiar nas pessoas e me transformei no que sou hoje. Alguém que não consegue se relacionar, que tem medo de ser enganada e que está permanentemente fechada para balanço.

Quarenta e dois

A carapaça se quebra

O *chef* Louis traz dois pratos fundos recheados com risoto de salmão e cebolinhas picadas por cima. Nina já perdeu a fome e Lex encara o prato, ainda com o maxilar trincado.

Quando se veem novamente sozinhos, Lex a fita com um olhar febril e uma expressão que Nina nunca viu antes.

— Eu vou matar esse cara.

— Não precisa — Nina deixa um sorriso escapar. — O Doc, meu irmão, acabou com o Mustang novinho dele com um taco de beisebol e a ajuda de uns amigos. E há duas semanas eu soube que ele finalmente foi preso por aliciamento de menores. Na época, meu pai até pensou em processar o cara, mas minha mãe o fez desistir da ideia. Eu era muito nova e o escândalo poderia ter sido muito pior para mim. Eu aprendi uma lição, da pior maneira, tenho que admitir. Mas hoje ninguém me faz de idiota. Nunca mais vou deixar que alguém me use dessa forma. — Se Nina estava tranquila, isso muda quando ela profere as duas últimas frases. Um brilho cortante surge em seus grandes olhos esverdeados. — Consegue me entender melhor agora?

— Não me importa se ele foi preso, ainda quero matar esse desgraçado — Lex sustenta uma expressão à la Chuck Norris. — Eu não faria isso com você, nunca a enganaria dessa maneira.

— Ah, Lex, qual é! — Nina zomba. — Você é o galinha do Prisma, um apostador, um mentiroso… Conta outra, vai.

— Acha que eu chegaria a esse ponto? — Lex faz uma pausa com o cenho franzido. Quer provar que Nina não precisa temê-lo de maneira alguma e ele sabe como a convencerá: — Quer ouvir uma história?

— É sobre uma aposta? — Nina empurra o risoto para o lado, apoiando os cotovelos na mesa.

— É sobre uma aposta, sim. E isso vai provar a você que eu tenho caráter.

— Por que quer me provar isso? Não estou cobrando nada.

— Ainda assim, quero contar. Vai ouvir?

Nesse ponto, o *chef* Louis faz cara de quem vai chorar. Quando entra no bangalô e vê os dois pratos intocados, o francês sai e o baiano arretado entra em cena.

— Oxente! Vocês nem tocaram no risoto!

— Desculpe, *chef*, estamos realmente satisfeitos. E, aliás, estava tudo perfeito. — Lex não tira os olhos de Nina, e vice-versa.

— Bom, nesse caso, vou trazer as sobremesas. Vocês vão comer, certo?

— Pode trazer — é Nina quem responde, e o *chef* volta para a cozinha, choramingando com o garçom.

Lex observa Nina com outros olhos. Apesar do ódio que está sentindo pela história que ouviu, sente-se orgulhoso por ela não ter se deixado abater, como era de se pressupor. Ela é forte e soube canalizar muito bem a amarga experiência que vivenciou.

— Não me olhe assim, não quero que sinta pena. — Nina se remexe, um tanto desconfortável.

— Pena? O que sinto está bem longe disso.

— Tenho que confessar que foi muito bom colocar isso para fora. Talvez você tenha conseguido o que ninguém mais conseguiu.

— Derrubar o muro que você construiu para se proteger? — Lex arrisca um palpite.

— É, algo assim. — Ela faz uma pausa lacônica antes de passar a palavra para Lex: — Bem, sua vez de falar.

Lex se ajeita melhor, como se isso tornasse a tarefa a seguir mais fácil. Esse é um segredo bem guardado que ele se sente impelido a dividir com Nina. Assim como agora ele a entende melhor, talvez ela o compreenda também.

— Eu fiquei com a Bárbara no ano passado. Nunca tinha namorado ninguém antes e não estava interessado. Não por medo de me envolver, entenda. Eu acho que não estava pronto, não tinha encontrado a pessoa certa.

Lex faz uma pausa e busca os olhos de Nina. Se ela entendeu o recado eu não sei, mas nós entendemos!

— A galera vivia me zoando, dizendo que eu não era bom com essa coisa de relacionamentos. Até aí, tudo certo. O problema aconteceu no dia em que me desafiaram a namorar uma mesma garota por quinze dias.

— Você não se conteve e quis provar que era capaz — Nina adivinha, sabiamente. — Vocês, garotos, são tão estranhos.

— Gancho lançou a aposta e…

— Sempre o Gancho. Ele é aquele diabinho de chifres que fica sobre o ombro esquerdo, não é? — Nina interrompe a narrativa.

— Para dizer a verdade, na maior parte do tempo ele é o anjinho de auréola sobre meu ombro direito. — Lex morde o lábio e o *chef* volta da cozinha.

— Esse é o trio Inamorata. *Mousse* de chocolate branco, *mousse* de coco e *mousse* de morango com calda de frutas vermelhas — o *chef* explica e o garçom coloca os pratos ricamente enfeitados sobre a mesa. — Se vocês não comerem, juro que me afogo no mar.

Nina e Lex não se aguentam e desatam a rir. Para que o *chef* não cometa suicídio, Nina pega uma colherada e leva aos lábios. A *mousse* de morango derrete na boca e ela solta um suspiro de prazer. O *chef* sorri, orgulhoso.

— Querem um café? Um chá? Um *cappuccino*? — ele oferece.

— Não, obrigada — Nina recusa.

— Estamos bem, valeu mesmo — Lex também recusa e, quando ficam sozinhos, tenta retomar a linha de raciocínio: — Onde eu estava?

— Na aposta de quinze dias lançada pelo lado demo do Gancho — Nina elucida e solta outro suspiro ao levar a *mousse* de coco à boca. — Cara, isso está muito bom!

— O lance foi que eu aceitei a aposta. A Bárbara estava a fim e eu jurei levar o namoro a sério, como namorados costumam fazer.

— Você enganou a garota — Nina alfineta.

— Ela queria namorar e eu dei isso a ela, por um breve período. — Lex dá de ombros, indiferente.

— Em que você é tão diferente do cara que me enganou? — Nina assume uma postura de ataque.

— Chegarei lá. — Lex faz outra pausa. — Nós namoramos por quinze dias, e eu tenho consciência de que fui um ótimo namorado. Eu a levava ao *shopping*, ao cinema, ao McDonald's, ao Burger King, à sorveteria e ainda escutava aquela ladainha chata de sempre, com a maior boa vontade.

— Hum, sei.

— É sério, não foi fácil como você imagina. No décimo sexto dia, eu já estava pronto para terminar o namoro. Tinha vencido o desafio e poderia ganhar minha liberdade de volta. E como eu ansiava por ela! Você não faz ideia. A garota vivia no meu pé, me ligando de cinco em cinco minutos, me proibindo disso e daquilo, palpitando em tudo, reclamando de todos os meus amigos… Enfim, foi o inferno na Terra. Numa tarde, ela chegou na minha casa sem avisar. Quando dei por mim, ela estava praticamente nua, se oferecendo desesperadamente.

Nina solta a colher no prato e engasga. Precisa de água para se recuperar do choque. Antes que possa fazer qualquer comentário, Lex continua.

— A Bárbara armou uma emboscada e tive que terminar o namoro com ela deitada na minha cama, seminua, numa das situações mais embaraçosas pelas quais já passei na vida.

— Vocês… Quero dizer… Você e ela…?

— Não! Eu jamais faria algo assim! Nina, eu não conseguiria conviver com isso.

— Lex, não me diga que é virgem?

— Claro que não! Mas eu não poderia fazer isso com a Bárbara, você entende? Tudo não passava de uma aposta.

Só um detalhe: quando Lex praticamente gritou "claro que não", Nina sentiu uma pontada de ciúme brotando em algum lugar do seu ser.

— E o que ela fez? — Até o tom da garota mudou depois disso.

— Foi a cena mais deprimente que eu já vi. Juro que me senti um crápula, da pior espécie. Ela se ajoelhou e implorou para que eu voltasse atrás. Contei sobre a aposta, deixei tudo às claras, mas nada parecia adiantar.

— Ela implorou para você não terminar o namoro? — Nina é pega de surpresa, não consegue imaginar Bárbara suplicando por nada.

— Não! Implorou para que eu transasse com ela!

— Ai. Meu. Deus.

— Está entendendo agora? Depois desse lance com a Bárbara, eu jurei que nunca mais entraria em uma aposta.

— Nunca mais?

— Envolvendo mulheres, depois da Bárbara, você foi a única. — Ele a encara com profundidade. — Eu não queria aceitar essa aposta, Nina.

— Por que aceitou?

Hum, terreno perigoso! Será que Lex terá a coragem de abrir o jogo e contar que está sendo chantageado pela Kibi-mor?

— Ei, vencedores! Como foi o almoço? — O monitor-chefe entra no bangalô, todo sorridente.

— Foi excelente — Lex responde aliviado, mais uma vez salvo pelo gongo.

— Nina?

— Foi ótimo, valeu o desafio — ela responde, num tom de decepção. O monitor tinha de aparecer justo agora?

— Bem, se já tiverem terminado, a lancha os aguarda. Vamos?

— Esse papo não termina aqui — Nina sussurra para Lex enquanto seguem o monitor em direção ao píer.

* * *

A lancha não é grande como Nina imaginou. É toda branca, com frisos laterais azuis e poucos lugares a bordo. O monitor-chefe liga o motor e pede aos garotos que se segurem, porque a embarcação vai voar.

Lex e Nina se sentam no único banco de dois lugares. Ela quer voltar no assunto da aposta, mas, quando a lancha arranca, fica difícil falar com o barulho do vento. Nesse caso, ela grita:

— Vai me contar, não vai? Sobre o porquê de ter aceitado a aposta?

— Não agora!

— Lex, não me enrole.

— Nina, eu não sou o filho da puta que você imaginava. Isso já não basta?

— Não!

A lancha percorre todo o contorno da ilha numa velocidade surpreendente. Em alguns pontos, é como se a embarcação realmente planasse sobre a água, criando ondas laterais e assustando os pássaros.

Lex e Nina estão divagando em suas próprias mentes. As belezas naturais passam voando e eles nem se dão conta.

Lex está ruminando sobre tudo o que Nina contou no almoço. Imagina-se quebrando a cara do sujeito que a enganou, arrancando-lhe todos os dentes da boca.

Nina está pensando em Bárbara e na cena que se desenrolou no quarto de Lex. Nem em mil anos ela se submeteria a implorar por um cara dessa maneira. Realmente Lex não é o filho da puta que ela imaginava. Ao pensar nisso, dá uma olhada de esguelha para ele. Um sorriso tímido lhe escapa dos lábios, um gesto que, finalmente, quebra a carapaça ao meio.

Quarenta e três

Luau

Nina não consegue conversar com Lex quando voltam do passeio de lancha. Gancho os aguarda no píer, parecendo um tanto quanto desesperado. Antes que os dois amigos sumam de vista, Nina puxa Lex pelo braço.

— Nossa conversa não terminou.

— Eu sei que não. Nós vamos retomar, eu prometo — Lex está sendo disputado como num cabo de guerra, com Nina puxando de um lado e Gancho do outro.

— Depois vocês conversam. O que eu tenho para tratar com o Lex é da mais alta prioridade. — Gancho puxa o amigo com mais força e Nina o solta.

— No luau conversamos, está bem? — o garoto grita por sobre os ombros, sendo arrastado por Gancho.

— Você não vai escapar — ela balbucia para si própria.

* * *

No quarto, longe de ouvidos indiscretos, Gancho anda de um lado para o outro, deixando Lex zonzo. O cara está tentando montar o quebra-cabeça sozinho, mas está difícil pacas.

— Se não me disser o que está havendo, como poderei ajudar, Cabeça?

— *Man*, tem treta nessa parada.

— Fala logo, *brow!* — Lex se irrita.

— Está rolando uma nova aposta no ar. E juro, meu camarada, nesse angu tem um caroção.

— Deus do céu, desembucha!

— O Bola lançou uma nova aposta hoje. É um desafio impossível, mas o cara jogou uma grana alta na roda, certo de que vai rolar. — Gancho leva o indicador ao queixo. — Como ele pode ter tanta certeza?

— Que aposta é essa?

— Bola *versus* Bárbara.

* * *

As meninas já estão prontas para o luau. Desde que voltou do passeio de lancha, Nina não viu Lex em lugar nenhum. Aliás, nem Gancho.

Será que o sumiço deles tem algo a ver com a aposta? Estará Nina sendo manipulada e tudo não passa de uma farsa? Ela não divide esses temores com as amigas, prefere se abster em seu próprio mundo cheio de dúvidas.

Nathália está usando um vestido comportado, desses com florzinhas e detalhes fofos nas mangas bufantes. O cabelo está preso, para variar, em um rabo de cavalo. Nos pés, chinelinhos da coleção particular de Laís.

A viciada em chinelos está usando uma saia longa, com estampa indiana e franjas laterais. Por cima do biquíni, uma blusinha canelada branca e sem mangas arremata o visual.

Nina optou por um vestido acima dos joelhos com uma estampa indefinida em tons de verde e marrom, mangas fluidas que descem até os cotovelos e um decote V de arrasar. Por baixo, o biquíni verde fica visível, já que a vestimenta é um tanto quanto transparente. Se cuide, Lex!

Vestidas para matar, as garotas seguem rumo à praia.

São dez da noite. A lua cheia está particularmente mágica, cercada por um halo brilhante e azulado. O céu se completa de forma majestosa, com milhares de diamantes no firmamento. O mar está calmo e uma brisa leve acaricia a pele de quem está por ali. O clima é perfeito para um luau.

Na praia, um imenso tablado de madeira foi transformado em pista de dança e uma banda já está a postos, no aquecimento.

Uma fogueira foi acesa no caminho para o mar. As primeiras chamas já crepitam, um tanto disformes por culpa da brisa. Uma mesa de apoio foi disposta com palitinhos de *marshmallow* e queijo coalho. Nham.

Holofotes apontados para o mar estão em funcionamento e candelabros foram dispostos por todos os lados, fechando o cenário com maestria.

Garçons circulam entre os estudantes com bebidas coloridas arrematadas com canudos psicodélicos, daqueles que brilham no escuro.

Lex e Gancho conversam, um pouco afastados da multidão que se forma sobre o tablado. A banda toca um *reggae* e a galera dança embalada com Bob Marley.

— Que bom que eu não tive que arrancar essa informação da Nathi. — Gancho se balança em uma rede de dois lugares, presa nos coqueiros. — Cara, não acredito que a Nina tenha passado por isso. Esse cara merecia umas porradas.

Lex abriu o jogo com o melhor amigo, contando tudo sobre Nina e o seu passado amoroso. Ela não pediu segredo e o garoto não consegue esconder nada de Gancho.

— E você e a Nathi? — Lex se joga na rede e Gancho sente o solavanco, quase caindo para trás.

— A aposta ainda está rolando, não vou chegar junto. Cara, se ela descobrir…

— Quem contará? — Lex se altera. — Ninguém vai contar, Cabeça, eu garanto. Aproveite o luau, as estrelas, a música… Este é o momento.

— Acha isso?

— Um momento perfeito como este, nunca mais. — Lex dá uma geral ao redor, sentindo o clima. — Quando voltarmos para São Paulo, teremos apenas mais duas semanas de aula e *game over*.

— Eu tô afinzão dela, saca? Nós combinamos em tudo, já percebeu? — Gancho sussurra para que ninguém os ouça.

— Já percebi, sim. — Lex enforca Gancho, na brincadeira.

— E a Nina? Investirá nela quando voltarmos para Sampa? — Gancho ajeita o boné e mira o amigo.

— As possibilidades são altas.

— Eu sabia! — Gancho grita e logo abaixa a voz. — Eu sabia, eu sabia!

— Shhhhhhh. Ninguém deve saber sobre isso, está me entendendo? Se a Bárbara desconfiar, já era. — Lex, um tanto temeroso, olha para os lados, certificando-se de que ninguém os ouve.

— E a aposta Bola *versus* Bárbara? — Gancho impulsiona a rede com um dos pés. — Eu tô preocupadão.

— Veremos no que vai dar. Conforme for, afogaremos o Bola para arrancar dele a história que originou isso tudo.

* * *

O romance está no ar. Talvez seja a praia. Porventura a lua. Acaso as estrelas. Os estudantes estão sentindo a vibração cor-de-rosa e um aroma apaixonado se espalha entre eles, abraçando-os, incitando-os a ir em frente.

É nesse clima que Nando e Camila estão. Os dois dançam juntinhos sobre o tablado de madeira. Camila não sabe da aposta e Nando jurou de morte quem resolvesse abrir o bico.

Os monitores, que não são bestas nem nada, dispuseram um vaso sobre o tablado repleto de lenços de seda. A garota que quiser tirar um cara para dançar deverá pegar um dos lenços e colocar no pescoço do dito-cujo.

É o que Nathi fará nesse exato momento.

— O que está esperando? — Laís está a ponto de ela mesma tirar Gancho para dançar com Nathália. — Está com medo de quê?

— Não estou com medo! — Nathália treme nas bases nesse exato segundo. — É só que... E se ele disser não? Será que eu suportaria ser rejeitada?

— Ah, fala sério! — Nina revira os olhos. — Por que ele a rejeitaria? Você é linda, inteligente, divertida e ainda por cima ri de todas as piadas dele. O que mais o Gancho poderia querer?

— Mas, e se...

— Cale a boca. Pegue esse lenço e vá lá agora! — Laís pesca um lenço lilás de dentro do vaso e entrega para Nathi. — Agora, dona Nathália.

— Mas, mas...

— Nunca saberá se não for até lá. E outra, se o Gancho tiver a coragem de rejeitar você, eu quebro a cara dele — Nina ameaça.

— Quebraria a cara dele? Por mim? — O semblante de Nathália é de pura admiração. — Jura mesmo?

— Ah, ela quebrará, sim. E eu ajudarei — Laís aperta os olhos e mostra os dentes.

— Respire fundo e vá até lá. Não deixe que nada a desvie do caminho. Não olhe para trás nem para os lados. Apenas trace uma linha reta e vá. — Nina dá as coordenadas, empurrando Nathi na direção de Gancho.

Nathália vai.

O coração aos pulos.

O estômago retesado.

Os olhos arregalados.

O sangue congelado.

As bochechas queimando.

A respiração entrecortada.

A garganta fechada.

A boca seca.

Os lábios trêmulos.

As mãos frias.

As pernas bambas.

Com o lenço lilás em mãos, Nathi atravessa o tablado um tanto cambaleante, mas não se desvia do caminho. Seus olhos estão cravados em Gancho, que, no momento, conversa com Lex e Hulk.

O cara, recostado num coqueiro, está usando bermuda preta, camiseta branca e um boné surrado da Nike, com a aba para trás. Nathália deixa um suspiro apaixonado escapar da garganta.

Lex é o primeiro a notar a aproximação de Nathi. Dá uma cutucada em Gancho para o amigo se ligar.

— Que foi, *man*?

— Sabe dançar, Cabeçudo? — Lex lança um sorriso debochado no ar.

— Sei. Por quê?

— Oi, gente. — Nathi finalmente alcança os garotos. Engole algo que não lhe parece saliva. Está mais para um pedregulho daqueles cortantes. Engasga ao falar, as palavras não saem de sua boca. Percebendo que Nathália está em apuros, Lex resolve ajudar.

— O Gancho aqui estava doido para dançar com você, não é, Cabeça? — Lex o empurra, com o cotovelo.

— Verdade? — Nathi pergunta, um tanto tímida, fazendo um círculo na areia com a ponta do chinelo.

Ao notar que Gancho está mais perdido do que cego em tiroteio, mais perdido do que cachorro em dia de mudança e outros ditados populares, Lex dá um empurrão no cara:

— Não é, Gancho, meu amigão? — Lex morde o lábio e faz um sinal com a cabeça. Finalmente o cara entende. Caraca, já não era sem tempo.

— É, Nathi, eu só não sabia se você… — Gancho se esquece do que iria dizer ao fitar os olhos de Nathália. Tomando coragem e algo mais, o garoto declara solenemente: — Nathi, o negócio é o seguinte, eu adoraria dançar com você. Me daria essa honra? — E o cara, com todo o charme, ajoelha-se aos pés de Nathália, lhe estendendo a mão.

— Eu adoraria. — Nathi, delicadamente, coloca sua mão sobre a dele. Quando o pirata se levanta, com um sorriso que Lex nunca havia visto antes, Nathália passa o lenço lilás em volta do pescoço do garoto, puxando-o como um cachorrinho para a pista de dança.

Ah, o amor!

* * *

Nina e Laís acompanham a distância enquanto Nathália puxa Gancho para o meio do tablado. Ela está tão feliz que a alegria reverbera ao seu redor. Uma aura cor-de-rosa envolve aqueles dois de maneira sublime.

As amigas veem quando Gancho se aproxima de Nathi, passando uma mão em volta de sua cintura. A outra mão está no ar, apenas aguardando que Nathália a pegue. Ela pega. E, então, ele a puxa para si e os corpos finalmente se tocam.

Nina olha para Laís. Laís olha para Nina. As garotas não se contêm e começam a rir, sem conseguir parar. Conhecem esses ataques de riso? Daqueles que nos arrancam lágrimas? Pois é exatamente isso o que acontece.

Quando o ataque passa, após várias tentativas para ficarem sérias, Laís tomba a cabeça de lado e fixa seu olhar em Nina. Vem bomba por aí.

— E você? O que ainda está fazendo aqui?

— Não farei isso. — Nina sabe do que a amiga está falando. — Não vou tirar o Lex para dançar.

— Por que não?

— A aposta! — Nina estreita os olhos, com uma expressão do tipo "alô?". — Acha que vou dar esse gostinho para esses moleques?

— Ah, Nina, esqueça isso. Vai lá, tire o cara para dançar. Entre uma dança e outra, ele pode finalmente revelar o porquê de ter aceitado a aposta. — Laís puxa um lenço azul de dentro do vaso e estende para Nina. — Eu desafio você.

A ficha de Nina cai como um soco no estômago. Assim como Lex, ela também odeia ser desafiada. Não consegue se esquivar, é mais forte do que ela. Como podem ser tão iguais?

— Está jogando sujo. — Nina olha para os chinelos verdes.

— Claro que estou. Sei que não suporta ser desafiada. Eu conheço você, Nina Albuquerque, ainda que há pouco tempo. — Laís bate um dos pés no chão, num ritmo constante. — Sei que quer isso, eu vejo nos seus olhos.

— Está tão na cara assim?

— Desculpe, mas está. Você não consegue mais esconder.

— E se tudo for mentira? E se o Lex estiver jogando? Como vou saber? — Finalmente Nina dá voz às suas dúvidas.

— Os olhos não mentem, Nina. — Laís passa o lenço em volta do pescoço da amiga. — O Lex está olhando para cá neste exato momento. Aliás, ele está sempre olhando para você, desde que chegamos à ilha. Você mexe com ele, é visível. Só não vê quem não quer.

— Estou com medo. — Nina jamais afirmou isso em voz alta. Medo é uma palavra que não faz parte do seu vocabulário. Bem, não fazia parte até agora.

— Eu sei que está. Esse jogo de sedução bagunçou tudo, não foi? Essa confusão sentimental na qual está é resultado disso. Encare o Lex, enfrente seu medo. — Laís sonda os olhos de Nina, segurando-a pelos ombros. — Proteger-se para sempre não é a solução. O sofrimento existe, mas o amor também. Você precisa arriscar.

— Uau, você foi profunda agora.

— Vá lá e deixe acontecer. O que tiver que ser, será.

Quarenta e quatro

Laçando Lex com um lenço de seda

Pensativa.

Na beira do mar, Nina segura o lenço azul entre as mãos. Ele se agita suavemente, dançando com a brisa que vem do oceano. Seus pés estão cravados na areia enquanto observa, atenta, as pequenas ondas se formarem. A água chega, tocando seus pés, e recua, para voltar logo a seguir.

Está pensando no que Laís disse, essa coisa que envolve sofrimento e amor. Se for enganada novamente, será que suportará? Nina não tem certeza de que sim nem de que não. Mas assim é a vida, não é? Recheada de incertezas.

Laís tirou Hulk para dançar. Não, ela não se esqueceu de Doc. Está triste, um tanto saudosa e também não tem certeza de nada. Ela e Hulk não têm nada em comum, são apenas amigos. Podemos dançar com amigos, não podemos? É o que ela está fazendo nesse exato momento.

O ar fresco preenche os pulmões de Nina, relaxando-a. Não sente o vazio, não se sente sozinha no momento. E realmente ela não está.

Lex está parado a uma curta distância, apenas coexistindo. Observa os cabelos de Nina esvoaçando para trás, juntamente com seu vestido semitransparente. O perfume que ela exala chega às suas narinas e ele infla o peito, tomando coragem.

— Pensei que esse lenço me tiraria para dançar — a voz grave e um tanto rouca atravessa o ar da noite.

Nina não se vira, mas sorri. É um sorriso de lábios fechados, um tanto contido. Solta uma das mãos do lenço e, sentindo-se livre, o tecido se agita para trás, alcançando Lex, que o pega com a mão direita.

Nesse momento, ambos estão unidos por um lenço azul de seda, comprido demais, distante demais.

Lex vai enrolando o lenço na mão, diminuindo o espaço que os separa, chegando cada vez mais próximo. Nina sente a aproximação às suas costas.

— Me diga que não é apenas uma aposta. — As palavras dela são levadas pela brisa, carregadas de insegurança.

— Não é apenas uma aposta. — O hálito quente de Lex alcança seu pescoço. Estão tão próximos que, talvez, nem o fino lenço de seda consiga ficar entre eles.

Nina gira sobre a areia e seus cabelos voam para o rosto, alcançando Lex. Com as duas mãos, ele os alisa para trás. Ela estremece ao simples toque, tombando a cabeça de lado e cerrando as pálpebras. Lex sente uma urgência em beijá-la e dá voz a essa vontade:

— Não sabe quanto eu quero beijar você, aqui, agora. — Lex acaricia o rosto de Nina com a ponta dos dedos. — Mas não posso permitir que todos vejam, não quero que perca a aposta.

— Eu não ligo em perder. Porque, na verdade, acho que ganharei.

— Você já ganhou.

Os olhos de Nina se abrem e se veem orbitando os raios solares de Lex. Não, ele não está mentindo. Será que Nina deve confiar em sua intuição?

Uma comoção vem do tablado. Os olhares de ambos são imediatamente atraídos para lá. E o que presenciam eu descrevo agora, em detalhes:

Gancho está com as costas arqueadas para a frente, tombando Nathi em seus braços, como sempre acontece no final de uma dança. Os olhos estão cravados um no outro e as respirações se fundem numa só.

Gancho sustenta uma expressão de admiração e Nathi está com um ar sonhador. Os lábios se entreabrem, as pálpebras se fecham. Num movimento sutil em que os sentimentos assumem o comando, a boca de Gancho envolve a de Nathi em um momento para lá de perfeito.

Ahhhhhhhhhhhhhhhhhhhhhhh!

É o que todos os observadores deixam escapar, mesmo que o grito seja silencioso. Uma expressão incontida de felicidade deságua no rosto de Nina. Quando Lex gira para encará-la, o semblante dele é o mesmo.

— Finalmente a Nathi tomou coragem. — Nina vai recolhendo o lenço enrolado na mão de Lex.

— Posso dizer a mesma coisa do Gancho. — Lex solta a ponta quando Nina o puxa delicadamente. — E então, esse lenço não vai mesmo me tirar para dançar?

— Quem disse isso? — Nina murmura e, na ponta dos pés, passa o lenço em volta do pescoço de Lex. — Esta noite, você é meu.

Quarenta e cinco

O jogo pega fogo

Há um lenço azul no pescoço de Lex Heinrich. De costas, Nina caminha intuitivamente em direção ao tablado. Os olhos de ambos não se desgrudem um segundo sequer.

Murmurinhos começam a se formar na pista de dança e conjecturas são atiradas para todos os lados. Será que Nina perdeu a aposta? Ela se apaixonou por Lex? Que diabos está acontecendo?

Nina engole a saliva que se forma em sua boca, está nervosa com essa demonstração pública. Não que ligue para o que as pessoas pensam, não é isso. Mas os olhares cravados nela incomodam um bocado.

Nina dá um puxão no lenço, trazendo Lex para mais perto. A trilha sonora não é lenta, mas dá para dançar juntinho. As mãos de Lex rasgam o ar, agarrando a cintura de Nina com delicadeza. Ela solta as pontas do lenço e entrelaça os braços ao redor do pescoço dele.

O magnetismo entre esses dois gera uma aura grandiosa, capaz de protegê-los contra qualquer mal. Juntos, possuem uma força avassaladora, dessas que evocam o poder divino. Mas eles não sabem isso. Ainda.

Nina se deixa envolver pelos sentimentos que afloram, não se importando mais com o que acontece ao redor. O tempo e o espaço se fundem, deixando de existir. Arrepia-se quando Lex acaricia seu pescoço com os lábios úmidos.

— Está usando aquele perfume, não está? — ele pergunta, inalando-a, inebriando-se com o aroma.

— Hypnose? — Ela faz uma pausa. — Estou, sim.

Ela sente as batidas do coração dele contra seu próprio peito. Cerra as pálpebras quando seu hálito quente deixa marcas por onde passa. Nina não está mais no controle e ele a abraça com força, fazendo-a arfar.

Um novo murmurinho toma conta do tablado. É Lex quem percebe primeiro o que está havendo. Troca olhares assustados com Gancho. Bárbara acaba de tirar Bola para dançar, utilizando um lenço vermelho-sangue.

Lex para de dançar, afrouxando o abraço em Nina. Ela percebe algo estranho e o fita sem entender o que está havendo. Nota que os olhos do cara estão fixos em algum ponto além e, girando a cabeça, solta uma exclamação.

Bárbara acaba de desferir um beijo de língua em Fabiano, o Bola.

* * *

Lex está boquiaberto e uma de suas pálpebras treme de raiva. Esse tempo todo o Bola estava jogando contra eles, as coisas finalmente começam a fazer algum sentido.

O cara é um agente duplo, está tão óbvio agora. O que ele contou para as Kibis? Será que dedurou as apostas? Ah, claro que sim, Suzana e Ana Paula estavam agindo como se soubessem do jogo.

E o que Bola terá contra a Kibi-mor? Por que ela está se humilhando a esse ponto? Terá algo a ver com Nina? Será que Bola conseguiu algo para que Bárbara possa finalmente se vingar?

— Bola, seu lixo humano — Lex murmura, entredentes.

— O que foi? — Nina escuta o lamento de Lex. — Está com ciúme?

— Como é? Enlouqueceu?

— É o que está parecendo! — Nina empurra Lex com as duas mãos.

— Não é nada disso.

Gancho e Nathália, de mãos dadas, se juntam a Lex e Nina. Os amigos se entendem só com o olhar e Gancho está com o cenho franzido e os olhos negros brilhando em fúria.

Nesse ponto, Bárbara e Bola estão dando um *show* — de horrores — na pista de dança. Entre beijos e afagos, começam a dançar ao ritmo da salsa. Agem como se não percebessem os olhares embasbacados e as bocas entreabertas ao redor.

— Lex, precisamos conversar — Gancho dispara um tanto afoito.

— Só se for agora — Lex concorda, pegando Nina de surpresa.

— Como é? — Ela encara Lex e Gancho. — O que está acontecendo aqui?

— Nina, mais tarde. — Lex tira o lenço do pescoço e entrega a ela. — Prometo que depois conto tudo a você, mas não agora.

E, antes que Nina ou Nathália possam dizer qualquer coisa, os dois seguem em direção às redes, distanciando-se ao máximo da muvuca na qual se transformou a pista de dança.

Nina e Nathália se entreolham, confusas. Logo Laís se junta a elas, tão absorta quanto todo mundo.

— Gente, o que está rolando aqui? O mundo acabou e eu não estou sabendo? — Laís balança a cabeça sem conseguir desviar os olhos de Bola e Bárbara.

Confusa e com o humor oscilando drasticamente, Nina finca as unhas nas palmas das mãos antes de concluir:

— Eu não faço ideia do que está rolando, mas vou descobrir.

* * *

Os nervos de Lex pulsam em fúria. O sangue borbulha dentro das veias enquanto caminha em círculos na areia, tentando entender o que está havendo.

Já está claro que Bola trabalha para as Kibis. E o que mais? O que faria com que Bárbara beijasse o cara na frente de todos? Ele a está chantageando? Terá algo de que a Kibi precisa para a vingança? Ou não é nada disso e Lex está delirando?

— Conte tudo para a Nina, *man*. Abra o jogo antes que seja tarde — Gancho aconselha.

— Não posso fazer isso, não antes de me entender com ela. — Lex leva as mãos à cabeça, incerto.

— Cara, você precisa contar. Estou sentindo uma *vibe* estranha, acho que vai dar merda, meu camarada.

— Precisamos descobrir o que está rolando, Cabeçudo. Talvez não tenha nada a ver com a aposta e a vingança da Kibi.

— Duvido!

— O.k., estou perdido. — Lex joga as mãos para o céu. — Não sei o que fazer.

— Vamos arrebentar a cara do Bola até ele abrir o bico. Vamos torturar o cara! — Gancho esmaga os dedos e soca o ar. — Que traíra filho da mãe!

— Ei, galera. — Hulk chega seguido por todos os garotos do Prisma. — O que está pegando naquela pista? Como o Bola conseguiu vencer a aposta?

— Eu não faço a menor ideia, mas precisamos descobrir. Estão comigo? — Gancho estende o braço com a palma da mão virada para baixo.

— Estamos com você. — Lex repete o gesto de Gancho, colocando a mão sobre a do amigo.

Logo todos repetem o gesto, uma mão sobre a outra. O que quer que Bola esteja escondendo, esses garotos vão descobrir.

* * *

Nina corre atrás de Lex, que segue apressado para a sala de jogos. Quando ouve seu nome, estaca no lugar, sem se virar.

— Lex, o que está acontecendo?

— Nina, não posso falar sobre isso agora. — Ele não quer se virar, não pode deixar que seus olhos temerosos o entreguem.

— É isso então? Vai me deixar assim, no vácuo? E será que dá para olhar para mim? — Nina avança agarrando o braço dele, puxando-o com violência.

Olhos nos olhos. Nina percebe que algo está muito errado. Lex não consegue disfarçar e sabe bem disso.

— Confia em mim? — Nina não responde e Lex refaz a pergunta. — Confia em mim, Nina?

— Eu ainda não sei. — Ela hesita.

Lex toma o rosto dela entre as mãos. Antes que ela o afaste, os lábios se colam com força, com vontade, com fúria. Mas não é um beijo longo. Quando Lex abre os olhos, segura Nina pelos ombros.

— É só o que peço, que confie em mim. — Ele então segue para a sala de jogos, deixando uma desnorteada Nina para trás.

Quarenta e seis

Bola na mira

Na sala de jogos, os garotos lançam especulações sobre a aposta Bola *versus* Bárbara. Gancho e Lex estão em um canto, se entreolhando a todo momento.

Ninguém além deles sabe sobre a chantagem da Kibi e a vingança para cima de Nina. Gancho é a favor de abrirem o jogo, mas Lex prefere deixar o restante da turma de fora. Envolvê-los pode piorar ainda mais a situação que já é tensa o bastante.

— Vamos pegar o Bola sozinho e prensá-lo contra a parede — Gancho sussurra.

— Ele não vai falar. — Lex soca o tampo de uma mesa, enfurecido.

— Conte para a Nina, Lex, ela precisa saber.

— Eu não faço ideia do que a Kibi esteja armando. Antes de pegar o Bola de jeito, não vou contar nada, não me aproximarei dela. Protegê-la é minha única prioridade no momento.

***

O luau chega ao fim. Os garotos não voltaram para a praia e as garotas estão chupando o dedo, sozinhas em volta da fogueira. Na verdade não chupam o dedo, estão é devorando os espetos de *marshmallow* e queijo coalho, derretidos no calor do fogo.

Nina está puta da vida. Não sabe o que pensar e muito menos o que dizer para Nathália e Laís.

Nathi também não está entendendo nada. Gancho a deixou naquela pista de dança sem ao menos se explicar. E Hulk fez o mesmo com Laís. O que esses garotos estão armando? E por que parece ter tudo a ver com Bola e Bárbara?

Aliás, esses dois já sumiram das vistas. Bárbara voltou para o quarto e Bola idem. No momento, os professores fazem a contagem dos alunos para se certificarem de que todos estão no hotel.

As garotas vão se levantando, se despedindo, tristes porque a viagem está chegando ao fim. Nina não sabe se conseguirá pregar o olho. Uma voz interna afirma, categoricamente, que algo de muito ruim está para acontecer. Essa voz é vidente, só para constar.

As três amigas se levantam, sacudindo a areia. Caminham, pesadamente, até a ala das garotas. Nem sinal de Lex, Gancho nem dos outros garotos. Nina sente o peito se fechando, o coração ficando pequenino. Novamente o vazio, a sensação de perda. Mas que droga! Pelo jeito, não obterá nenhuma resposta hoje. Mas amanhã o Lex não lhe escapa.

* * *

Lex e Gancho convenceram os garotos a ficar do lado de fora do quarto, caso os professores apareçam. Entram, sorrateiramente, caminhando pela escuridão. Se Bola não está dormindo, finge muito bem. E não é que esse é o caso?

Com uma chave de pescoço, Lex paralisa Bola. O garoto tenta gritar, mas não consegue. Gancho acende o abajur e o interrogatório começa, à meia-luz.

— Certo. Começaremos com essa aposta Bola *versus* Bárbara — Lex inicia, de forma casual, como se estivesse numa roda de amigos. — Como você conseguiu?

— Sem ar, sem ar. — A voz de Bola é apenas um sopro.

— Vou afrouxar a pegada. Se você gritar ou tentar qualquer gracinha, eu arrebento essa sua cara, estamos entendidos? — Lex faz cara de mau. E a cara de mau dele é tão linda!

Bola meneia a cabeça, em concordância. Lex afrouxa a chave de pescoço o suficiente para que o cara possa responder às perguntas.

— Lex, não tem nada a ver com vocês, caras. Eu chantageei a Bárbara, só isso — Bola choraminga.

— Você está trabalhando para as Kibis, não está? — Gancho inclina o corpo, sondando os olhos de Bola.

— Eu só segui o Lex e a Nina no dia da Caça ao Tesouro. A Babi me pediu e eu ganhei um beijo em troca. Que mal há nisso?

— Com o que você chantageou a Bárbara? — Lex se altera. — Fala!

— Eu disse a ela que contaria sobre aquele dia na mata. Disse que falaria para você e para a Nina também. Foi isso, caras, vocês precisam acreditar em mim.

— A Bárbara não beijaria você na frente de todos só por isso. Tem algo grande aqui e você está me escondendo os fatos, Bolota. — Lex aperta novamente a chave e Bola dá um pulo na cama, asfixiando.

— Meu camarada, se eu fosse você, abriria o bico. Eu não tenho forças para segurar o Lex aqui, sacou? — Gancho dá dois tapas no ombro de Lex e, em seguida, levanta a manga da camisa do amigo. O bíceps e o tríceps dele são um espetáculo másculo. — Imagine tomar um soco desse cara? Você demoraria um ano para reencontrar o caminho de casa, acredite-me.

— Caras, eu juro que foi isso. Pelo amor de Deus, Lex, eu tô falando sério!

Toc, toc, toc.

Ops, professores a caminho. Um toque: tudo o.k. Dois toques: monitores. Três toques: professores.

— Lex, temos que ir. — Gancho tenta mover o braço do cara, mas não consegue. — Porra, *man*, quer se ferrar? Vamos sair daqui.

— Caras, eu tô falando a verdade, podem confiar. — Bola está com as bochechas vermelhas, respirando com dificuldades.

— Vamos, Lex! — Gancho se levanta, encaminhando-se para a porta.

— Meu irmão, vou descobrir o que está havendo. E, quando isso acontecer, é melhor você correr — Lex dá o ultimato e segue Gancho para fora do quarto.

Quando a porta se fecha atrás de Lex, Bola se senta na cama, ajeitando o colarinho do pijama. Respira fundo, colérico. Num sussurro, ele diz para si mesmo:

— Você vai cair, Lex. E, quando acontecer, sou eu quem darei o golpe de misericórdia.

Quarenta e sete

No quarto das Kibis

Antes de invadirmos o quarto das Kibis, contarei uma historinha para vocês. É sobre um tal de Fabiano Bola e o ódio secreto que ele nutre por Alexandre Heinrich.

Bola, desde que se entende por gente, possui um sentimento profundo em seu íntimo. Um amor sufocado e bem guardado por sua musa inspiradora, aquela que invade seus sonhos todas as noites. Essa garota se chama Bárbara, a Kibi.

Quando Bola descobriu que Babi e Lex haviam ficado, sofreu como um cão sem dono. Apesar de saber que nunca teria a Kibi em seus braços, Bola gostava de fantasiar com o dia em que ela finalmente olharia para ele com outros olhos.

É claro que isso nunca aconteceu.

Quando o garoto soube que o namoro não passava de uma aposta, ficou completamente doido. Na saída do colégio, puxou a Kibi para um lugar mais tranquilo e lhe contou tudo o que sabia a respeito. Esse era o terceiro dia do namoro Lex *versus* Bárbara.

Transcrevo agora o diálogo entre os dois, depois que o Bola contou tudinho para a Kibi-mor:

— E daí? — Bárbara pergunta, impaciente.

— Estou dizendo que você está sendo enganada! — Bola é mais enfático.

— Eu já sabia sobre a aposta, seu idiota. A Suze ouviu os meninos conversando. — Bárbara mira as unhas cor de ameixa.

— E você vai aceitar isso? — Bola está inconformado.

— É a minha única chance com o Lex. E eu vou agarrá-la, com as unhas se for preciso.

— Babi, você não precisa disso. Não acredito que vá se humilhar desse jeito. — Bola tenta tocá-la, mas a Kibi recua, em repulsa.

— O que eu faço ou deixo de fazer não lhe interessa — Bárbara diz, ríspida. — Me deixe em paz, tá legal?

— Mas, Babi...

— Tchau, Bola.

Já sabemos o que aconteceu depois: *pole dance*, Kibi seminua, Lex em perigo, fim da aposta.

Bola assistiu à Kibi chorar na manhã seguinte do término do namoro. Viu Lex ser condecorado. E ouviu um papo que não deveria ter escutado.

Lex não contou a ninguém sobre o que realmente aconteceu naquele quarto. Mas, como não consegue esconder nada de Gancho, acabou abrindo a verdade para o melhor amigo quando se viram sozinhos no laboratório de química.

Eles não estavam realmente a sós.

Bola, escondido debaixo do balcão, fugia dos garotos do ano anterior. Ele havia aprontado, de novo, e estava sendo perseguido por todo o colégio.

Encolhido e agachado no chão, Bola acompanhou o relato detalhado de Lex sobre a tarde anterior em seu quarto. Escutou o cara reclamar e dizer quanto havia sido constrangedor. Ouviu — quase chorando — quando Lex contou como ela havia implorado para que transassem. A risada incrédula de Gancho lhe arranhou os ouvidos, principalmente quando o pirata a chamou de vagabunda.

Naquele dia surgia a lista negra de Bola. E Lex e Gancho encabeçavam essa lista.

* * *

Bárbara finge estar dormindo quando Suzana e Ana Paula voltam para o quarto. Ela é tão boa atriz que eu juraria estar vendo a garota em sono REM.

Suzana e Ana Paula não se conformam com o que aconteceu pouco antes, na pista de dança. Não entendem como Bárbara pôde beijar Bola daquela maneira. O que a Kibi-mor estará tramando?

— Ela deve ter seus motivos — Ana sussurra, vestindo a camisola.

— Que motivos? Isso é loucura, essa vingança a cegou completamente. — Suzana tira a colcha da cama e se enfia debaixo dos lençóis.

— Do jeito que você fala, até parece que não quer essa vingança. A Nina nos humilhou, Suze. Temos que nos vingar!

— Nós aprontamos muito com ela também. Lembra quando estouramos três tubos de cola dentro da mochila dela? E quando roubamos suas roupas depois da aula de Educação Física?

— É, eu lembro. — Ana se recorda, sim. Chegou a ficar com dó da garota naquele dia.

— Então! — Suzana ajeita o travesseiro. — Acho que estamos quites. Nós a humilhamos, ela nos humilhou. Acabou. Temos que continuar com nossas vidas.

— A Babi não pensa assim. E você sabe que se não ficarmos do lado dela…

— Sim, eu sei. Ela continuará nos chantageando. — Suze revira os olhos, cansada de ser usada.

— É isso — Ana puxa o lençol até o pescoço. — Vamos dormir, amanhã perguntaremos o que está acontecendo, tá bom? Boa noite.

— Boa noite, Ana.

* * *

Os primeiros raios de sol atravessam as persianas, iluminando o quarto das Kibis. Esse é o último dia na Ilha Inamorata e Bárbara está excitada demais para continuar na cama.

Quando finalmente abre os olhos, Bárbara vê Suzana e Ana Paula ajeitando as coisas, vestindo biquínis mínimos. Ela ainda se lembra do diálogo da noite anterior e precisa saber se pode ou não contar com suas amigas.

— Estão comigo ou contra mim? — Bárbara pergunta, num tom rouco.

As duas levam um tremendo susto. Suzana e Ana Paula se entreolham nervosamente. Será que Bárbara ouviu a conversa sussurrada?

— Estamos com você, mas antes terá que nos contar o que está acontecendo. Por que beijou o Bola daquela maneira? — Ana penteia as madeixas oxigenadas para trás.

— O Bola tem algo para esquentar essa vingança. — Bárbara respira fundo. — E eu vou precisar da ajuda de vocês.

— O que teremos que fazer? — Suzana amarra a canga em volta da cintura.

— O que fizeram até agora. Ficar à espreita, aguardando o momento chegar. Quero fotos e vídeos de tudo o que rolar hoje. — Bárbara se levanta num pulo, espreguiçando-se demoradamente.

— O que o Bola tem a ver com tudo isso? — Suzana interpela.

— Ele tem algo que pode mudar o rumo dessa vingança. — Bárbara abre a mala rosa chiclete e tira de lá um fio dental branco, e não é de limpar os dentes.

— Explique para nós. — Suzana se senta aos pés da cama, passando uma leve camada de protetor solar nos braços.

— O Bola vai colocar algo na bebida da Nina e, se as coisas correrem como imagino, ela vai fazer tudo o que tiver vontade. Nós iremos fotografar e filmar cada passo da vagaba.

— O que o Bola vai colocar na bebida dela? Ele vai drogá-la? — Ana sobressalta-se. — Babi, isso é absurdo!

— Absurdo, Ana? Absurdo foi o que a vagaba fez com a gente! Já se esqueceu? — Bárbara vinca a testa, as pálpebras pulsando enraivecidas.

— Drogar a Nina é demais, Babi. É demais até pra você! Isso já ultrapassou todos os limites aceitáveis. — Suzana pega sua toalha de piscina e finaliza: — Eu tô fora.

— Não pode cair fora! Ou então vou contar para os seus pais que...

— Pode contar! Já cansei de ser chantageada por você. Cansei de ser manipulada, usada, humilhada! — Suzana faz uma pausa para respirar. — Isso não é amizade.

Pisando duro, Suzana vai para a piscina, batendo a porta do quarto com força ao sair.

— E você, Ana? Vai me trair também? — As pupilas de Bárbara se dilatam de tanto ódio.

— Não, Babi. Estou com você até o fim.

Quarenta e oito

O início do último dia na ilha

Lex e os garotos acordaram cedo para o jogo de futebol masculino no campo gramado. Estão todos por lá, menos Bola.

O jogo já dura vinte minutos, e Lex arrumou duas brigas nesse meio-tempo. Está nervoso, aéreo, um tremendo pé no saco. A galera percebe e se junta ao redor do cara quando o garoto perde um gol feito.

— Certo, o que está rolando aqui? Abra o jogo, Lex — Hulk é o primeiro a falar.

— Anda, Lex, fala. — Nando se pendura no ombro de Hulk.

Gancho e Lex se entreolham. Será que podem confiar nesses caras? Bola já se mostrou um tremendo 171.

— Acho que deveríamos contar. — Gancho guarda o apito no bolso, incitando o amigo.

— Tudo bem. Vou contar o que está rolando.

Lex conta tudo sobre a aposta, a chantagem e a vingança da Kibi-mor. A galera escuta atenta a todos os detalhes e suposições de Lex e Gancho.

— Que o Bola está do lado das Kibis, isso está na cara. Ele é apaixonadão pela Bárbara — é Hulk quem elucida. — Agora, quanto a essa vingança, não sei o que pensar. A Babi pega pesado e ela pode estar armando qualquer coisa.

— Entenderam o drama? — Gancho encara cada um dos amigos. — O Lex tá ferrado.

— Não tem jeito de conseguirmos esse vídeo? — Edgard especula. — Talvez invadindo o computador dela, sei lá.

— Ela fez milhões de cópias, não é esse o caminho. — Gancho gira o boné na cabeça, displicente.

— Vocês viram o vídeo? Dá para saber que é o Lex naquela moto? — Hulk pergunta, um tanto tenso. — É que, bem... é que eu filmei aquela noite. E as imagens não são boas. — Hulk engole em seco e finaliza: — A Bárbara ficou comigo em troca do vídeo.

— Como é? — Lex fala em uníssono com Gancho. — Deu o vídeo a ela?

— Todos demos — é Nando quem revela. — Ela ficou com todo mundo em troca dos vídeos. Lex, eu não imaginei que ela iria chantageá-lo.

— Puta merda! Ela tem vários vídeos, de vários ângulos do acidente? — Gancho joga o boné longe. — Caras, eu não acredito!

— Eu tô ferrado, Cabeça. — Lex arqueia o corpo para a frente, sentindo um tremendo peso nas costas. — Eu pensei que a Kibi só tivesse um vídeo, o que ela mesma filmou naquela maldita noite.

— Lex, o que podemos fazer? — Hulk toca o ombro do amigo, sentindo-se o pior entre os piores. — Cara, é só pedir.

— Fiquem de olho no Bola e nas Kibis. Relatem qualquer coisa anormal. Se algum deles se aproximar da Nina, nos avisem — é Gancho quem dá as instruções.

— Ei, Gancho — Edgard chama. — O Bola tem algo contra você?

— Não sei. Acho que não.

— Foi ele quem lançou a aposta Gancho *versus* Nathi. Acho bom você ficar esperto.

— Puta que pariu.

* * *

Hoje o dia será repleto de atividades na Ilha Inamorata. Jogos de futebol, vôlei de praia, aulas de surfe... E à noite as portas da boate do hotel serão abertas aos estudantes.

As garotas estão na praia, curtindo o último dia na ilha. Muitas já estão chorando e se abraçando, pois quando voltarem para casa tudo vai mudar.

— Não acredito que isso vá acabar. Cada uma de nós vai tomar um rumo e vamos perder contato. — Camila chora no ombro de Laís.

— Não deixaremos isso acontecer. — Laís acaricia os cabelos dourados de Camila.

— Ah, gente, vou chorar também. — Nathi tira os óculos de leitura, enxugando os olhos úmidos.

Nina pressente a aproximação de Lex. Gira o corpo e o encontra sozinho, caminhando de cabeça baixa em direção ao mar.

— Volto já — ela diz, levantando-se apressada e sem dar maiores explicações.

Seus passos são rápidos e afundam na areia fofa. Desliza os óculos de sol para o rosto e ajeita as bordas do biquíni cor de uva. Lex ainda não a viu. O garoto entra no mar e mergulha quando uma onda se quebra sobre ele.

Nina mergulha logo atrás. Hoje as ondas estão altas e fortes, perfeitas para aulas de surfe. Ela grita o nome dele quando sobe à superfície. Lex mergulha mais uma vez quando uma nova onda se quebra. Nina respira fundo e mergulha também.

— Lex!

Ele se vira. Seus olhos estão baixos como se a luz do sol tivesse sido extinta. Nina sente um arrepio rasgando suas costas.

Uma nova onda se quebra e os dois mergulham. Lex estende a mão e Nina a pega, deixando-se conduzir para a frente, ultrapassando a zona de arrebentação.

— Vai me dizer o que aconteceu ontem? — Nina pergunta, sem rodeios.

— Não agora.

— Por que não?

— Porque eu ainda não sei o que está havendo. — Lex alisa os cachos para trás, com a cabeça fritando.

— Do que está falando?

— Muitas coisas estão acontecendo nesta ilha. Tem pessoas que adorariam ferrar com a gente. — Lex sustenta o olhar de Nina. — Você precisa manter distância de mim até irmos embora.

— Não farei isso, a não ser que me diga o que está rolando aqui. — Nina fecha a cara.

— Nem eu sei o que está rolando. É por isso que estou pedindo: mantenha distância.

Nina se vê num mar de dúvidas. Deve virar as costas e deixar Lex sozinho? Ou tenta arrancar dele qualquer informação? Será que o jogo ainda está rolando e ela, burra, teima em não acreditar? Lex lê todas essas incertezas nos olhos dela.

— Quando voltarmos para São Paulo, contarei tudo desde o início. Mas tem algo que você precisa saber e que eu não posso mais esconder.

— E o que é?

Lex toma o rosto dela entre as mãos. Algo devastador a inunda nesse instante. É uma sensação grandiosa demais para ser desprezada. Finalmente a névoa se dissipa e ela tem plena clareza de seus sentimentos por ele. Por mais incrível que possa parecer, não está com medo, não se afasta.

— Eu estou apaixonado por você e nunca senti isso antes, por ninguém.

As palavras que Nina tenta proferir se perdem dentro da boca. Todo o seu corpo reage à declaração. A garota não consegue segurar um sorriso, é mais forte do que ela. Seus poros se abrem, explodindo em êxtase de dentro para fora.

— E é por isso que estou pedindo que mantenha distância até voltarmos. Ninguém pode saber. — Lex está louco para beijá-la, abraçá-la. Mas não fará isso, não agora.

— Lex, eu não entendo… — Nina tenta se aproximar e ele recua.

— Entenderá quando eu contar.

— Conte agora.

— Não posso. Não enquanto eu não souber de tudo. — Ele olha para o horizonte, um tanto deprimido.

— Está jogando? É isso, não é? — Os olhos de Nina se umedecem, e não é água do mar.

— Não estou jogando!

— Prove! — ela não queria, mas está gritando.

— O que quer que eu faça? — ele também grita, perdendo o controle.

— Me diga o que está havendo. Prove que isso tudo não é só uma aposta!

— Que droga! — ele soca a água, em fúria.

— Prove, Lex.

Ele joga a cabeça para trás, fitando o céu azul. Está pesando os prós e os contras, cogitando a possibilidade de contar tudo a Nina sobre a vingança e a chantagem. Teme que ela, de cabeça quente, acabe enfrentando Bárbara num duelo nada amistoso. Não pode permitir que isso aconteça.

— Precisa prometer que não fará absolutamente nada quando eu contar o que está havendo.

— E o que está havendo? — Nina estimula, ansiosa.

— Prometa — Lex insiste.

— Está certo, eu prometo.

— Me encontre daqui meia hora no Centro de Arborismo. E, se notar que está sendo seguida, volte para a praia, está bem?

— Quem iria me seguir? — Nina une as sobrancelhas, confusa.

— Apenas faça isso. — Lex se põe a caminhar, lutando contra a correnteza.

Nina congela no lugar, perdida. Só começa a se mexer quando Lex finalmente alcança a praia, encaminhando-se para o Centro de Arborismo.

A hora da verdade chegou.

Quarenta e nove

A vingança é plena

Nas nuvens.

Flutuando.

Em êxtase.

Perdidamente apaixonada.

Esse é o retrato de Nina no momento exato em que volta para as espreguiçadeiras distribuídas na praia. As garotas estão animadas, conversando sobre vários assuntos e apenas Nathália nota quando a amiga se senta, em completo torpor.

— Seu suco chegou — Nathi avisa. — O que você e o Lex conversaram?

— Nada ainda. Mas ele vai contar o que está havendo daqui a pouco, lá no Centro de Arborismo. — A garota, ainda com um ar anestesiado, completa: — Ele disse que está apaixonado por mim.

— Como é? — Nathi se inflama e as outras garotas param de falar, curiosas.

— Shhhhhh — Nina pede com um sorriso sem graça. — Não diga a ninguém. Irei até lá e depois conto como foi. — Nina pega o copo de suco de maracujá ainda gelado e vira o conteúdo de uma só vez.

— Ai, meu Deus! Será que finalmente vocês dois vão se entender? — Nathi sussurra.

— É o que eu espero.

* * *

A vingança da Kibi não poderia ser mais perfeita. Nina acaba de tomar todo o conteúdo do copo de suco e Bola avisou que os efeitos começariam a ser notados em menos de quinze minutos.

Nina se levanta, veste uma saída de banho e flutua para o Centro de Arborismo. Aos seus olhos, tudo está mais colorido e vibrante. Algo mudou em seu ser quando Lex se declarou. A garota se pega rindo, numa felicidade que nunca havia experimentado.

Antes de tomar a trilha, olha para trás como Lex instruiu. Ninguém parece estar à espreita. Aliás, quem a seguiria e por que faria isso? Não importa, nada mais tem importância.

A droga se infiltra no sistema de Nina conforme ela caminha. Alguns circuitos cerebrais são desligados sem que ela perceba o que está havendo.

Durante a caminhada, ela tem algumas sensações e pensamentos que não haviam lhe passado pela cabeça. Imagina-se sozinha com Lex, no Centro de Arborismo, tendo todo o tempo do mundo. Um sorriso diferente imprime-se em seus lábios, um sorriso de quem não está mais no controle da situação.

Um calor infernal toma conta do seu corpo, e não é pela exposição ao sol. Não. Nina se sente em chamas, e o incêndio precisa ser apagado agora mesmo. E só uma pessoa pode controlar esse fogo: Lex Heinrich.

Boca seca.

Olhos ardendo.

Arrepios cortantes.

Calor extremo.

Mãos trêmulas.

Nem assim Nina se toca de que algo está errado. Na última subida da trilha, tira a saída de banho, jogando-a ao chão. Os chinelos também já foram deixados pelo caminho, assim como o elástico que prendia seus cabelos e o relógio de pulso.

* * *

Bárbara, que a segue por uma trilha adjacente, dá as últimas instruções para Ana Paula e Bola. A garota sustenta um sorriso macabro no rosto, um semblante vitorioso. Se tudo sair como planejado, a vingança finalmente chegará ao fim.

* * *

Lex está recostado no tronco de uma árvore frondosa, repleta de frutos verdes. Sem camisa, veste apenas uma bermuda cinza-chumbo. Ensaia, silenciosamente, a conversa difícil que terá com Nina. Poderá ela perdoá-lo por ser um covarde?

Lex deixa um suspiro apaixonado escapar quando finalmente a vê. Absolutamente linda. Os cabelos soltos ao vento, o biquíni cor de uva realçando a pele levemente bronzeada, as curvas asfixiantes... Espere, há algo errado.

Os lábios de Nina estão entreabertos e as pálpebras semicerradas, numa expressão que não pertence a ela. A garota sustenta um olhar desses esmagadores e Lex entra em estado de alerta.

— Nina? — Desconfiado, ele recua.

A garota se aproxima, penetrando fundo nos olhos de Lex, jogando-o contra o tronco. O garoto está acuado e confuso, sem saber o que pensar ou como agir.

— O que está acontecendo? — ele pergunta, sabendo que Nina não está em seu juízo perfeito. Tenta, mas não consegue identificar o que está causando essa brusca mudança de atitude.

— Cale a boca — ela balbucia, com um sorriso de satisfação.

As mãos dela rasgam o ar, trilhando um caminho sem volta. Toma o rosto de Lex de assalto, deslizando a ponta dos dedos pelo pescoço do cara, detendo-se demoradamente em seu tórax salpicado por gotículas de suor e tensão.

— Resolvi que contarei tudo desde o início. — As mãos de Lex se atiram para dentro dos bolsos da bermuda, aprisionando-se ali.

— Não quero conversar. — Nina agora traça desenhos provocantes na barriga malhada de Lex. Ele segura um gemido involuntário.

— Por que está agindo assim? — Os olhos dele se fecham em êxtase quando ela cola os lábios em seu pescoço. Um arrepio subsequente liberta as mãos dos bolsos, agarrando-se à cintura de Nina. — Você está jogando? O que está pretendendo?

Os lábios de Nina umedecem de beijos aquela pele pulsante e Lex joga a cabeça para trás, arfando. Suas mãos agora iniciam uma subida íngreme, através das curvas perfeitas de Nina, levantando os cabelos dela no alto, emaranhando-se nos sedosos fios.

— Por que está me provocando dessa maneira? — Lex pergunta entre sussurros e gemidos.

— Eu quero você — Nina lança, num tom insinuante.

Lex não responde, as palavras não saem de sua boca. Não faz ideia do que Nina pretende e está sem forças para afastá-la. Tanto que, tomado por uma sede enlouquecedora, atira-se àqueles lábios quentes como uma fornalha.

Nina se descontrola quando as mãos de Lex alisam suas costas, detendo-se em seus glúteos firmes e curvilíneos. Passa uma rasteira precisa no cara, caindo por cima dele.

A garota exala sedução por todos os poros. Lex está perdido naquele pescoço, na pele que queima ao toque, nos sons abafados que ela emite em espasmos.

Esses dois estão ardendo e Lex não desconfia que Bárbara já canta vitória a alguns metros dali. E nem imagina que ela acaba de engolir um grito de prazer quando Nina desenlaça a parte de cima do biquíni.

Ah, Deus, agora a coisa vai esquentar.

* * *

Enquanto isso, na praia...

Garotos e garotas se espalham pela areia, batendo papo, beliscando batatas fritas e frutos do mar, despedindo-se do último dia na ilha.

Gancho está deitado com Nathi em uma espreguiçadeira, acariciando seu rabo de cavalo volumoso. Contará a ela sobre a aposta quando estiverem sozinhos, não correrá o risco de Bola dar com a língua nos dentes. Seus grandes olhos negros são atraídos para o outro lado, acompanhando Suzana se aproximar correndo, em pânico.

— Gente, eu preciso contar! Alguém precisa impedir!

— O que foi, Suze? — é Edgard quem pergunta.

— A Bárbara e o Bola drogaram a Nina. Ela está doidona!

— Como é? — Laís dá um pulo da espreguiçadeira, agarrando Suzana pelo braço. — O que você está dizendo?

— Não temos tempo agora, precisamos impedir!

— Onde ela está? Onde está a Nina? — Camila está aos gritos.

— No Centro de Arborismo — é Nathi quem revela, se levantando num salto e disparando a toda a velocidade, de mãos dadas com Gancho.

* * *

O ponto de observação é fantástico. O *zoom* óptico da câmera de Bárbara capta todos os detalhes. Bola e Ana Paula filmam tudo o que está rolando entre folhas e beijos escandalosos.

Bárbara já possui fotos e vídeos suficientes para uma excelente vingança. Mas ela quer mais, quer que Nina protagonize cenas pornográficas com Lex. Se ela sente ciúme? Pode até ser. Mas o sentimento de vingança é mais forte e sobrepuja qualquer outra coisa. Vingança. Doce e perfeita vingança.

* * *

Louco. Alucinado. Lex não consegue mais raciocinar, está entregue às vontades de seu corpo.

E Nina? Bem, a garota está ensandecida. A droga atinge o ápice e ela desfere uma mordida prazerosa no lábio inferior de Lex. É o que basta para ele ser tomado por uma força do além, rolando-os sobre o tapete de terra e folhas secas que estalam sob os corpos em chamas.

Os cabelos dela se espalham revoltos pelo chão e, mesmo sem nenhum controle da situação, Lex consegue se afastar, arqueando as costas para trás:

— Nina, algo não está certo aqui. Não quero você assim, neste lugar. Está me testando, é isso?

Com uma expressão provocante, o olhar de Nina é vidrado e as pupilas estão dilatadas.

— Não me quer, Lex? — A voz dela o envolve em nuvens escaldantes.

— Não faz ideia do quanto eu quero você — ele responde, prendendo as mãos dela acima da cabeça. — Mas estou sentindo que há algo errado.

— A única coisa errada aqui é você ainda estar vestido, — Nina semicerra as pálpebras, lançando um sorriso desafiador no ar. Entrelaça as pernas em torno da cintura de Lex, desarmando-o.

A mente do garoto luta para assumir o controle do corpo, e vice-versa. Ele é um bravo guerreiro, mas está vencido. Ondas elétricas atravessam esses dois e qualquer outra coisa perde a razão de ser.

— Eu preciso de você e será agora — as palavras de Nina, ditas num sussurro quente em seus ouvidos, libertam as amarras invisíveis que ainda prendiam Lex à sanidade. Ele está possuído e agora tudo poderá acontecer.

Nina inicia uma luta ferrenha com a bermuda dele, usando os pés para livrar-se do tecido. Lex está entregue e dará qualquer coisa que ela pedir. E ela pede mais, arfando.

Ele a beija com mais intensidade, suas mãos vigorosas se agarram àquela pele fervendo, deixando rastros avermelhados por onde passam. O fogo consome esses dois e Lex está por um fio, na verdade, por um cordão. Cordão este que Nina acaba de desatar, afrouxando o calção de banho do cara, levando-o à loucura.

Oremos para que a ajuda chegue logo.

— Nina! Lex! — Nathália leva as mãos à boca ao notar que Nina está sem a parte de cima do biquíni.

— Cubra a Nina com a sua canga. — Gancho arranca o tecido da cintura de Nathi. — Eu cuido do Lex.

Os dois correm na direção dos amigos e Lex escuta a voz de Gancho e Nathi se aproximar. Gancho e Nathi? Num sobressalto, ele se dá conta de que Nina está praticamente nua.

— Deixe comigo, Lex. — Nathi passa a canga nas costas da amiga. — Venha, Nina, nós vamos resolver isso.

— Resolver o quê? Saiam daqui agora! — ela grita, tentando se desvencilhar de Nathália e da canga colorida.

— O que está acontecendo? — Lex pergunta, atordoado.

— A Nina foi drogada. — Gancho se ajoelha e pega a bermuda do garoto entre as folhas. — Vista-se.

Cinquenta

Completamente chapada

Bárbara e Bola se encaram: ele em pânico, ela tranquila e radiante. A Kibi desliga a câmera e sorri, sentindo o êxtase da vitória correr por suas veias. A vingança está quase completa.

— Droga, como eles descobriram? — Bola soca a própria perna com o punho fechado.

— Foi a Suzana, não é óbvio? — Bárbara não se estressa; Suze pagará caro pela intromissão. A ex-amiga se arrependerá até o último fio de cabelo descolorido.

— Acha mesmo que ela teria coragem? — Ana arregala os olhos, temendo pelo futuro de Suzana.

— Bola, livre-se do conteúdo do frasco. Ana, vá para o quarto e descarregue as imagens e os vídeos. Mande para o meu *e-mail* e depois apague tudo, entendeu? — A Kibi-mor dá as coordenadas, como um general.

Ana Paula se apressa. Levanta-se do esconderijo e corre para o hotel o mais rápido que consegue. Bola já se livrou do frasco e da droga. No momento, encara a Kibi abertamente, sem saber o que esperar.

— E agora? O que faremos? — Bola teme serem descobertos.

— Você eu não sei. Mas eu estou pensando em uma maneira de detonar de vez com o Lex.

* * *

Nina trava uma luta ferrenha com Nathália. Não quer a canga, não quer ajuda, só quer o Lex. E ela grita isso, em alto e bom som.

Laís e Hulk se aproximam, cautelosos. Nina está descontrolada e Nathália a segura como pode. Hulk tira a camiseta e estende para Laís.

— Vista isso nela.

Nathália e Laís dominam Nina, vestindo a camiseta praticamente a tapas. Nathi tenta conversar amigavelmente, mas Nina cantarola alto só para irritar, tirando Laís do sério:

— Olhe para mim. — Ela segura firme nos ombros da amiga. — Você escutou o que eu disse? Está chapada, drogaram você!

— Não estou drogada! — Nina rebate, visivelmente alterada.

Não distante dali, Lex irrompe em lágrimas nervosas nos ombros de Gancho. Seus lábios se retesam quando escuta Nina gritar com as meninas.

Monitores e professores finalmente alcançam o Centro de Arborismo. Margareth se aproxima das garotas, fitando Nina com preocupação.

— O que está acontecendo aqui, afinal? — A professora toma o pulso de Nina e nota que o coração está acelerado. Um monitor checa os olhos da garota com uma pequena lanterna, confirmando a suposição. Nina está drogada, com direito a pupilas dilatadas e opacas.

Pelo rádio, outro monitor pede à recepção do hotel que encontre o único médico disponível na ilha. Margareth toma o rosto de Nina entre as mãos, encarando-a com seriedade.

— Acha que pode caminhar até o hotel?

— Eu já disse que estou bem. Aliás, nunca me senti tão bem na vida. — Nina desata a rir, sem conseguir parar.

— O médico foi encontrado e já está a caminho do hotel — o monitor avisa, com o olhar recaído sobre Nina. — Margareth, isso nunca aconteceu aqui antes, e olhe que trabalho nesse ramo há anos.

— Ainda não acredito que isso esteja acontecendo — a professora concorda, pesarosa. — Venha, Nina, vamos para o hotel.

— Não vou a lugar algum sem o Lex. — Ela cambaleia e segue ao encontro do garoto.

Lex a toma nos braços quando Nina deixa o corpo cair sobre ele. A garota não consegue parar de rir, mesmo quando escuta a voz embargada dele aos ouvidos:

— Nina, você ficará bem. Precisamos voltar ao hotel.

Ela não responde. Agarra-se aos cachos de Lex e lhe desfere um beijo arrebatador, daqueles que arrancam suspiros até mesmo de coisas inanimadas. Ele se afasta com dificuldades, abraçando-a bem forte.

— Pare com isso, está bem?

— Por quê? — Nina o encara com um olhar torturante, umedecendo os lábios de forma provocante. — Poderíamos ir para a praia, tenho altas fantasias que envolvem areia e mar.

— Escute o que está dizendo, essa não é você — ele murmura, demolido por dentro.

— Nina, precisamos voltar ao hotel — Margareth dá o ultimato, tomando um dos braços da garota.

— Já disse, sem o Lex não vou a lugar nenhum! — Nina se estressa e se agarra ao pescoço de Lex, sufocando-o.

— Precisamos voltar, o médico saberá o que fazer — Lex conversa com calma, como se Nina fosse uma criança. Ela se afasta, trançando as pernas.

— Não quero voltar ao hotel, só quero retomar do ponto em que paramos. — Nina morde o lábio, fitando Lex como se o garoto fosse uma sobremesa irresistível.

Mas, então, um sopro invisível a faz estremecer da cabeça aos pés. Nina sente as pernas fraquejarem e os olhos saem de foco, como se a pressão sanguínea tivesse caído aos pés. O corpo perde as forças e Lex e Gancho a seguram no ar, antes que desabe no chão.

— Ai, meu Deus. — Nathi entrelaça os dedos acima da cabeça, enquanto todos correm para ajudar.

— Nina, fale comigo — Lex se desespera.

— Hum — ela balbucia, abrindo os olhos.

— Olhe para mim. O que está sentindo? — Margareth checa o pulso de Nina novamente.

— Estou zonza. Acho que quero dormir.

— Não durma, por favor. — Lex a pega nos braços, juntando todas as forças que possui e não possui. O corpo dela está amolecido, entregue.

— Se não aguentar carregá-la, trocamos no caminho — Gancho oferece, desferindo um tapa no ombro de Lex.

Na trilha de volta para o hotel, Lex conversa com Nina para que ela não durma. Os garotos se oferecem para carregá-la, mas Lex não permite. Sente-se em dívida com ela por não ter percebido o que estava acontecendo. Bem, ele sabia que havia algo errado, mas não fez absolutamente nada para contê-la.

— Já disse que você é lindo? — Nina sussurra preguiçosamente, como se estivesse bêbada. — Não, é sério, você é um dos caras mais bonitos que já conheci.

— Não diga isso, pode se arrepender depois. — Lex ensaia um sorriso, sem desviar os olhos da trilha.

— Não vou me arrepender — ela rebate, alisando a barba dourada do cara com a ponta dos dedos. — Aliás, já disse que você mexeu comigo desde a primeira vez em que nos vimos?

— Não, você nunca disse. Também acho que se arrependerá disso mais tarde. — Lex a encara, com o ego transbordando. — Tenho que confessar que você também mexeu comigo.

— Verdade?

— Você nem imagina quanto. — Lex finalmente avista a entrada do hotel.

* * *

Com as costas arqueadas e os joelhos gritando, Lex alcança o dormitório das meninas. Auxiliado por Laís, deita Nina na cama, sentindo-se culpado pela situação em que ela se encontra. Deveria ter previsto algo assim, ainda mais em se tratando da Kibi-mor.

Uma galera se amontoa no quarto, todos querendo fazer algo para ajudar. Nada pode ser feito no momento, e Nina começa a se irritar com a algazarra.

— Mande todos embora e feche a porta — ela puxa Lex pela nuca e balbucia, insinuante.

— Sabe que não posso fazer isso. — Ele acaricia o rosto transfigurado de Nina.

— Não pode ou não quer? — ela incita, traçando formas geométricas no peito dele.

— Não posso — ele responde, sentindo arrepios por todo o corpo. — Pare com isso.

— Nina, você tem consciência do que aconteceu? Sabe que está drogada? — Laís se senta aos pés da cama.

— Não estou drogada! Por que fica repetindo isso? — Nina se apruma. — Gente, que calor infernal é esse? Ligue esse ar-condicionado, por favor.

— A Bárbara e o Bola armaram para você, colocaram algo no seu suco, entendeu? — Nathi liga o ar-condicionado, regulando a temperatura.

— O.k., crianças, o médico chegou. Todos saindo, circulando, vamos — Margareth enxota os estudantes, afirmando que Nina ficará bem. O médico alto, grisalho e um tanto bicho-grilo entra no quarto com uma maleta preta a tiracolo. Margareth pede a Lex que se retire, mas Nina inicia um escândalo, agarrando-se a ele como se o mundo fosse acabar.

— Tudo bem, deixe que ele fique. — O médico abre a maleta sobre a cama, retirando alguns instrumentos de lá. — Sabem qual substância foi ingerida?

— Não sabemos, a-i-n-d-a — Margareth frisa.

— Precisarei colher uma amostra de sangue para análise. — O médico abre uma caixa metálica, retirando de lá uma seringa.

— Eu estou ótima — Nina bufa e cruza os braços, fechando a cara.

— Deixe ele tirar o seu sangue, está bem? — o tom de Lex é manso, cuidadoso. — Estarei com você, não irei a lugar nenhum.

— Nesse caso... — Nina dá de ombros e estende o braço, finalmente disposta a colaborar.

* * *

Médico, exames, testes, um banho bem quente... As horas passam e o corpo de Nina sofre os efeitos ruins da droga que ingeriu. Um frio cortante a assola e Lex a abraça como um cobertor quente e seguro.

A garota passou a tarde toda dormindo e acordando, num sono agitado e repleto de sonhos estranhos. Lex foi o único que não arredou o pé do quarto, nem para almoçar.

Nathi e Laís estão atônitas, olhando para o nada. Margareth está sentada na cama de Laís, balançando a cabeça em negativa. O relógio de pulso marca cinco da tarde.

Ainda não encontraram Bárbara nem Bola. Ana Paula, que estava no quarto das Kibis, disse não saber nada sobre eles e desmentiu quando a acusaram de fazer parte do plano.

O professor de Literatura e os monitores estão reunindo a turma toda na sala de jogos. A verdade precisa vir à tona e o diretor do Prisma já foi informado sobre o acontecido na ilha, por telefone.

Cabeças vão rolar.

Cinquenta e um

A vingança nunca é plena

O dia correu como se estivesse em uma maratona. O sol já se esconde no horizonte e os últimos raios solares pintam o céu em vários tons alaranjados.

Duas batidas na porta e alguém enfia a cabeça dentro do quarto. É o monitor-chefe:

— Margareth, a turma já está reunida na sala de jogos. Mas nem sinal do Fabiano e da Bárbara.

— Onde esses dois se enfiaram? — a professora esbraveja. — Em algum momento eles terão que aparecer.

— Estamos esperando por vocês para a reunião começar — o monitor avisa.

— Quero ir também. — Nina abre os olhos e se remexe, num despertar preguiçoso.

— Não. Você não está bem. — Lex não permite que ela se levante. — E outra, você não precisa passar por isso.

— Eu quero ir. — Nina esfrega os olhos e se senta, tomando o cuidado de não encarar Lex nos olhos. Apesar de as imagens serem um borrão, ela se lembra do suficiente para ficar com vergonha pelo resto da vida.

— Ela precisa estar presente — Nathália vai em favor de Nina.

— Concordo. — Laís está com os punhos cerrados desde que viu a amiga naquela situação constrangedora.

— Que seja — Margareth concorda.

* * *

Um murmurinho incessante toma conta dos ouvidos de Nina. São acusações, conjecturas, especulações das mais diversas. Quando ela e Lex entram na sala de jogos, o silêncio recai como um meteoro.

— Não me olhem assim — Nina pede, encarecidamente. — Não é uma droga que vai me derrubar. — Os olhares são dos mais diversos, e Nina tenta não se fixar em ninguém em especial, não está a fim de decifrar as expressões de pena nos rostos da turma.

Gancho se levanta do sofá de dois lugares, dando lugar para Nina e Lex. Ela se senta com dificuldades e ele toma lugar ao seu lado, abraçando-a quando o corpo dela se agita, tremendo de frio.

Nathi estende a mão para Gancho e eles se recostam na parede, aguardando que a reunião comece.

— Se não se sentir bem, promete falar? — Lex sussurra, entrelaçando seus dedos aos de Nina.

— Prometo. — Ela deita a cabeça no ombro dele.

— O.k., pessoal, o negócio é o seguinte: Ninguém sairá desta sala hoje até que a verdade apareça — o professor de Literatura toma a palavra. — A amiga de vocês foi drogada. O sangue já seguiu para análise e os culpados terão que aparecer.

— Nós queremos a verdade e queremos agora! — Margareth vocifera com voz altiva.

— Querem a verdade? Pois eu direi a verdade. — Teatralmente, Bárbara faz sua aparição, emoldurada pelo batente das portas duplas da sala de jogos. O *show* está prestes a começar.

* * *

O quebra-pau tem início. Acusações voam como flechas pela sala de jogos. Os professores e monitores têm dificuldades para pôr a casa em ordem. E o circo pega fogo quando Bola entra na sala. Aí a coisa fica feia. Todos os garotos querem socar o cara e ele precisa ser protegido pelos professores.

— Calem a boca todos vocês! — Margareth grita, a plenos pulmões. — Ouviremos a Bárbara primeiro.

— Vai ouvir essa vaca? — Nathi se joga na direção da Kibi, querendo muito socar aquela cara de vadia. Mas Gancho a segura, abraçando-a por trás.

— Ora, ora, ora... a Nathália se revela, não? — Bárbara requebra os quadris, levando as mãos à cintura. — Sua idiota, você não faz ideia, não é?

— Não faço ideia do que, sua biscate? — Ela luta para se desvencilhar de Gancho, mas o cara é mais forte.

— Você é uma aposta, meu benzinho. Uma. Aposta. — Bárbara degusta cada palavra, vingando-se de Gancho. — Gancho *versus* Nathi, uma das apostas do ano! — Bárbara gargalha alto, deliciando-se com o momento.

Nathi não consegue engolir. A garganta se fecha, arranhando. Está atordoada, não acredita que isso esteja acontecendo. Ela é uma aposta?

— Eu não concordei com isso, Nathi, você precisa acreditar em mim. — Gancho sussurra em seu ouvido.

— Eu sou uma aposta? — Ela se vira para encará-lo.

— Sim, você é uma aposta! — Bárbara desdenha. — Aliás, a Camila ali também é uma aposta, não é, Nando?

— O quê? — Camila se levanta num sobressalto. — De novo? — Os olhos da garota se enchem de lágrimas. — Seu desgraçado!

Camila precisa ser contida pelas amigas. Nando tenta se explicar, mas as palavras se dissolvem no calor da discussão. Todos voltam a falar ao mesmo tempo e Margareth dá um berro para conseguir silêncio.

— Parem já com isso!

O professor de Literatura retoma a palavra, com sua voz ensebada e um tanto presunçosa:

— A Suzana nos contou que você e o Fabiano drogaram a Nina. Isso procede? — o professor se dirige à Kibi-mor.

— Suzana... Ah, Suzana. Eu avisei que, se não estava comigo, estava contra mim. — Bárbara mira as unhas violeta. — A Suzana é tão boazinha, não é?

— Babi, por favor. — Suze sabe o que Bárbara pretende revelar. — Isso é um assunto meu.

— É seu, é? Pensei que era um assunto do Edgard também. — Bárbara aponta aquelas unhas compridas na direção do garoto.

— Vamos focar no assunto central desta reunião — o professor tenta retomar as rédeas, sem sucesso.

— Espere, professor. Eu quero ouvir o que ela tem a dizer. — Edgard se levanta do chão, já aguardando a bomba.

— A Suze aqui engravidou de você no ano passado. E eu, como uma boa amiga — Bárbara olha para Suzana e volta a encarar Edgard —, a levei para fazer o aborto.

Posso falar um palavrão? Essa Kibi é uma biscate da pior categoria!

Pronto. É o que basta para a sala de jogos explodir em mil pedaços. Mais gritos, mais acusações, muita choradeira…

Nathália desaba em lágrimas nos braços de Laís. Hulk consola Gancho, que acaba de socar a parede com toda a força. Camila bate em Nando toda vez que ele tenta se aproximar. Suzana cai prostrada no chão, levando as mãos à cabeça. Edgard olha para o nada enquanto os amigos tentam confortá-lo.

Nina está com o rosto escondido no peito de Lex. O que virá agora? Qual a próxima bomba que Bárbara jogará na turma? Como ela pode ser cruel a esse ponto?

Lex afaga os cabelos de Nina, beijando sua testa. O corpo dela ondula de frio e o garoto a enlaça de forma vigorosa, buscando mantê-la aquecida. Apesar de o lugar estar ruindo, é como se esses dois estivessem em uma outra dimensão, em segurança.

— Parem! — Margareth sobe em uma cadeira para se fazer ver e ouvir. — Não chegaremos a lugar algum assim!

— Bárbara, conte logo por que você e o Fabiano drogaram a Nina e que tipo de substância utilizaram. — O professor pega a garota pelo braço, irritado. — Agora!

— Certo, eu já iria chegar lá. — A Kibi-mor sustenta um sorriso perigoso nos lábios. O momento máximo da vingança acaba de chegar.

— Quietos! — Margareth desfere o grito, como um golpe. Finalmente o silêncio é retomado, em meio aos soluços de três garotas: Nathi, Camila e Suzana.

— Eu chantageei o Lex para que ele aceitasse a aposta da Nina — Bárbara faz uma pausa, aguardando a reação da principal interessada. E a reação vem. Nina levanta o rosto do peito de Lex e seus olhos trêmulos encaram os triunfantes da Kibi. — Eu o chantageei com um vídeo detalhado, em vários ângulos, mostrando a verdade sobre o acidente com a moto. Vocês se lembram do acidente, não é? Pois bem, o Lex mentiu para o pai dele, dizendo que um caminhão havia passado por cima da motinho novinha. Não devemos mentir, não é, Lex? Acho que aprendeu a lição.

— Continue, Bárbara! — Margareth cruza os braços à frente do corpanzil. — E se atenha apenas ao que lhe for perguntado.

— Bom, o fato foi que o Lex aceitou a aposta de Nina mediante a minha chantagem.

— O que você pretendia com isso? — o professor pergunta, intrigado.

— Vingança! — ela esbraveja, entredentes. — Todos vocês se lembram do que essa vagaba aprontou comigo, não se lembram? Eu só queria me vingar.

— O lance dos cartazes — o professor se lembra. — E nessa vingança você fez uso de substâncias ilícitas? Você drogou a Nina?

— Não fui eu. Foi o Bola ali — Bárbara sorri ao apontar o culpado.

— Como é? — Bola dá um pulo da cadeira. — Ei, eu não fiz isso sozinho!

Ai, meu Deus. O caos retoma a sala de jogos. Enquanto as acusações inflamam ainda mais o ambiente, Nina e Lex se entreolham.

— Por que não me disse? — Ela o encara tristemente.

— Eu iria contar, lá no Centro de Arborismo. Mas, então, deu tudo errado — ele se defende.

— Se o seu pai assistir a esse vídeo, o que acontecerá? — Nina pergunta e os dois conversam baixinho, como se o mundo não estivesse acabando ao redor.

— Ele não vai pagar a minha faculdade de música. Serei obrigado a trabalhar com ele e desistir da carreira. — Lex morde o lábio, fazendo força para não chorar.

— Então foi encenação. Tudo o que aconteceu aqui foi porque você estava sendo chantageado — Nina afirma em voz alta, para si mesma.

— Eu realmente estou apaixonado por você, Nina.

— Desde quando? — Ela engole o choro.

— Eu não sei dizer. Talvez tenha acontecido no jogo de tênis ou depois disso. Eu realmente não sei.

O silêncio recai após a tempestade de acusações. Bárbara então retoma a palavra:

— O Bola, achando que iria me ajudar com a vingança, dopou a Nina com uma substância chamada Droga da Coragem. Ele só me contou que fez isso depois que ela havia ingerido o negócio, diluído no suco de maracujá.

— Mentira! — Bola e Suzana gritam em uníssono.

— Isso é mentira. A Bárbara ficou com o Bola ontem no luau para que ele dopasse a Nina hoje! — Suzana abre a verdade.

— Suzana, o que a Bárbara queria com tudo isso? — o professor pergunta quando a turma finalmente faz silêncio.

— Ela passou a viagem inteira fotografando e filmando a Nina e o Lex. Eu ainda não sei onde ela usará as imagens, mas ela tem fotos realmente boas para destruir a reputação da Nina. — Suzana faz uma pequena pausa para respirar. — E não é só isso: Ela quer acabar com o Lex também.

— Isso é caso de polícia — o professor sussurra no ouvido de Margareth, que meneia a cabeça em confirmação. — O diretor vai enlouquecer.

— Nem me lembre disso. — Margareth balança a cabeça e, quando dá por si, uma nova confusão está armada.

Gancho parte para cima de Bola. Suzana se agarra aos cabelos da Kibi-mor. Camila morde Nando, arrancando-lhe sangue. Nathi está chorando, compulsivamente.

Nina olha para o nada. Lex olha para ela.

A garota está imóvel, inconsolável. A tristeza deságua sobre ela como um *tsunami*. Nina sente o brilho próprio se apagando, como uma estrela prestes a desaparecer.

Fazendo um tremendo esforço para se erguer, ela se desvencilha dos braços de Lex.

— Aonde vai? — Os lábios do garoto tremem.

— Me deixe em paz. — Ela lança um olhar áspero em sua direção.

— Nina...

— Já disse, me deixe em paz.

Nina busca o apoio de Laís, que precisa se dividir em duas, amparando as melhores amigas. Bárbara percebe que Nina está prestes a sair de cena e não perde tempo:

— Vai fugir, sua vagaba? Quem é a biscate agora, hein? Aquela droga só mostra quem você realmente é! — Bárbara brada, empurrando Suzana sobre uma mesa. — Ah, e só para você saber, fui eu que mandei o Lex levar você para o Centro de Arborismo! Euzinha aqui! E ele cumpriu as minhas ordens! — A Kibi está vermelha de tanto gritar.

— É mentira! — Lex se desespera. — Nina, isso é mentira! — O garoto tenta conversar, mas Laís não permite.

— Vem, vamos sair logo daqui. — Laís enlaça as amigas pelos braços e as três deixam a sala de jogos para trás.

Cinquenta e dois

Antes da volta para casa

Quando Lex faz menção de ir atrás de Nina, Hulk bloqueia o caminho do cara. Nessa cena, objetos voam por cima das cabeças, móveis são quebrados, rostos socados, cabelos puxados… E tudo isso em meio à histeria coletiva.

— Deixe a Nina pensar, Lex. Falar com ela agora não vai ajudar. — Hulk desvia o rosto de um vaso que vem em sua direção. O objeto se quebra em mil pedaços ao dar de encontro com a parede.

— Hulk, ela me odeia. — Lex leva as mãos à cabeça, alheio ao fato do vaso. — E se ela acreditou na Bárbara? Cara, a Kibi não me mandou levar a Nina até o Centro de Arborismo! Acredita em mim?

— É claro que eu acredito, Lex. — Hulk respira fundo. — Deixe as coisas esfriarem e então você procura a Nina. Ela vai ouvi-lo quando estiver de cabeça fria.

Bola precisa ser carregado para fora da sala de jogos. O nariz sangra como uma torneira aberta, e Lex se sente vingado pelas mãos de Gancho. Ele mesmo gostaria de ter dado aquele soco, mas não está em condições de entrar numa briga agora. A tristeza o massacra como uma jamanta.

A gerência do hotel chamou a polícia. Com medo de serem processados pelo lance da droga, acharam por bem fazer um boletim de ocorrência dos fatos. Uma precaução mais do que válida.

Margareth está ao telefone com o diretor. Após contar tudo o que descobriram, escuta, com o aparelho a metros de distância do ouvido, os gritos e vociferações cavernosas que vêm de São Paulo. Como eu disse, cabeças vão rolar.

Camila acaba de desferir mais um tapa no rosto já vermelho de Nando. Não é que o cara estava mesmo amarradão na garota? Kibi filha da mãe!

Suzana e Edgard conversam em um canto. Ele diz que não é um moleque e que ela deveria tê-lo procurado quando soube da gravidez. O papo está profundo, sombrio e incrivelmente adulto.

Gancho está sentado em um canto, recostado de qualquer maneira ao lado de um janelão de vidro estilhaçado. Lex se aproxima, arrastando os pés. Senta-se ao lado do amigo, pesadamente.

— Acabou, *man*. As férias perfeitas caíram num buraco negro — Gancho desabafa.

— Você tinha razão, eu deveria ter contado a ela quando tive oportunidade — Lex se lamenta, enxugando uma lágrima teimosa.

— A Nathi nunca mais vai olhar na minha cara. — Gancho afunda o rosto nas mãos. — Cara, eu vou matar aquela Kibi dos infernos. Vou matar o Bola também. E, depois, farei necromancia para trazê-los de volta à vida. E aí, meu camarada, matarei os dois novamente, com requintes de crueldade.

— Se isso fizer você se sentir melhor... — Lex não tem forças nem para conversar.

O dia, que havia começado bem, já virou madrugada. Poucos estudantes voltaram para os quartos e a polícia interroga os indicados pelos professores e monitores. Apenas Nina, Nathi e Laís foram poupadas. O relatório médico fala por si só e em breve terão o resultado do exame de sangue de Nina.

Margareth sobe as escadas enquanto a polícia ainda interroga os estudantes. O estrago foi grande no hotel e alguém terá de arcar com os prejuízos. Isso Margareth não contou ao diretor. A cobra vai fumar, só para constar.

Nina finalmente pega no sono. Nathi e Laís estão com ela, observando se algo muda no quadro da amiga. Elas contam à professora que Nina vomitou logo depois de tomar a sopa preparada especialmente para ela.

— Vomitar é bom nesses casos. — Margareth faz uma pausa, certificando-se de que Nina está respirando. — Meninas, como a situação chegou a esse ponto? Eu não consigo entender.

— A Bárbara é louca, só pode ser — Laís é quem responde. Nathi está quietinha, encolhida na cama, olhando para algum lugar além de Laís.

— Olhe, eu nunca vi isso em toda a minha vida. E eu lido com estudantes há mais de trinta anos. — Margareth checa a temperatura de Nina tocando sua testa.

— Foi uma sucessão de acontecimentos. O que eu posso dizer? — Laís abraça os joelhos. — O que acontecerá agora?

— O Bola e a Bárbara serão expulsos, isso já está decidido.

— De que isso vai adiantar? Só temos mais duas semanas de aula mesmo — Laís rebate, incerta.

— Bem, isso manchará o currículo escolar de ambos.

— E quanto ao estrago no hotel? — Laís encara fixamente a professora.

— Teremos que arcar com as despesas, Laís. Ainda não sei como será feito. Será uma sorte se o hotel não nos processar. Mas o diretor dará um jeito nisso, como ele sempre faz. Agora, viagens de formatura? Sinceramente, acho que nunca mais no Prisma.

— E a droga? Encontraram? — Laís coça o olho, sentindo o sono a abater.

— Nada ainda.

— E a Ana Paula? Ela também ajudou no tal plano.

— A Ana é pau-mandado da Bárbara. Ainda não sei qual será o fim dela. Estou preocupada é com essas imagens da Nina e do Lex. Você sabe de alguma coisa? — Margareth faz uma pausa. — Nós vasculhamos o quarto delas e não encontramos nada. A câmera fotográfica estava vazia e os celulares também.

— Só sei o que a Suzana contou. Talvez a Ana tenha enviado as imagens por *e-mail* e depois deletado as pistas. Acho que ainda teremos grandes surpresas quando voltarmos para casa.

Cinquenta e três

A volta para casa

A manhã chega com cara de ressaca. Nina está sendo examinada e aparentemente o quadro é bom. Como prescrição, o médico lhe pede que faça refeições leves, com muitas frutas e sucos naturais. O estômago de Nina revira quando ele faz menção a sucos.

O laudo do exame de sangue de Nina ficará pronto em dois dias. Somente com isso em mãos o médico poderá traçar um plano de desintoxicação, se for esse o caso. Ele se despede, deixando uma Margareth mais tranquila para trás.

As garotas tomam o café da manhã no quarto enquanto arrumam as malas. Nina está se sentindo debilitada e não sabe dizer qual é o motivo da fraqueza. Possivelmente seja um dos efeitos da droga, talvez a falta de uma alimentação mais substanciosa ou quem sabe o estrago que Bárbara fez em sua vida. Acredito que as três alternativas anteriores sejam válidas.

Nathi enxuga as lágrimas, jurando que não derrubará mais nenhuma por Gancho. Laís a abraça forte, um abraço de urso, que faz com que a amiga se sinta amada e um pouco melhor.

— Teremos uma viagem longa pela frente. Nina, fique longe da Bárbara. Não entre na provocação ou você perderá a razão, compreendido? — Margareth está à porta do quarto das meninas.

— Pode deixar — a voz de Nina é só um fiapo.

— Laís, você fica responsável por cuidar dessas duas, está bem? — a professora delega e Laís aceita prontamente a incumbência. — Darei uma passada nos outros quartos. Qualquer mudança no quadro da Nina, me avise.

***

A balsa está ancorada no píer. Da sacada do quarto, Nina acompanha os primeiros alunos se dirigindo para lá. Olha em volta, recapitulando tudo o que aconteceu nesses últimos sete dias. E não foi pouca coisa.

Laís e Nathi se unem a Nina na sacada. Nenhuma das três diz palavra, afinal, o que há para ser dito?

A brisa marítima acaricia o rosto das garotas, jogando seus cabelos para trás. O aroma e o som que vêm do mar trazem uma sensação de quietude e paz, tão necessárias nesse momento.

Uma lágrima solitária escorre pelo rosto de Nina. Não há um motivo específico. Por mais que as férias tenham terminado da forma mais catastrófica possível, Nina sentirá saudade dos momentos fantásticos que viveu na ilha. Esses também foram muitos e serão memoráveis por toda a vida.

— Está na hora — Laís avisa, já sentindo saudade do mar e da boa vida.

— Seremos amigas para sempre, não seremos? — é Nathi quem faz a pergunta.

— Depois de tudo o que vivemos? Seremos amigas pela eternidade. — Laís deixa uma gargalhada gostosa escapar e Nina se contagia, sorrindo também.

— A única coisa boa do Prisma foi ter conhecido vocês duas — Nina revela, puxando as amigas para um abraço grupal.

***

A balsa está silenciosa. Fora o barulho dos motores e das hélices, nenhum pio é ouvido. As expressões são sérias, tristes, perdidas. Se o dia anterior pudesse ser apagado da linha temporal, essa balsa seria uma festa, e não um velório.

Os professores circulam a todo o momento, evitando que os alunos com rixas a resolver se encontrem e o pau volte a comer solto.

Desde que Suzana dedurou a Kibi-mor, a garota foi aceita no grupo das meninas e até dormiu no dormitório de Camila na noite passada.

Não havia clima para dividir o quarto com Ana Paula e Bárbara. E querem saber? Suzana está se sentindo muito melhor agora.

Lex e Gancho estão na popa da balsa, observando a ilha se afastar lentamente. Sentem como se o dia anterior não tivesse passado de um sonho macabro e distante. Infelizmente, os dois sabem que foi bem real.

Nina está na proa com as meninas. Não quer olhar para trás, não quer ver a ilha se afastar. O negócio agora é olhar para a frente, para o futuro, para o desconhecido.

Bárbara, Bola e Ana Paula estão na parte interna da balsa, sendo vigiados de perto por Margareth. Ela já avisou que, se algum deles sair da linha, os abandona onde quer que seja e sem remorsos.

E assim a balsa viaja tranquila, até finalmente aportar no continente.

* * *

O ônibus está à espera quando a balsa ancora. Os estudantes vão descendo um a um e se dirigindo para a condução num silêncio mórbido. O motorista — o mesmo da vinda — não entende nada e dá de ombros, feliz por, aparentemente, ter uma viagem tranquila pela frente até o aeroporto.

Quando Lex entra no ônibus, seguido por Gancho, vai passando pelas fileiras de assentos e estaca quando vê Nina sentada sozinha. Antes que ele possa pensar em dizer ou fazer qualquer coisa, Camila dá um empurrão de leve no cara e se senta ao lado de Nina, não deixando nenhuma outra opção a Lex a não ser seguir em frente. Nina sabia que ele estava olhando para ela, mas nem assim tirou os olhos do asfalto.

* * *

O avião decola no horário, sem maiores transtornos. Já estão voando há uma hora e Bárbara pede para ir ao banheiro. Margareth, que está sentada ao seu lado na vigia, resmunga para a Kibi-mor:

— Se abrir essa boca ou causar algum tumulto, juro que jogo você deste avião, compreendido?

— Já entendi — a Kibi devolve, com desdém. Tira o cinto e caminha para a parte traseira do avião.

Quando Bárbara cruza com Lex e Gancho, não resiste a soltar um sorriso de deboche. Uma lágrima escorre pelo rosto de Lex e ele não consegue enxugar a tempo. Num movimento rápido, a Kibi-mor a toma de assalto, provando a lágrima com satisfação.

— Saborosa como a vitória. Ah, Lex, agora sim minha vingança está completa.

— Vaza! — Gancho rosna, entredentes.

Bárbara solta uma sonora gargalhada, jogando os cabelos oxigenados para trás. Retoma seu caminho e Gancho faz menção de se levantar, mas Lex não permite. Os amigos se entendem só com o olhar.

— Cara, o que eu posso dizer? — Gancho quer muito confortar Lex.

— Não diga nada. Não vai adiantar.

* * *

O avião finalmente pousa no aeroporto de Congonhas, em São Paulo. O clima é ameno e a temperatura está em vinte e cinco graus, com céu parcialmente nublado.

Os estudantes desembarcam, seguindo por um longo corredor até o acesso às escadas rolantes. As malas estarão disponíveis na esteira de número três.

Nina já está com suas bagagens no carrinho. Laís idem. Só falta chegar uma das malas de Nathi.

Lex observa Nina de longe, sentindo o coração apertar. Será que a garota frequentará as últimas semanas de aula? O que estará se passando na cabeça dela neste exato momento? Por que Lex está sentindo essa forte sensação de perda? Não, ele não pode acreditar que perdeu Nina para sempre, isso não pode ser verdade.

De posse de suas bagagens, os estudantes seguem os professores em direção à saída do terminal de desembarque. Do lado de fora, em vez de pais sorridentes, encontram pais desolados, cabisbaixos, envergonhados. O diretor fez a lição de casa direitinho, pelo visto.

— Nina — a mãe a puxa para um abraço. — Minha filha, o que foi que aconteceu?

— Em casa eu conto, tá bom? O que o diretor já adiantou? — Nina engole em seco, procurando pelo pai. — Onde está o papai?

— Está em casa com o Doc. Nós soubemos do que aconteceu na ilha hoje de manhã. Seu pai está preparando um processo contra a Bárbara e o Fabiano.

— Não, mãe. Eu não quero processar ninguém. Essa história já causou problemas demais e eu só quero esquecer. Eu preciso esquecer.

— Em casa conversaremos sobre isso.

Os pais de Nathália e Laís se juntam à mãe de Nina e um debate se inicia. Falam sobre o telefonema que receberam do colégio e a reunião marcada para amanhã à noite.

As amigas aproveitam para se despedir.

Nesse momento, as três ouvem uma briga no saguão. Reconhecem a voz de Lex e olham em volta, procurando. Ele e o pai estão discutindo, gesticulando, se atacando. Bárbara deve ter enviado o tal vídeo de Lex para o velho.

— O Lex está ferrado — Laís comenta.

— É, ele está — Nathi concorda.

— Vocês viram esse vídeo? O que contém? — Nina pergunta.

— Lembra quando o Lex foi desafiado por um garoto do segundo ano? — Laís começa a explicar.

— Um racha de motos — Nina se recorda do ocorrido.

— Isso — Laís continua. — Todo o pessoal do colégio foi lá para assistir, tá lembrada? Nós não fomos porque tínhamos aquela festa na casa do Pepino e também porque não somos idiotas.

— É, eu tenho uma vaga lembrança disso — Nina puxa pela memória.

— Lembra do acidente?

Sim, Nina se lembra do acidente de Lex, afinal essa história foi contada e recontada milhões de vezes nos corredores do Prisma.

Lex, a mais de cento e cinquenta quilômetros por hora, corria emparelhado com um garoto do segundo ano do colégio. Algo foi jogado no asfalto e o garoto fez uma manobra evasiva que resultou no acidente.

O veículo capotou várias vezes e o corpo de Lex deslizou pela avenida por mais de trezentos metros.

— Sim, eu me lembro. — Nina meneia a cabeça.

— O Gancho achou que ele tinha morrido — Laís confirma. — Todos acharam isso. Eu vi um dos vídeos e foi realmente impressionante. Se Deus existe, ele estava ali naquele momento.

— A roupa especial o protegeu, não foi? — Nina sente um arrepio cortante ao pensar que Lex poderia ter morrido naquele racha.

— A roupa e Deus... não se esqueça de Deus nessa história — Nathi toma a palavra e respira fundo. — O problema foi que o Lex mentiu sobre isso para o pai. Disse que um caminhão havia passado por cima da moto, que estava estacionada no meio-fio. Os policiais que fizeram o boletim de ocorrência disseram ao pai de Lex que a história não batia com o estrago da moto. E foi por isso que ele perdeu a mesada e sei lá mais o quê.

— Como sabe disso? — Laís franze o cenho.

— O *tal que não quero dizer o nome* me contou — Nathi revela, olhando para o chão.

— Meninas, vamos? — os pais chamam.

— Vejo vocês mais tarde? — Nina pergunta, um tanto deprimida.

— Com certeza.

Cinquenta e quatro

Nina encara Doc e os pais

Quando Nina e a mãe estavam saindo do aeroporto, o olhar da garota não se conteve. Ela e Lex se entreolharam e, naquele momento, Nina sentiu como se o mundo estivesse suspirando alto e profundamente.

O olhar dele se jogou dentro do dela como uma âncora. Para Nina, foi difícil pacas conseguir se soltar e retomar o seu caminho, mas a garota conseguiu o impossível.

No caminho para casa, ouviu o sermão de sempre: "As pessoas são más, devemos ter cuidado com o que bebemos e blá-blá-blá". Nina já nem estava mais ouvindo o que a mãe dizia.

Agora, afundada no sofá da sala, sente como se tivesse voltado no tempo, naquela madrugada insone em que ouviu um sermão de mais de duas horas dos pais. Aquela mesma noite em que Doc e os amigos foram soltos da prisão.

Nina conta, parcialmente, o que aconteceu desde que chegaram à ilha, até mesmo sobre a contra-aposta que lançou para Lex. Se Doc já estava puto, agora o irmão mais velho está irado, querendo o sangue de Lex. O pai de Nina quer justiça a qualquer custo, não arreda o pé quanto a processar Bárbara e Bola.

— Você deveria fazer uma viagem. Não acho que esteja preparada para iniciar uma faculdade agora. — A mãe se recosta no sofá, cruzando as pernas. — Eu liguei para a minha prima em Paris e ela disse que será ótimo ter companhia por algum tempo.

— Paris? — Os olhos de Nina brilham, mas seu coração se apaga.

— Você queria tanto passar algum tempo em Paris para treinar o seu francês. O momento chegou. — O pai de Nina arqueia o corpo para a frente, apoiando os cotovelos nos joelhos. — Essa é uma excelente oportunidade. E depois de tudo o que aconteceu...

— Quando a faculdade começar, você ficará presa por quanto tempo? Seis anos? Talvez mais? — Doc abre uma lata de Coca e se joga na poltrona. — Não terá outra oportunidade como essa por um bom tempo.

— Concorda com isso? — Nina fixa Doc com o olhar.

— Acho uma ótima ideia, se quer saber. Talvez em Paris você não arrume tantas confusões. — Doc revira os olhos.

— Eu posso pensar ou já está decidido? — Nina pergunta, esmagando uma almofada contra o peito.

— Não iremos impor nada a você, Nina — a mãe esclarece. — Essa é uma oportunidade única e nós a bancaremos por seis meses, um ano, quanto tempo desejar.

— Mê deem alguns dias para pensar nisso, está bem? — No momento, Nina só consegue pensar em Lex.

— Tudo bem, filha. O que decidir, nós apoiaremos. — Os pais de Nina entrelaçam os dedos e observam a garota, com ares de preocupação.

* * *

Em seu quarto, Nina fita o teto branco. Fragmentos de memória vão se encaixando e ela assiste às cenas que protagonizou com Alexandre Heinrich. As imagens tornam-se nítidas, o som da voz dele ecoa em seus ouvidos, o aroma inebriante de seu pescoço invade o ambiente, impregnando suas narinas.

— Posso entrar? — Doc enfia metade do corpo pelo umbral da porta.

— Claro. — Nina não desvia o olhar do teto.

Doc se aproxima, sentando-se na cama. Ele a encara por algum tempo, pensando no que dizer. Finalmente encontra algo inteligente:

— Eu ainda tenho aquele taco de beisebol.

— Eu sei que tem. — Nina deixa um sorriso escapar.

— Se quiser...

— Não será preciso. — Nina se senta, cabisbaixa. — Não se preocupe, vou superar.

— Está apaixonada pelo cara?

— Não consigo disfarçar, não é? — Nina pega a mão de Doc e começa a estalar os dedos dele, como fazia quando eram crianças.

— Não.

— E você e a Laís? — ela muda de assunto.

— Acha que devo ligar para ela? Tipo, tenho alguma chance? — Doc franze o cenho, em dúvida.

— Ela não ficou com ninguém na ilha. Aliás, sempre que podia, tocava no seu nome — Nina revela.

— Isso quer dizer que tenho chances.

— Todas as chances do mundo.

— Vou ligar, então. — Doc puxa o celular do bolso e Nina toca o rosto do irmão.

— Faça isso. Pelo menos uma de nós precisa de um final feliz.

Cinquenta e cinco

Volta às aulas

Após a reunião com os pais dos alunos do último ano, ficou acordado que Bárbara e Bola estavam expulsos. Os pais dos dois, extremamente envergonhados, pediram desculpas aos presentes e resolveram assumir sozinhos os encargos da destruição do hotel.

O pai de Nina, nessa mesma reunião, decidiu acatar o pedido da filha e desistiu do processo judicial. Em que esse processo poderia melhorar as coisas? Os pais de Bárbara e Bola pareciam ser boas pessoas e, bem, que melhor escola do que a vida, não? Esses dois garotos tomariam muitas bordoadas se não mudassem de atitude.

Nina ainda não deu sua resposta com relação a morar no exterior. Após deliberar com Nathi e Laís, decidiu pensar um pouco mais. Essa é uma oportunidade de ouro e não se pode desprezar algo assim.

Nina também foi levada ao hospital para fazer novos exames de sangue. O que quer que havia em seu sistema foi expelido de maneira natural. Não há mais nenhum traço da substância que ingeriu e isso foi um tremendo alívio para os pais da garota. O laudo do exame de sangue de Nina já saiu e está nas mãos da polícia.

Hoje é segunda-feira, o primeiro dia das duas últimas semanas no Prisma. O diretor deu um salvo-conduto para Nina. Se ela não quiser frequentar as aulas, estará dispensada sem maiores problemas. Mas esse seria um atestado de fraqueza, e Nina não quer parecer fraca.

Nathália e Laís prometeram não falar sobre Paris com ninguém. Esse será um segredo muito bem guardado.

Nina chega ao colégio, estacionando a moto na vaga de sempre. Tira o capacete e pega a mochila e a bolsa, dirigindo-se para a entrada. No meio do caminho encontra Nathália e outras garotas com o olhar abismado, mirando algo ao longe. Os olhos de Nina são imediatamente atraídos para lá. Ela empalidece no mesmo instante.

Mas que merda!

O *outdoor*, em frente ao colégio, sustenta algo que faz com que Nina feche os olhos por alguns segundos. Quando torna a abri-los, descobre que é real.

Nathi se aproxima, balançando a cabeça em negativa. Isso é ruim, muito ruim. As duas se encaram por alguns segundos antes de Nina começar a dizer:

— Nós sabíamos que algo assim aconteceria.

— É, nós sabíamos. — Nathi encara o *outdoor* novamente, absorta.

— Até que a Bárbara tem talento, essa foto está ótima — Nina brinca com a situação, tentando desanuviar.

— É, a imagem está ótima mesmo — Nathália concorda. — É uma pena que você está seminua.

— É uma pena. — Nina está com vontade de chorar, mas tenta dominar suas emoções.

— E o Lex está com as mãos nos seus…

— É, ele está — Nina admite, pesarosa.

— Até que o *layout* do *outdoor* ficou legal — Nathi zomba, para que Nina não se sinta tão mal.

— É, ficou interessante.

O imenso *outdoor* na porta do colégio está tomado por uma imagem de Nina e Lex naquele Centro de Arborismo no último dia na ilha.

Sem a parte de cima do biquíni, Nina está montada sobre o cara. Ele, por sua vez, está com as duas mãos nos seios da garota, tapando-os de olhares indiscretos.

O título em negrito anuncia: "Lex, o vencedor da Grande Aposta".

O subtítulo, também em negrito, arremata: "Nina Albuquerque, a biscate do ano".

Camila chega correndo, esbaforida. Traz algo em mãos e começa a gritar, completamente surtada:

— Aquela galinha, Nina! Se eu cruzar com ela na rua, juro que atropelo!

— O que foi agora? — Nathi revira os olhos.

— Ela pagou dois moleques para distribuírem isto! — Camila estende um DVD na direção das meninas. É Nathália quem o pega das mãos de Camila. Nina olha por cima dos ombros da amiga e o que vê revira o seu estômago.

Na capa do DVD, a mesma imagem do *outdoor* está impressa com os dizeres: Lex *versus* Nina, o pornô mais quente do ano. Apreciem sem moderação.

— Certo, ela foi longe demais. — Os olhos de Nina umedecem automaticamente.

— O diretor precisa recolher esse material. Temos que falar com ele agora! — Nathi faz menção de quebrar a mídia ao meio, mas Nina não permite.

— Não! Deixe eu guardar este. — Ela pega o DVD com fúria e o joga dentro da bolsa.

— Nina, volte para casa, aceite a dispensa que o diretor deu pra você — Nathi aconselha.

— Não farei isso. Esse é o teste para saber se sou mesmo inquebrável como penso.

— Não será fácil encarar essa galera — a amiga salienta.

— Não, não será. — Nina enxuga uma lágrima com as costas da mão.

— Estaremos ao seu lado. — Camila ajeita uma mecha do cabelo de Nina atrás da orelha. — Se alguém fizer uma piadinha, eu juro que mato!

— Deixe que façam piadas, eu não ligo. Nós sabemos o que realmente aconteceu na ilha e é isso o que importa.

O celular de Nathália toca, insistentemente. Ela o retira do bolso traseiro do jeans, desliza o indicador sobre a tela e há uma nova mensagem.

— É da Laís — Nathi abre a mensagem. — SOS?

— SOS? — Nina olha para a mensagem, intrigada.

— Por que a Laís pediria socorro? — Camila vinca a testa.

— Ai. Meu. Deus. — A ficha de Nathália cai, ruidosamente. — O Doc iria passar na casa da Laís hoje de manhã para trazê-la ao colégio! Nina, ele deve ter visto o *outdoor!* — Nathi está aos gritos, com os olhos saltando das órbitas.

Um nome escapa dos lábios trêmulos de Nina:

— Lex.

* * *

Nina corre, mas não é rápida o bastante.

Quando chega à entrada do colégio, o tumulto já está armado. Doc está sendo contido por Hulk, Edgard, Nando e um cara do primeiro ano. Gancho está ajoelhado ao lado de Lex, que, aliás, sangra como um porco recém-abatido.

Nina sente um nó se formar na garganta e seus olhos se encontram com os de Laís. A amiga está aos prantos, tentando acalmar Doc a todo custo.

Deixando o orgulho ferido de lado, Nina larga a bolsa e a mochila aos pés de Camila e Nathália, abrindo espaço entre as pessoas, distribuindo cotoveladas para todos os lados.

Quando finalmente alcança a clareira, ajoelha-se ao lado de Lex, verificando visualmente os ferimentos. O cara está estendido no chão, com o nariz sangrando, e Gancho segura a cabeça do amigo com uma das mãos. Os olhos de Lex se encontram com os de Nina, prendendo-os como sempre acontece.

— Nina, se afaste desse cara! — Doc grita, tentando se desvencilhar das mãos que o seguram firme.

— Desculpe por isso, Lex. — Nina não consegue desviar o olhar daqueles raios solares hipnóticos. — Meu irmão é um *pit bull.*

— Eu mereci — Lex geme baixinho.

— Nina, eu tô falando sério, porra! — Doc luta em vão enquanto é arrastado para fora do colégio.

Os professores chegam trotando em direção à muvuca. O diretor leva as mãos à cabeça, pedindo a Nina e Gancho que conduzam Lex à enfermaria.

— Não precisa vir. — Lex passa o braço ao redor do pescoço de Gancho, levantando-se um tanto quanto cambaleante. Quando o garoto tomba para o lado oposto, Nina o escora com o próprio ombro.

Ela não responde quando Lex repete "não precisa vir". Apenas faz sinal para que Gancho comece a andar em direção à enfermaria. Curiosos vão seguindo com o olhar, enquanto Nathi e Camila recolhem os pertences de Nina do chão.

Doc está gritando, mas Nina o ignora. Vão ganhando terreno, subindo os quatro degraus, até chegarem à entrada principal do colégio.

* * *

Uma multidão se forma no corredor da enfermaria. Lex, Nina e Gancho aguardam a chegada da enfermeira, que, aliás, está presa no congestionamento.

Nina abre um armário de vidro e pega um pacote de gaze e um *spray* antisséptico. Borrifa um pouco do conteúdo e começa a limpar o rosto de Lex, fugindo dos olhos do cara.

— Não precisa fazer isso. — Lex segura a mão de Nina. O simples toque de peles a faz arrepiar da cabeça aos pés.

— Meu irmão não deveria ter descontado em você. — Nina analisa os ferimentos. O nariz de Lex sangra e a boca está cortada por dentro. Dois socos, talvez três. Nina não sabe dizer quantos foram e não quer perguntar.

— Você viu o DVD? — Gancho pergunta, contendo a multidão de curiosos que querem invadir a enfermaria a todo custo.

— Estou com um na minha bolsa — Nina revela, umedecendo os lábios. — Se meu pai souber disso, a coisa vai ficar muito feia.

— A Kibi foi longe demais — o tom de Gancho denota fúria.

— O estrago já está feito — Nina diz em tom de desabafo.

— Ai! — Lex reclama quando a gaze desliza pelo canto da boca.

— Desculpe. — Ela alivia a pressão.

— Temos que conversar. — Lex se perde dentro dos olhos de Nina, mas a garota está evitando encará-lo.

— Não estou pronta — ela admite.

— Me deixem passar. — A enfermeira finalmente alcança a porta e Gancho desbloqueia a entrada.

— Está em boas mãos agora. — Nina, sem olhar para Lex, atira a gaze suja de sangue em direção ao lixo. — Mais uma vez, desculpe pelo meu irmão.

— Nina... — Lex a segura pelo braço.

— Como eu disse, ainda não estou pronta para essa conversa. — E, então, Lex afrouxa a pegada e Nina passa voando por Gancho, saindo porta afora.

Cinquenta e seis

A maldade é inerente ao ser humano?

Quando sai da enfermaria, Nina mantém uma postura ereta, a cabeça erguida e um ar despreocupado. Conforme vai passando pelo corredor de risadinhas, piadinhas e olhares ameaçadores, os ombros de Nina vão despencando, assim como sua cabeça, que agora está tombada para baixo. Não pensou que seria tão difícil enfrentar esse bando de fuxiqueiros.

Antes que seus joelhos fraquejem e ela caia mortinha diante dos olhares maldosos, Nina é salva por Camila e Nathi, que a levam mais do que depressa para a diretoria.

* * *

O diretor gira o DVD em mãos. Tira os óculos, jogando-os sobre uma pilha de pastas muito bem dispostas sobre a mesa de mogno. Levanta-se da cadeira e trinca os dentes ao observar o *outdoor* em frente ao colégio.

— Já liguei para a empresa responsável. Essa barbaridade será retirada ainda hoje. — Ele faz uma pausa. — E quanto aos DVDs, revistaremos todos os alunos. Infelizmente de nada adiantará, o vídeo já caiu no YouTube. — Outra pausa, desta vez preocupada. — Seu pai precisará entrar com uma ação para tirar o vídeo do ar, Nina.

— Não queria envolver meus pais nisso — a voz de Nina é só um fio fraco, prestes a se partir. — Mas meu irmão contará o que está acontecendo, não conseguirei esconder o fato.

— Você deveria ir para casa. — Nathi alisa o braço da amiga. — Ficar aqui só vai piorar a sua situação.

— Não quero fugir.

— Não serão dias fáceis para você. Mas compreendo o seu lado, entendo o que quer provar. — O diretor alinha quatro vasos de plantas no parapeito da janela, de modo que fiquem simétricos. — Falei com sua mãe hoje cedo. Fique tranquila, não contei nada sobre o *outdoor* — ele se apressa em dizer. — Sua mãe me contou sobre a possibilidade de você estudar fora do país. Seria muito bom, Nina. Crescimentos pessoal, cultural e emocional são sempre bem-vindos. Todas as pessoas deveriam fazer isso algum dia. — O diretor se senta novamente, ajeitando agora o polvo e os cachorros de cerâmica sobre a mesa.

— Ainda não me decidi sobre isso, mas estou pensando. — Não. Nina não está pensando sobre a viagem. A única coisa que não lhe sai da cabeça tem nome e sobrenome: Alexandre Heinrich.

— Pense bem, uma oportunidade como essas pode não aparecer nunca mais — o diretor recoloca os óculos e faz uma pausa com ar pensativo. — Nina, qualquer outro problema que tiver aqui dentro dos muros do colégio, por favor, me comunique.

— Certo, obrigada.

* * *

Rumo à sala vinte e dois, Camila pergunta sobre a viagem. Nina pede discrição total e absoluta antes de contar. A amiga assente e escuta o relato de Nina sobre a possibilidade de estudar em Paris por alguns meses. Uau, até eu queria uma oportunidade dessas!

O sinal já soou e os corredores estão vazios. Quando Nina e as garotas chegam ao segundo andar, uma nova surpresa se abate sobre as três.

Não, não são cartazes colados às paredes.

A surpresa vem das caixas de som espalhadas pela escola. O sistema de áudio do colégio é daqueles megamodernos, digitais e computadorizados. Alguém deve tê-lo invadido para reproduzir o que apenas os surdos não podem ouvir.

As vozes que saem dos alto-falantes são de Bárbara e Lex. Na íntegra, o diálogo — que nós sabemos não ter ocorrido — se desenrola da seguinte forma:

Lex:

— O que quer que eu faça? (A voz de Lex foi gravada pelo celular da Kibi, no dia em que Bárbara chantageou o garoto pela primeira vez.)

Kibi-mor filha da mãe:

— Leve a Nina para o Centro de Arborismo. Deixe a vagaba fazer o que quiser com você. Filmarei tudinho e finalmente terei a minha vingança. Feito isso, prometo não mostrar o vídeo do acidente para o seu velho (a Kibi gravou essa parte no mesmo lugar, com o mesmo celular, no fim de semana pós-viagem).

Lex:

— É só isso o que quer? (Essa parte foi gravada na balsa, também com o celular da Kibi. O material foi editado por Bola, os ruídos de fundo foram retirados e mixados.)

Kibi-mor dos diabos:

— Sim, é só isso.

* * *

Os joelhos de Nina não conseguem mais sustentar a pressão. A garota cai, prostrada, vencida, arrasada, espezinhada, humilhada. Então o que Bárbara disse na ilha era verdade? Ela realmente havia mandado Lex fazer o serviço sujo e o filho da mãe aceitou?

— Nina, eu não acredito que o Lex tenha feito isso. Cara, isso está me cheirando a montagem! — Nathi despenca ao lado de Nina, abraçando-a.

— Também não acho que o Lex faria algo assim, Nina. Ele está apaixonado por você, está tão na cara! — Camila, apesar de estar em dúvida sobre a veracidade do diálogo, não colocaria a mão no fogo por Lex. Mas ela não pode deixar isso transparecer. Não pode deixar Nina pior do que já está.

— Como eu sou burra! — Nina desaba no ombro de Nathi. O choro vem recheado de soluços, arrebentando qualquer esperança que Nina ainda mantivesse com relação a Lex.

— Não, Nina. Isso é armação — Nathi tenta apaziguar, sem sucesso.

— Nina? — Lex chama do final do corredor. — Não pode acreditar nisso, é mentira! Eu não sabia de nada! — Lex vai se aproximando com Gancho logo atrás.

— Lex, não se aproxime — Camila toma a frente.

— É mentira, Nina. O Lex nunca aceitaria algo assim, pelo amor de Deus! — Gancho fala por cima do ombro de Camila.

— Eu quero ir para casa — Nina murmura para Nathi. — Me leve daqui, por favor.

— Venha, eu ajudo você.

— Não pode acreditar nisso, por favor. — Lex está com a camiseta do Prisma encharcada de sangue. Um tremendo olho roxo se destaca naquele rosto de traços sensuais.

— Não se aproxime! — Nina vocifera quando Lex faz menção de tocá-la. — Nunca mais se aproxime de mim, está entendendo?

— Não faça isso comigo. — Lex leva as duas mãos aos cabelos cacheados. Lágrimas irrompem de seus olhos cor de mel. As rajadas douradas ficam opacas e sem vida ao acompanharem Nina e Nathi tomando o rumo da escada central. O que ele deve fazer?

Nem preciso dizer que, nesse momento, as portas das salas se abrem e uma aglomeração começa a se formar, não é?

Quando Lex respira fundo e toma coragem para ir atrás de Nina, Gancho e Camila bloqueiam a passagem do cara.

— Deixe a Nina em paz, Lex — Camila é enfática.

— Não é a hora, *man.* — Gancho segura o braço do amigo.

— Aliás, acho que essa hora nunca vai chegar. Não depois do que acabamos de ouvir. — Camila cruza os braços em frente ao corpo.

— É mentira. A Kibi montou esse diálogo, eles nunca tiveram essa conversa — Gancho defende Lex.

— Como sabe? Nasceu grudado no seu amigo, Gancho? Como pode afirmar que essa conversa nunca existiu? — Camila ataca.

— Ele nunca faria algo assim. E outra: Se o Lex realmente tivesse feito um pacto com a Bárbara, ele estaria livre da chantagem, certo? — Gancho faz uma pausa. — Então como você explica o pai do cara ter recebido os vídeos do acidente?

— A Bárbara resolveu ferrar com ele de qualquer maneira, oras! — Camila retruca. — Isso não prova nada.

Com um olhar glacial, Lex encara uma das caixas de som do Prisma. Respira fundo e as lágrimas cessam:

— Temos que conseguir essa gravação. Só com isso em mãos conseguirei provar a minha inocência.

Cinquenta e sete

Gancho "versus" Nathi

Lex e Gancho decidiram voltar para casa. Não há clima para ficarem no Prisma nessa segunda-feira mais do que tumultuada. E Lex foi instruído pela enfermeira a fazer várias compressas no rosto para não inchar ainda mais. Os socos de Doc não doeram tanto quanto o olhar de desprezo de Nina.

Os amigos param em frente ao *outdoor*. Lex não se contém e soca o ar, sentindo um aperto feroz dentro do peito. Enfurecido, rosna ao pensar na satisfação de Bárbara. Ela venceu.

Nina passa batido por eles, acelerando a moto e derrapando na curva. A garota está irada e Lex teme que ela faça alguma besteira. O ronco do motor se distancia rapidamente e logo desaparece no ar.

Nathi se aproxima, cabisbaixa. A intenção dela era passar pelos dois e continuar seu caminho até a sala de aula. Mas não é isso o que acontece.

— Nathi, por favor, espere. — Gancho a puxa pelo braço.

— Eu vou indo, vocês dois precisam conversar. — Lex nem se despede e continua a caminhar até o bicicletário.

— O que você quer? — Nathi cruza os braços, a mochila pesando toneladas às costas.

— Eu só soube da aposta lá na balsa. Quem lançou essa merda no ar foi o Bola, aquele desgraçado filho da mãe, ele queria me ferrar. Deve ter descoberto que eu estava a fim de você, sei lá. Ou talvez ele tenha notado que você estava a fim. Bom, isso realmente não importa agora. — Gancho toma um pouco de ar para continuar. — Eu tentei me manter afastado de você na ilha, queria protegê-la. Mas então você me tirou para dançar e eu não consegui me conter. Nathi, eu queria muito ficar com você.

— Como posso acreditar nisso? Coloque-se no meu lugar. — Nathi leva as mãos aos bolsos da calça *jeans*, jogando o corpo para a frente e para trás.

— Eu gosto de você e é para valer. Não fiquei com você para vencer aposta nenhuma. — Gancho encara Nathi e ela encara o All Star preto do cara.

— Não sei se posso confiar em você. — Nathi não vai chorar, ela não quer chorar.

— Me dê uma chance — o tom de Gancho beira a súplica. — Por favor, me deixe provar quanto gosto de você.

— Eu não sei... — O rabo de cavalo de Nathi balança em dúvida.

— Uma chance, é só o que estou pedindo. — Gancho se aproxima, ultrapassando a barreira invisível criada por Nathi. — Eu estou apaixonado por você — ele toma o rosto dela entre as mãos.

— Não sei se posso voltar a confiar em você. — Nathi fita aqueles olhos negros, brilhantes e cheios de sinceridade. — A confiança precisa ser reconstruída e pode demorar tempo demais.

— Por você, eu espero o tempo que precisar.

A expressão de Nathi ameniza após a última declaração. Um pequeno sorriso começa a se formar naqueles lábios tensos. A respiração acelera e o coração batuca no maior sambão.

— Eu prometo não decepcioná-la. — Gancho levanta o queixo de Nathi e leva os dois polegares aos lábios da garota. — Se me der essa chance, prometo fazer de você a gata mais feliz deste mundo.

Nathália dá um passo à frente, olhando para cima. Gancho é uns dez centímetros mais alto do que ela. Ele sorri com os lábios selados. Ela sustenta aquele olhar sonhador que reluz em cor-de-rosa.

Gancho não a beija, apenas aguarda. Nathi alisa o rosto bem barbeado do cara, louca para sentir o gosto dele novamente. É ela quem toma a iniciativa.

Quando os lábios de Gancho e Nathi se encontram, fogos de artifício de um *shopping* próximo são disparados no ar, simultaneamente. O Papai Noel chegou!

— Se me enganar, juro que furo seus dois olhos. — Nathi abraça Gancho, na ponta dos pés.

— Há, há, há, há... eu sei que sim.

Cinquenta e oito

Lex busca ajuda

Lex e Bola estudam juntos desde o jardim de infância. E, assim como se conhecem há muito tempo, Lex também conhece toda a família de Bola, até seu irmão mais velho, Reinaldo: o Rei Trancinha.

Rei é um cara descolado, cheio de *dreads* nos cabelos. É um tipo à la Bob Marley, superpaz e amor. Lex gosta muito do cara, e vice-versa. Os contatos ficaram esporádicos quando Rei se formou no Prisma e entrou para a faculdade de Química.

— Lex? É você mesmo, *brow*? — Rei atende o celular, com seu jeito maluco de ser.

— Sou eu, Rei. Como está?

— Eu tô de boa. E você, cara? — Rei faz uma pausa curta e continua: — Putz, eu soube o que o imbecil do meu irmão aprontou com você na viagem, Lex. Aquele mané me roubou, cara. Dei umas porradas nele quando soube, mas não sei se adiantou alguma coisa.

— Rei, preciso da sua ajuda.

— Meu, pode pedir o que quiser!

— Alguém invadiu o sistema do colégio hoje e uma gravação foi reproduzida. Acho que o Bola armou para mim de novo. — Lex está no sofá da sala de sua casa, com os pés sobre a mesa. — Rei, acha que consegue vasculhar o computador do seu irmão? Procurar essa gravação?

— Lex, conheço você desde que usava fraldas, *brow*, eu não o deixaria na mão. Me diga o que contém essa gravação e considere o trabalho feito.

— Rei, vou dever essa a você pelo resto da minha vida — Lex desabafa.

— Não, Lex. Pelo que meu irmão fez com você, estaremos quites. Cara, não sei o que deu na cabeça dele.

— Eu sei o que foi e acho que até entendo. Mas, se eu não provar a minha inocência, vou perder a mulher da minha vida.

— Ah, tem calcinha na jogada! Agora estou entendendo tudo, *brow.* — Rei solta uma gargalhada cômica. — Lex, fique tranquilo. Se o Bola estiver envolvido nisso, eu vou descobrir.

Cinquenta e nove

Nina toma a decisão

Para conseguir entrar em casa, Nina precisa desviar de um copo estilhaçado no *hall*. Descobre uma Laís aos gritos com Doc. O irmão está vermelho de raiva e descontrolado. A garota sabe que está ferrada.

Laís tenta aplacar a fúria, dizendo que Nina não é mais criança e pode assumir a responsabilidade por seus atos. Nenhum dos dois percebe que ela está por ali.

— Parem de brigar por minha causa — o tom de Nina recai como um raio.

— Ah, você está aí. — Doc se inflama. — Em que você estava pensando, porra? Por que ajudou o cara?

— Pare com isso, Doc! — Laís, ainda aos gritos, agarra o braço dele.

— Você viu isso aqui? Assistiu a esse vídeo? — Doc chacoalha o DVD nas fuças de Nina.

— Não, eu ainda não assisti. — Nina abaixa a cabeça, envergonhada.

— Eu vou matar aquele cara! — Doc está espumando.

— Eu já disse que o Lex não teve nada a ver com isso, Doc. Que saco, me escute! — Laís se enfeza.

— Não é bem assim. — Nina finca os dentes no lábio, arrasada. — Algo aconteceu no colégio. — Ela sente as forças se esvaindo e despenca, pesadamente, sobre o degrau que separa o *hall* de entrada da sala de estar. — Nós ouvimos a gravação de uma conversa entre a Bárbara e o Lex. O diálogo foi transmitido para o colégio inteiro pelo sistema de som.

— Como é? — Laís ajoelha-se em frente à Nina. — Que gravação é essa?

— A Bárbara chantageou o Lex para que ele me levasse até o Centro de Arborismo. A Kibi pediu a ele que deixasse eu fazer o que quisesse, sem me impedir. Se cumprisse as ordens, Lex estaria livre da chantagem.

— O filho da mãe sabia? Porra, eu tô falando! Vou matar esse desgraçado! — Doc pega as chaves do carro, mas Laís bloqueia o caminho, tirando as chaves da mão do cara.

— Você não vai matar ninguém! — Laís ruge. — Nina, você tem certeza disso?

— Eu escutei a gravação. Aliás, o colégio inteiro ouviu. — Nina afunda o rosto nas mãos. — Eu estava enganada sobre o Lex, ele estava jogando o tempo todo.

— Pode ser uma montagem — Laís pondera.

— Para mim, acabou — Nina lamenta, aos soluços. — Eu preciso sumir daqui, quero esquecer o que aconteceu naquela ilha.

— Vai aceitar fazer a viagem? — Laís se sobressalta. — Vai fugir, Nina?

— Não é uma fuga. — Doc finalmente para de gritar. — É uma decisão inteligente, um recuo estratégico.

— Eu nem sei o que dizer. — Laís toma assento ao lado de Nina. — Concordo que a viagem será incrível para você, mas não acho que esteja tomando essa decisão pelos motivos certos.

— Eu preciso me distanciar disso tudo, tenho que esquecer o Lex. — Nina tomba a cabeça no ombro da amiga.

— Me deixe matar o cara? Só um pouquinho? — Doc cerra os punhos.

— Cale a boca, Doc! — Laís bufa e abraça Nina.

Depois de um tempo longo demais, as coisas se acalmam na residência dos Albuquerque. Doc está jogado no sofá, girando o DVD entre os dedos, pensativo. Laís e Nina ainda estão sentadas sobre o degrau de mármore, pensando em tudo e em nada ao mesmo tempo.

— Vou para o meu quarto separar as roupas da viagem. — Nina se levanta, enxugando o rosto na camiseta. — Não há mais o que esperar.

— Você deu alguma chance para o Lex se explicar? — Laís pergunta, levantando-se também.

— Não e nem darei. Não fará a menor diferença.

* * *

Subindo as escadas, Nina viu Laís se jogar no sofá ao lado de Doc. Ele a abraçou, acariciando seus cabelos cor de fogo. Nina sorriu quando se beijaram. Pelo visto, esses dois se entenderam. E, apesar de destroçada por dentro, a garota se sente muito feliz por eles.

Laís queria ajudar Nina com as roupas, mas ela prefere fazer isso sozinha. Precisa muito de um tempo a sós consigo mesma, com seus próprios pensamentos e sentimentos. Quer confrontá-los e senti-los em toda a sua intensidade. O que não nos mata, nos torna mais fortes. E Nina está buscando forças para encarar o que a vida lhe reserva.

Tira o DVD da bolsa, jogando-o sobre a bancada. Não assistirá agora, talvez mais tarde. Abre a porta do guarda-roupas e fica olhando lá para dentro, por tempo indeterminado. Só então se toca de que não tem uma mala grande o suficiente para fazer uma viagem tão longa.

Puxa o celular do bolso da calça e, por meio do comando de voz, pede que o aparelho ligue para sua mãe.

— Nina? Está tudo bem? — Pelo barulho ao fundo, Nina imagina que a mãe esteja no trânsito.

— Oi, mãe. Pode falar?

— Posso, sim. O que houve? — Laura aguarda numa pausa tensa. — Não está no colégio?

— Não. Aconteceram algumas coisas por lá e resolvi voltar para casa. Mas não foi por isso que liguei. — Nina respira fundo, convencendo-se de que está tomando a decisão mais acertada.

— Estou ouvindo.

— Vou para Paris. Seis meses. E depois volto para fazer o cursinho pré-vestibular.

— Tem certeza disso?

— Tenho, mãe. — Nina fuça nos cabides enquanto conversa.

— Está bem, pedirei ao seu pai que agilize as coisas.

* * *

As amigas acabam de assistir ao DVD.

Do lado de fora, a noite já caiu faz algum tempo. Uma brisa suave entra pela janela entreaberta do quarto de Nina e as cortinas flutuam, numa dança esvoaçante.

O filme protagonizado por Lex e Nina engloba diversas situações. O passeio na praia quando Nina se deparou com o vazio existencial pela primeira vez. O pagamento da aposta após o jogo de tênis. Várias cenas da Caça ao Tesouro. E a mais humilhante das gravações: o Centro de Arborismo.

As imagens do que aconteceu por lá eram apenas *flashes* na memória fragmentada de Nina. Após assistir ao DVD, as lacunas mentais foram preenchidas.

— Não acredito que protagonizei isso aí. — Nina tira o DVD de dentro do aparelho um tanto envergonhada.

— Você estava drogada — Nathália tranquiliza.

— Eu agi como uma vagabunda, me equiparei à Kibi. — Nina atira o DVD dentro de uma gaveta. — Meu pai vai acionar o YouTube e ver o que é possível fazer.

— A Kibi e o Bola mereciam se ferrar — o tom de Nathália é agressivo.

— Vamos mudar de assunto? — Nina assume outra expressão, jogando os problemas para o fundo de sua mente. — Contem-me tudo sobre o Gancho e o Doc.

— Tem certeza? — Laís não quer deixar a amiga mais infeliz ainda.

— Ei, eu estou muito feliz por vocês duas, de verdade.

Sessenta

A mala da vingança — parte 1

Nina optou por não ir mais ao colégio. Não há sentido em se expor somente para mostrar que é forte e inquebrável. Isso está longe da verdade; afinal, sente-se fraca e quebrada em todos os sentidos.

Nathi e Laís acabaram de chegar, trazendo novidades do Prisma. Suzana e Edgard se tornaram amigos e a garota agora faz parte da turma das meninas do último ano.

Ana Paula anda sozinha, de cabeça baixa, sem nenhum amigo para conversar. Com a expulsão de Bárbara e o afastamento de Suzana, a garota vive pelos cantos, com um tremendo ar de tristeza.

Já Camila e Nando vivem quebrando o pau. Todos os dias ele deixa uma rosa na carteira dela na vã tentativa de ganhar o perdão da garota. Hoje, na maior TPM, Camila deu várias "rosadas" na cabeça de Nando. Nathi e Laís contam a cena rolando de rir. Nina imagina a situação e por um momento sente-se excluída por não ter estado ali num momento tão hilário.

Gancho e Nathália estão perdidamente apaixonados. Ela mostra, toda orgulhosa, um livro que ganhou do cara hoje cedo.

— Podemos falar do Lex ou você não quer ouvir? — Laís se senta na poltrona de fuxicos, colocando o violão sobre o colo.

— Não quero ouvir. — Nina termina de separar as roupas para a viagem.

— O Gancho continua a dizer que o Lex é inocente e logo terão as provas disso — Nathália fala rápido para que Nina não tenha tempo de mandá-la calar a boca.

— Nathi, não quero ouvir. — A amiga a encara, fechando a expressão.

— Desculpe.

— Bem, vamos ao *shopping*? — Nina força um sorriso. — Preciso de uma mala gigantesca para enfiar isso tudo — ela aponta as várias pilhas de roupas e sapatos.

— Adoro ir às compras! — Laís bate palminhas. — Eu vi um chinelinho tão lindo naquela loja de esquina, sabem?

— Outro chinelo? — Nathi se sobressalta. — Cara, você tem altos problemas mesmo.

— Vamos antes que o Doc desista de me emprestar o carro. — Nina pega a bolsa sobre a cama. — Aliás, desde que vocês começaram a namorar, ele anda tão bonzinho. — A garota cutuca a barriga de Laís.

— É o amor — Nathi suspira alto, levando as mãos ao coração.

* * *

O *shopping* está abarrotado devido às festividades de fim de ano. O Natal se aproxima a passos largos e as pessoas são tomadas por um ímpeto desenfreado de gastar, gastar, gastar.

Laís está toda feliz com seus quatro pares de chinelos dentro da sacola. Nina e Nathália reviram os olhos quando a amiga para em frente a outra vitrine, apontando desesperadamente para um chinelo dourado com fitas de cetim.

— Eu preciso desse! — Laís cola o rosto no vidro da loja.

— Chega de chinelos! — Nina exclama.

— Só mais esse, eu juro! — Laís choraminga.

— Ai, tá bom! — Nathália dá de ombros e elas entram na loja.

Com cinco pares de chinelos, agora Laís se dá por satisfeita. As três caminham pela multidão de pessoas e sacolas a caminho da loja de departamentos. Nina precisará de uma mala tamanho extramegassupergrande.

As garotas procuram a mala e encontram duas bem bacanas. Nina não consegue se decidir e entra numa discussão com Nathália, averiguando os prós e os contras das duas malas. Por fim, Nina decide-se pela roxa.

— Se abaixem! — Laís sussurra, puxando as amigas para o chão.

— O que foi? — Nina sussurra de volta, com um tremendo frio na barriga, temendo que Laís tenha visto Lex na loja. O que poderia ser pior do que o Lex?

— A Kibi-mor está aqui. — Laís fita as amigas, em choque.

— Como é? — Nathália arqueia as sobrancelhas, surpresa.

— Só pode ser brincadeira — Nina bufa, inconformada.

— Realmente era só o que faltava. — O rabo de cavalo de Nathi balança, irritado. A garota sente uma pontada de fúria queimando o estômago.

Laís coloca a mente para funcionar. Seu olhar se congela e as amigas reconhecem essa expressão: a garota está maquinando uma vingança, a todo o vapor.

— Nem pense nisso — Nina se apressa em dizer. — Sei o que está pensando e não vou permitir.

— Não pode me impedir. — Laís liberta um sorriso desafiador, soltando as sacolas no chão. — Hoje a Kibi não me escapa.

— O que pensa em fazer? — Nathália arregala os olhos, sentindo um medo repentino. Quando Laís se propõe a algo, ninguém a segura.

— Me vingarei por vocês duas. — Laís estala o pescoço lateralmente, como se estivesse prestes a entrar em um ringue de luta livre. — Fiquem aqui.

— Não! — Nina tenta impedir, puxando a barra da saia de Laís. A amiga se desvencilha facilmente, resoluta.

Laís se detém em frente a uma gôndola de esmaltes, vasculhando apressadamente os produtos. Sorri quando verifica os preços e os alarmes antifurto dos esmaltes franceses.

— Que droga, temos que fazer alguma coisa — Nathália murmura, sacudindo Nina pelos ombros.

De onde estão, ambas acompanham quando Laís se aproxima de Bárbara, sorrateira. Sustenta duas caixinhas de esmaltes às costas e Nina já entendeu o que ela pretende com isso.

Essa será uma manobra arriscada, mas Laís não é besta. Checa as câmeras de segurança e sorri quando nota que Bárbara está em um ponto aparentemente cego.

A Kibi-mor está de cócoras, analisando um creme antienvelhecimento para o rosto. A bolsa vermelha da garota, daquelas grandes e cheias de compartimentos, está aberta no chão. Laís se mete entre Bárbara e sua bolsa, chutando-a discretamente a fim de posicioná-la melhor.

— E aí, Babi? Como anda a vida após a expulsão? — Laís a encara, divertindo-se.

Bárbara, sobressaltada, faz cara de quem foi pega roubando. Levanta-se num pulo e encara Laís com sua famosa expressão presunçosa.

Quando a Kibi recoloca o creme na prateleira, Laís aproveita a brecha. Abre os dedos e as caixinhas de esmaltes caem direto no alvo. Torce para que Bárbara não perceba a artimanha e é exatamente assim que acontece. A Kibi nem imagina que carrega quase quatrocentos reais em esmaltes dentro da bolsa. Sim, duas caixinhas de esmaltes que custam em média duzentos reais cada uma. Um absurdo, não?

— O que quer? — A Kibi empurra Laís, pega a bolsa vermelha do chão e fecha o zíper. Laís respira aliviada, assim como Nina e Nathi, que acompanham o desenrolar dos acontecimentos ao longe.

— A expulsão foi muito pouco pra você — Laís requebra os quadris, tombando a cabeça de lado.

— Não me venha com essa. — As pálpebras de Bárbara tremem de raiva. — Você deveria me agradecer, Laís.

— Surtou?

— Você deu aquela foto para a Nina. — A Kibi enfia o dedo no nariz de Laís. — Eu deveria ter me vingado de você também!

— Ninguém mandou ser uma biscate, Bárbara. — Laís passa a mão nos cabelos avermelhados, dando uma boa gargalhada.

— Sua ridícula! — Trincando os dentes, a Kibi-mor joga os cabelos oxigenados para o lado, tromba no ombro de Laís e se encaminha para a saída da loja.

Sessenta e um

A mala da vingança — parte 2

Tóim, tóim, tóim, tóim, tóim, tóim... E assim berra o alarme da loja de departamentos. A saída de Bárbara é bloqueada por dois seguranças engravatados, desses grandalhões e com cara de malvados.

Laís sorri em êxtase quando alcança Nina e Nathália, ainda escondidas no departamento de malas. De onde estão, as três têm uma visão perfeita de Bárbara e dos seguranças.

— Precisamos fazer uma verificação, senhorita — um dos seguranças segue o manual de conduta da empresa, falando baixo e na maior educação.

— O quê? Você sabe com quem está falando, seu idiota? — Ai, a garota não tem mesmo noção nenhuma.

— Do que me chamou, mocinha?

— I-d-i-o-t-a.

O outro segurança, já acostumado com tipinhos como esse, arranca a bolsa do ombro de Bárbara, abrindo o zíper numa tacada e descobrindo não só os esmaltes, como também dois cremes desses caríssimos.

— Idiota é quem rouba e se deixa pegar — o segurança desdenha, com os produtos roubados em mãos.

— Eu não roubei isso aí! Não preciso roubar! — Bárbara brada, selvagem. — Você não sabe com quem está falando!

O segurança desata a rir quando pega o documento de identidade de Bárbara nas mãos. A garota é tomada por uma fúria crescente, mas reprime a vontade de voar no pescoço daqueles dois quando nota estar sendo observada por vários olhos curiosos.

A Kibi assume uma postura altiva e impassível, perguntando:

— Vocês não deveriam me levar para uma salinha ou coisa assim?

— O quê? E perder a oportunidade de humilhar uma patricinha filhinha de papai como você? De jeito algum!

— Viu só, Oswaldão? — O segurança balança o documento de Bárbara na altura dos olhos. — A mocinha aqui fez dezoito anos ontem. Responderá como gente grande por esse roubo. — Os dois caem na risada.

— Como é? — Bárbara murcha, como uma planta há dias sem água. — Do que estão falando?

— Ligue para a polícia, Oswaldão. A ladrazinha aqui vai passar a noite no xilindró.

* * *

Nina tapa a boca com as duas mãos. Nathi engasga. Laís só falta cair no chão de tanto rir.

Bárbara vai sendo arrastada pelos dois armários para a tal "salinha" a fim de esperar pela polícia. Olhares reprovadores recaem sobre ela, mas a garota não cala a boca:

— Eu não roubei esses esmaltes!

— Ah, mas roubou os cremes, certo? — o segurança afirma.

— Não, eu não roubei nada! Deve ter sido aquela desgraçada! — Bárbara gira a cabeça, procurando por Laís. Mas as três se abaixam no momento exato. — Eu mato aquela vadia! Eu vou me vingar!

Ai. As amigas se entreolham, apavoradas com a possibilidade. Outra vingança, não, pelo amor de Deus!

— Vamos sair logo daqui — Nina sussurra.

— Temos que pagar pela mala — Nathi relembra.

— Que droga! — Nina tinha se esquecido de que precisa da mala. — Laís, a polícia vai verificar os vídeos de segurança da loja e a Bárbara vai acusar você, parou para pensar nisso, sua maluca?

— Não acontecerá nada disso. Aliás, ajudei a polícia a prender uma ladra. Vocês viram os cremes, ela estava roubando. — Laís não se abala.

— Eu vinguei vocês duas e estou megafeliz. Vejam isso como a minha boa ação do dia.

— Eu sou sua fã. — Nathi ri, nervosamente. — Vamos pagar logo essa mala e sumir daqui, por favor?

— Demorou.

Sessenta e dois

Nina é dura na queda

Duas amigas sentadas sobre uma mala gigante. Dois irmãos puxando os zíperes com dificuldades. Essa é a cena que se desenrola no quarto de Nina, quando a bagagem finalmente é fechada e lacrada com um cadeado da Hello Kitty.

Nina suspira alto ao se dar conta de que passará seis meses fora do Brasil, longe da família, do irmão estourado e de suas melhores amigas. Uma vontade de chorar surge do lugar mais profundo do seu ser. Os olhos ficam marejados, a boca seca e os lábios tremem. Doc a abraça e começa seu discurso de irmão mais velho.

O celular de Nathália vibra no bolso da calça. Ela pega o aparelho e lê uma mensagem de Gancho que diz o seguinte:

Gancho: "Onde está?".

Nathi: "Na casa da Nina".

Gancho: "O *pit bull* está em casa?".

Nathi: "Sim e sem coleira".

Gancho: "Dá para tirar ele daí?"

Nathi: "Estou copiando a Laís".

Laís: "O que pretende, Gancho?".

Gancho: "O Lex quer falar com a Nina".

Nathi: "Onde vocês estão?".

Gancho: "Chegando aí".

Laís: "Tudo bem, deixe comigo. Levarei o *pit bull* para passear".

Laís e Nathália se entreolham. Precisam dar tempo suficiente para Lex e Nina conversarem.

— Doc, pode me levar em casa? — Laís guarda o celular e pega a bolsa. — Esqueci que preciso resolver umas coisas para a minha mãe.

— Posso pegar uma carona? Não estou a fim de andar debaixo desse sol. — Nathália também pega a bolsa, jogando-a sobre o ombro.

— Vocês já vão? — Nina estranha, enxugando as lágrimas.

— Ei, amanhã estaremos de volta — Nathi se sente péssima ao mentir, mas é por uma boa causa.

* * *

Nina acena da porta de casa. Estamos em um condomínio fechado gigantesco formado por vários residenciais interligados por praças e passarelas. Aqui não existem portões nem portas trancadas.

É nessa minicidade onde mora a maioria dos estudantes do Prisma. Doc dá dois toques na buzina e acelera, sumindo numa curva à direita. Antes de entrar, Nina vai até a calçada e verifica a caixa de correio. Pega as únicas duas cartas e um *folder* publicitário de uma loja de bolsas e acessórios. Enquanto folheia o material descompromissadamente, alguém bloqueia o caminho. De onde ele saiu?

— O que está fazendo aqui? — Nina deveria gritar, chutar, socar, cuspir. Mas sua reação é resignada.

Os olhos de Nina não se enganam: sedutor e extremamente lindo. Apesar do rosto ferido e da expressão triste, Lex continua mais lindo do que nunca. A luz do sol incide em seus cachos cor de mel, transfigurando-os num halo dourado. Ela não consegue ver os olhos dele devido à luminosidade, mas sabe que ali eles ardem como o próprio sol. Nina se sente queimar.

O cara está vestido, coisa rara de se ver. A polo branca destaca o bronzeado adquirido na ilha e a calça cáqui, cheia de bolsos, lhe confere um ar estiloso.

Lex se aproxima e, quando atinge a sombra de uma árvore, Nina pode analisar melhor os estragos causados por Doc. Um corte no canto da boca; um olho roxo; uma bochecha amarelada. Com certeza, o irmão desferiu três socos, e muito bem dados.

— Não se aproxime. — Nina estende o braço em frente ao corpo. — Fique onde está.

— O que ouvimos no colégio foi uma montagem e eu provarei a minha inocência. — Aquela voz rouca é de matar!

— Não se dê ao trabalho, não fará a menor diferença. — Nina sente o magnetismo de Lex puxando-a, empurrando-a para cima dele. Resiste, mas não é nada fácil.

— Nina, está impossível viver sem você. — Cabisbaixo, Lex coloca as mãos nos bolsos. — O que aconteceu entre nós é grande demais para terminar assim.

— O que quer me ouvir dizer? Que vou perdoar tudo? Esquecer? — Nina meneia a cabeça de um lado para outro. — Não direi isso.

Lex leva uma das mãos aos cabelos, alisando a franja encaracolada para trás. O vazio que sente dentro do peito o sufoca, tragando toda a sua energia, a sua alegria, a vontade de viver.

Com um profundo suspiro, Lex a encara, olho no olho, e a verdade vem à tona. Não são meras palavras ditas a esmo:

— Nina, eu amo você.

Ai. Meu. Deus.

Nina é pega totalmente desprevenida. Assimila, vagarosamente, as palavras que ainda reverberam em seus ouvidos. O corpo dela reage como se um meteoro estivesse vindo em sua direção. Precisa correr para salvar a própria pele, mas quem disse que as pernas se movem?

— Por que está fazendo isso comigo? — Tomada por um medo paralisante, Nina deixa as cartas e o folheto caírem ao chão, levando as mãos ao rosto. As lágrimas chegam numa torrente de emoções conflitantes e sua única vontade é sumir, evaporar-se no ar.

— Eu amo você, Nina, e nada vai mudar isso.

Próximos demais. O aroma de Lex se mistura ao ar de maneira desumana. Nina se sente como na ilha, completamente dopada e sem nenhum controle de suas vontades.

Os braços dela caem rente ao corpo. Nina morde o lábio para que ele pare de tremer. Mil coisas para dizer começam a se formar em sua boca. Nenhuma palavra sai.

Vencida, Nina se deixa cair nos braços de Lex. Ele a toma num abraço quente, como se a vida de ambos dependesse disso. Ela o escuta arfar. Ouve as batidas de seu coração. Estremece quando ele sussurra em seus ouvidos: “Eu te amo”.

Chantagem.

Aposta.

Sedução.

Jogos.

Centro de Arborismo.

Humilhação.

O cérebro de Nina vive o próprio apocalipse. Os sentimentos e as emoções contradizem a razão. A garota se sente destruída, como um prédio recém-demolido.

Ela deseja, mas não deve.

Ela precisa, mas não pode ter.

Ela ama, mas deve partir.

Num arroubo enlouquecido, Nina toma os lábios de Lex de assalto. É um beijo que dói, machuca, estraçalha o pouco que ainda resta de sua sanidade. É um beijo úmido, regado a lágrimas de ambos os lados. Ele chora por acreditar em um final feliz. Ela chora porque sabe que finais felizes não existem.

Sessenta e três

Um beijo de despedida

O beijo.

Esse é um daqueles beijos demorados, em que nenhum dos lados se sente disposto a parar. Nina quer morrer ali, naqueles lábios macios, naquele abraço necessário. Lex quer recuperar o tempo perdido, quer se afogar no sabor de Nina e não soltá-la nunca mais.

Entretanto, como eu já disse nesta narrativa, sempre tem um mala para atrapalhar momentos perfeitos. E o mala chega, estacionando o carro na garagem de qualquer maneira.

— Largue já a minha irmã!

Nesse instante, Gancho salta de trás de uma árvore. O cara estava ali escondido, para uma situação de emergência como a que se apresenta.

Laís sai do carro, com uma expressão que grita por desculpas. Depois que deixaram Nathália em casa, Doc percebeu que havia esquecido a carteira. Quando Laís se sobressaltou com a possibilidade de voltarem para buscar a tal carteira, Doc, que não é besta, sacou que havia armação no ar.

— Doc, deixe eles conversarem! — Laís dá a volta no carro, pronta para segurar o cara se for preciso.

— Não acredito que armou para mim. — Doc lança um olhar esmagador na direção de Laís. — E eles não estão conversando porra nenhuma!

— Doc, o Lex é inocente, cara. Deixe ele explicar o que aconteceu — Gancho tenta apaziguar.

— Foi um beijo de despedida, Doc, nada mais — Nina revela, afastando-se de Lex.

— Como assim? — Golpeado pelas palavras de Nina, o garoto é tomado pela surpresa. — Despedida?

— Vou morar em Paris.

Se Nina queria ferir o cara mortalmente, ela conseguiu. Lex sente o chão sumir sob os pés. O coração para de bater por um instante e o sangue entra em greve, não querendo mais circular.

— Não pode estar falando sério — ele a encara, tomado por uma tristeza insuportável.

— Desculpe. — Nina arqueia o corpo para a frente e recolhe os papéis do chão. — Qualquer coisa que tínhamos ou que pudéssemos ter acabou aqui.

Lex sente uma ânsia tomar forma, um desespero crescente na boca do estômago. Será que Nina não ouviu o que ele disse? Não acreditou em suas palavras?

— Eu achei que... — A voz de Lex é um fio solto no ar.

— Achou errado.

— Posso provar a minha inocência e eu vou provar! — Lex se altera e Doc parte para cima dele, mas é contido por Laís.

— Já disse, não perca o seu tempo. — Nina reúne os cacos e retoma o caminho para casa.

— Não pode me deixar assim. — Lex a segura pelo braço e ela se sente fraquejar.

— Deixe ela em paz, cara — Doc rosna.

— Logo você vai embarcar numa nova aposta e se esquecer disso tudo. — Nina puxa o braço e seus pés a carregam para bem longe de Lex.

* * *

Do quarto, Nina pode ouvir a discussão que se desenrola debaixo de sua janela. Lex quer entrar de qualquer maneira e é dominado por Gancho. Doc bloqueia a passagem e ameaça bater nos dois se não forem embora agora.

Nina está sentada na cama, abraçando os joelhos, com o olhar perdido no nada. Ela não quer chorar, mas as lágrimas saem furtivas, sem nenhum controle.

— Nina? — Laís entra no quarto.

— Você e a Nathi armaram para mim, hein? — Nina ensaia um sorriso, entre lágrimas.

— Desculpe, foi necessário.

Mais gritos. Muitas acusações. Vários rosnados de Doc. Panos quentes atirados por Gancho. A discussão pega fogo no andar de baixo.

— O que acha de jogarmos um balde de água na cabeça desses caras? — Laís se senta na cama, colocando as mãos sobre as de Nina.

— Não é má ideia.

— Acho que o Lex está falando a verdade. A aposta terminou, o pai dele já está com os vídeos... ele poderia estar tocando a vida, mas não está — Laís faz uma pequena pausa, acariciando os joelhos de Nina. — Ele está completamente apaixonado por você. Eu não costumo me enganar com essas coisas.

— Diz isso porque não escutou o diálogo entre ele e a Kibi.

— Nem preciso ouvir para afirmar que é uma montagem. A Kibi armou isso tudo. — Laís suspira alto. — Nina, dê uma chance ao Lex de provar sua inocência. Dê uma chance a vocês.

— Ele disse que me ama — Nina revela.

— Ele disse isso? — Laís se espanta. — Uau, Nina, o que está esperando para se jogar nos braços desse cara?

— Eu não confio nele. Algo se quebrou dentro de mim naquele corredor do Prisma, quando ouvi a voz do Lex pelos alto-falantes.

Lex grita por Nina lá de baixo. Doc continua rosnando, ferozmente. Gancho, por sua vez, tenta apaziguar os ânimos.

— Precisamos acabar com isso ou os vizinhos chamarão a polícia. — Laís se levanta e olha pela janela. — Posso dizer ao Lex que você vai ouvi-lo se ele conseguir as provas?

— Eu não estarei aqui de qualquer maneira. — Nina dá de ombros. — Faça o que achar melhor, só acabe com essa gritaria, por favor.

— Deixe comigo.

Sessenta e quatro

Jantar em família

Papelada: checada
Passaporte: checado
Bagagem: checada
Cartão de crédito e dinheiro: checados
Seguro viagem: checado
Endereço da prima Simone: checado
Telefones para contato: checados
Telefone da Embaixada Brasileira: checado
Passagem aérea: checada

Finalmente os pais de Nina se dão por satisfeitos. Tudo foi checado duas vezes, só para garantir. A família Albuquerque está reunida na sala de jantar, comendo *pizzas* e conversando sobre amenidades. Bem, falavam sobre amenidades até este exato momento.

— Finalmente conseguimos uma liminar e tiramos o vídeo do YouTube. Sua mãe ligou hoje para o diretor do Prisma, que garantiu ter recolhido boa parte dos DVDs que foram distribuídos aos alunos. Fui à empresa de *outdoor* e consegui uma nota fiscal e um cheque, que ligam Bárbara a essa confusão toda. Também já estou com o laudo do seu exame de sangue, que comprova que você foi drogada na ilha — o pai deixa os talheres sobre o prato e limpa a garganta antes de continuar. — A pergunta que faço é a seguinte: não vai mesmo permitir que eu processe todos os envolvidos? Vai deixar que saiam ilesos dessa história?

— Ninguém sairá ileso, pai. Todos estão perdendo, de uma forma ou de outra. — Nina não está com fome, mas se força a enfiar mais um pedaço de *pizza* de rúcula goela abaixo.

— Você também está perdendo — é Laura quem fala o que a família está pensando. — Está fugindo para Paris, não é verdade?

— E se estiver? — Nina não consegue mais comer e afasta o prato.

— Se não quiser ficar em Paris por seis meses, não há necessidade. Vá, fique alguns dias e então volte para iniciar o cursinho — o pai completa.

— Ela precisa ficar longe daquele babaca. — Doc cerra os punhos sobre a mesa. — Ou não dou um mês para a Nina cair na dele de novo.

— Não cairei na dele — ela se defende, num tom agressivo.

— Deixe sua irmã em paz, Doc — pede Laura, fechando a cara.

— Será que dá para mudarmos de assunto? — Nina se irrita e cruza os braços.

— Certo, vamos mudar de assunto. Que tal me dizer por que fez um saque no valor de seis mil reais da sua conta-poupança? — o pai de Nina acaba de pegá-la no pulo.

— É o pagamento da aposta. O Lex rasgou o cheque e eu resolvi tirar em dinheiro. — Nina revira os olhos, num mau humor crescente.

— Vai pagar o cara depois de tudo? — Doc quer jogar o prato na parede. Ou talvez na cabeça de Nina.

— Eu só quero passar a régua nessa história. Será que não dá para entender, pô? — E uma irada Nina deixa a mesa e a família para trás.

Sessenta e cinco

Entre amigos

Hoje é o último dia de aula no Prisma. Lex, Gancho, Laís e Nathália conversam no pátio, debaixo de um caquizeiro, um dos locais preferidos de Nina no colégio.

Lex conta como anda a investigação de Rei Trancinha e as notícias não são nada animadoras.

Bola não sai do quarto há dias. Segundo Rei, ele já comeu todos os salgadinhos do mundo e bebeu quinhentos litros de refrigerante. O cara está na maior depressão desde que Bárbara foi presa na loja de departamentos. Ela responderá em liberdade, mas essa liberdade não inclui Bola.

Parece que a garota disse por telefone, com todas as letras, que não o suporta. Chamou-o de gordo, ridículo, nojento, asqueroso, imbecil e por aí vai. O garoto realmente merece tudo o que está acontecendo. O problema é que ele não sai do quarto e Rei não tem acesso ao computador do cara.

— Não dá para acessar remotamente? — Nathi pergunta para Gancho.

— Daria se o filho da mãe ligasse a merda do computador. — Gancho dá um soco no ar.

— E se conversássemos com o Bola? — Laís especula. — Quem sabe?

— O Hulk e o Edgard já tentaram, sem sucesso — Gancho elucida.

— Quando a Nina viaja? — Lex pergunta, sem olhar para ninguém em específico.

— Hoje à tarde. — Laís engole em seco. — Lex, ela está irredutível.

— Não sei o que fazer — ele lamenta, chutando um caqui ao se levantar. — Sem as provas, ela não vai me ouvir.

— Temos que conseguir essas provas o mais rápido possível. — Nathi se levanta num salto, como se estivesse pronta para uma briga.

— Mas como, bebê? — o.k., o.k., o.k.,… parem tudo agora mesmo. Bebê???? Bem, é assim que Gancho trata Nathi desde que eles se entenderam. Ai, fala sério, não?

— Não sei, Ganchinho, mas temos que conseguir.

Sessenta e seis

Embarcando para Paris

Quatro da tarde.

Check-in feito.

Momento da despedida.

Nina segura as lágrimas do jeito que dá. Uma ou outra teima em cair e ela as enxuga rapidamente. Já abraçou Nathi e Laís umas quinhentas vezes e parece não ser o suficiente.

Doc, que não é de se emocionar facilmente, está com os olhos marejados e a garganta seca. Ele se aproxima de Nina e começa a dizer:

— Eu amo você. Sabe disso, não é?

— É claro que sei. — Nina dá um soquinho de leve no estômago do irmão.

— Não arrume confusões por lá. Fique longe de caras que usem cuecas, tá bom?

— Pode deixar, Doc.

Os olhos de Nina percorrem o saguão do aeroporto, desesperados por uma miragem, uma aparição do além. Para sua completa surpresa, Lex e Gancho estão bem próximos, recostados numa pilastra.

Lex está particularmente lindo hoje, vestindo calças brancas, camiseta cinza e uma camisa xadrez por cima. É impressionante, mas toda mulher que passa por ele, até mesmo garotinhas, gira o pescoço de forma sobrenatural para admirá-lo. Lex possui esse poder, essa aura expandida que atrai a atenção sem precisar de nenhum esforço.

— O que esse palhaço está fazendo aqui? — Doc brada, irritadiço.

— Por que não vai até lá se despedir? — a mãe de Nina sugere.

— O quê? Pirou, mãe? — Doc mostra os dentes, doido por uma confusão.

— Concordo com sua mãe. Vá até lá — o pai de Nina não é o máximo?

Debaixo das vociferações de Doc, Nina busca os olhares de Nathália e Laís. Ambas acenam a cabeça, em concordância.

Nina respira fundo e toma coragem. Não conseguirá simplesmente ignorar a presença dele e partir. Coloca-se a caminho, mirando as próprias mãos, que agora tremem sem controle. Nina sente como se tivesse sido atirada de um avião, sem paraquedas.

Gancho os deixa a sós quando Nina alcança o seu destino.

— Ainda não consegui as provas. — Lex leva as mãos aos bolsos da calça, fitando o chão.

— As meninas disseram que você está se esforçando muito para isso. — Nina suspira tristemente. — Lex, não foi só a gravação, é o todo, você entende?

— Começou tudo errado, eu concordo com você. Mas precisa terminar errado?

Nina não consegue se segurar. Suas mãos rasgam o ar, tocando o rosto de Lex, alisando a barba dourada por fazer. Ele fecha os olhos, sentindo a troca de energia entre eles.

Numa ânsia insuportável, as mãos de Lex saem dos bolsos, envolvendo a cintura dela, puxando-a para si. Num sussurro embargado, ele declara:

— Eu amo você e esperarei para sempre se for preciso.

— Não faça isso. — Nina fecha os olhos, afundando o rosto no peito dele.

— Diga que tenho uma chance.

— Não posso dizer uma coisa dessas. — Ela abre os olhos e o encara. — Não posso lhe dar falsas esperanças.

— Nina, o que eu preciso fazer? Me diga e eu farei — Lex implora, os olhos úmidos.

— Não há nada a ser feito, desculpe.

Nos alto-falantes do aeroporto, a chamada para o embarque tem início. Nina sente um nó se formar na garganta, assim como Lex. Ele quer beijá-la, prendê-la, sequestrá-la. Uma urgência toma conta do cara e, mesmo com os pais e o irmão de Nina por perto, não consegue se segurar.

Os lábios se encontram em desespero. Lex escuta quando Doc vocifera um palavrão, mas não se retrai. Nina se agarra a ele, sem saber se conseguirá soltá-lo, deixá-lo para trás. Mas ela precisa muito se afastar. E, por incrível que pareça, ela consegue.

Ambos arfam, sem ar. Olhos nos olhos. Eles se encaram por um curto período até que a voz nos alto-falantes retorna relembrando sobre o embarque.

— Eu tenho que ir. — Nina balança a cabeça e se põe a andar antes que desista de vez da viagem. Ao passar por Gancho, se despede do cara. — Cuide bem dele, tá bom?

— Eu não tenho esse poder, Nina. — Gancho a puxa para um abraço. — Boa viagem.

Nina se despede de todos uma última vez antes de pegar suas coisas e finalmente entrar na área do embarque internacional. Já estava preparada para ser repreendida pelos pais ou pelo irmão. Contrariando todas as expectativas, nenhum deles se pronuncia com relação ao beijo. Talvez tenham entendido que as coisas são mais complicadas do que aparentam ser.

Nina não queria, mas olha para trás quando o funcionário do aeroporto lhe devolve a passagem e o passaporte. A imagem é terrível e a garota fraqueja.

Lex chora compulsivamente e está sendo amparado por Gancho e Nathália. A cena faz o coração de Nina se estraçalhar dentro do peito. Não. Ela não desistirá da viagem. Mudar de ares vai lhe fazer bem, e ela precisa muito pensar.

Engolindo suas vontades, sufocando todos os sentimentos, abafando a voz interna que grita para que ela fique, Nina caminha mais do que apressada para bem longe dali.

Sessenta e sete

Acesso remoto — parte 1

Lex está deitado na cama, de bruços, jogado às traças. Gancho e Nathi tentam confortá-lo da melhor maneira que conseguem, mas nada parece surtir efeito.

No chão do quarto, um envelope está aberto e seis mil reais em dinheiro saltam para fora. Nina pediu que o pagamento da aposta fosse entregue quando ela não estivesse mais no Brasil.

O celular de Lex toca no bolso traseiro da calça de forma insistente. Gancho o puxa para fora, já que o amigo parece estar em outro mundo no momento. A foto de Rei Trancinha, fazendo o símbolo de paz e amor, aparece no visor.

— Lex, é o Rei! — Gancho dá um pulo e o amigo se remexe na cama, finalmente dando sinal de vida.

— Atende logo! — Nathi arregala os olhos, incentivando.

— Rei? É o Gancho, *man!*

— E aí, Gancho, grande *brother!* Como estão as coisas?

— Depende, meu camarada. Diga que tem algo quente para o Lex. — Gancho se senta na cadeira, colocando o celular no viva-voz.

— Estamos com uma janela de uma hora e meia. Minha mãe levou a baleia do meu irmão para o psicólogo. Só tem um problema, *brow.*

— O que é, Rei? — Gancho pergunta, atento à resposta.

— Essa merda desse computador pede uma senha — Rei suspira. — O que eu devo fazer?

— Deixe comigo, meu camaradinha! — Gancho joga o celular para Nathi, que o pega no ar. — Vou acessar remotamente e quebrar a senha.

— Consegue fazer isso? — Lex levanta-se da cama e olha por cima do ombro de Gancho, para a tela do *notebook*.

— A pergunta correta é: Gancho, o que você não consegue fazer? — O cara adora se gabar. — Rei, fique na linha, beleza?

— Estarei aqui, *brow*.

Sessenta e oito

A bordo do Air France

A viagem já dura seis horas. Nina não consegue se concentrar em nada e resolve tentar dormir um pouco. Não. Dormir não resolverá nada.

Ela se remexe, recoloca os fones e zapeia a tela à sua frente. Já viu boa parte dos filmes disponíveis e não está a fim de nenhuma das comédias românticas apresentadas. Acaba optando por um filme de terror, que não passou nos cinemas do Brasil.

O gosto de Lex ainda grita em sua boca. Nina toca os lábios com o indicador, fechando as pálpebras por alguns segundos. Não será nada fácil ficar longe dele.

E se ela não tivesse ouvido o tal diálogo? Teria perdoado Lex? A garota começa a fazer essas e outras perguntas para si mesma. A resposta? Bem, ela tem a resposta na ponta da língua.

Sim, Nina o teria perdoado.

Mas aquela gravação bagunçou tudo em sua cabeça. Seu ego não consegue lidar com o fato de Lex estar envolvido no caso Centro de Arborismo. Nina não sabe se acredita ou não na inocência dele. Talvez ela acredite, querendo desacreditar. E vice-versa.

Nina se pega sorrindo ao relembrar o jogo de tênis. O primeiro beijo foi tão avassalador que compensou quase tudo. E o beijo roubado no dia da Caça ao Tesouro? Ao se lembrar da cara de Lex quando ela acionou o sinalizador, Nina sufoca uma gargalhada. Na gruta, a garota já tinha quase certeza de seus sentimentos. Mas a ficha realmente caiu pouco antes de Lex se declarar. Infelizmente a viagem terminou daquela forma, com Nina sendo humilhada para toda uma vida.

As pálpebras dela finalmente começam a pesar. Vai fechando os olhos vagarosamente e o sono a carrega para um sonho mais do que perfeito.

Sessenta e nove

Acesso remoto — parte 2

Gancho digita com os dez dedos de forma frenética. O corpo do cara parece ter sido invadido por uma força demoníaca. Os olhos negros do pirata estão cravados na tela e Nathi e Lex tentam acompanhar o raciocínio dele.

Lex não manja bulhufas de computador. Já Nathália entende praticamente tudo o que Gancho está fazendo.

— É um programa para quebrar senhas — ela explica para Lex. — O problema é que demora um pouquinho.

— E então conseguiremos acessar os arquivos do Bola? — Lex conjectura, num tom derrotista.

— Torça para que ele não tenha uma segunda senha.

Vinte e oito minutos e dois segundos depois, Gancho dá o grito da vitória. Ele está dentro do computador de Bola.

— O computador está liberado por aqui — Rei anuncia.

— Certo, estamos procurando arquivos de áudio — Gancho narra enquanto digita. — Vamos lá, se mostrem para o papai aqui.

— Devo fazer alguma coisa? — Rei pergunta.

— Não, *man*. Apenas vigie. — Gancho vai abrindo pastas e mais pastas de arquivos.

— E se não encontrarmos nada? — Lex despenca na cama, abatido. — E se não tiver sido o Bola?

— Quem poderia ter sido? Não conheço mais ninguém além do Gancho que conseguiria entrar no sistema do colégio. — Nathi se senta ao lado de Lex. — Foi ele, tenho certeza.

— Galera, isso está demorando demais — Rei começa a ficar tenso. — Por acaso o Bola vai saber que invadimos o sistema dele?

— Está falando com o maior pirata de todos os tempos, meu camarada. Acha mesmo que eu deixaria pistas? — Gancho solta uma risada incrédula. — Estou apagando minhas pegadas conforme passo, *man*.

— E se nem assim a Nina quiser me ouvir?

— Nem pense nisso! — Nathália tem vontade de dar uns tapas em Lex.

— Aqui! Achei! — Gancho comemora, lançando uma risada maquiavélica a seguir.

— Abra logo! — Nathi chacoalha os ombros dele.

— Deixe eu copiar primeiro. — Na pasta com o nome "vingancababi", Gancho descobre vários arquivos de áudio.

— Droga, galera, eles chegaram! — Rei entra em pânico. — O que eu faço, *brow?*

— Calma, Rei. Estou terminando de copiar. — Gancho dá um tapa no monitor. — Anda logo com isso!

Nathi rói as unhas. Lex arranha o violão. Gancho se ajoelha na cadeira. Rei, do outro lado da linha, morde o fio do *mouse*.

— Pronto! — Gancho volta a digitar, apagando o seu acesso do sistema de Bola. — Desligue o computador, Rei.

— O.k., feito — quando Rei diz isso, Bola entra no quarto. Nathi, Gancho e Lex mergulham num silêncio sepulcral.

— O que está fazendo no meu quarto? — o tom de Bola é amargurado.

— Meu computador pifou e vim tentar usar o seu. Mas essa merda tem senha, não é? — Rei se levanta, pegando o celular. — Como foi no psicólogo?

— Por que isso interessa? Você não me suporta.

— Não pode deixar aquela Kibi arrasar com você desse jeito — Rei tenta motivar o irmão.

— Não fale assim dela! — Bola brada.

— Tudo bem. Não está mais aqui quem falou.

* * *

Lex e Rei conversam pelo celular, agora de maneira privada. Gancho está abrindo os arquivos, um a um, com Nathi no seu cangote.

— Você é o melhor, Ganchinho. — A garota lhe dá um beijo no canto da boca.

— Obrigado, bebê. Eu sou foda!

— E então? — Lex finalmente desliga o telefone. — Tudo aí, Cabeça?

— Tudo aqui. São vários arquivos de áudio, provavelmente de conversas que a Kibi gravou. Prontos para ouvir? — Gancho sustenta o indicador sobre a tecla, aguardando.

— Pode reproduzir — Lex autoriza.

Setenta

"La ville lumière"

Paris. A cidade luz. A capital em formato de caracol.

É isso o que Nina vê a bordo do avião, antes de pousar. Ela deveria estar extasiada, ansiosa e feliz por realizar um de seus sonhos, mas não é assim que ela se sente.

De maneira automática, segue o fluxo de pessoas. Passa pela imigração, pega as bagagens e se encaminha para a área de desembarque, sentindo-se apenas mais uma na multidão.

O aeroporto Charles de Gaulle é uma veia pulsante. Em outro momento de sua vida, talvez tivesse olhado em volta, reparado nas pessoas. Não hoje. Não agora.

Simone acena e vai se aproximando, feliz por ter companhia após quatro anos morando em Paris longe da família e dos amigos. Nina tenta sorrir, mas é um sorriso forçado e ela não precisa se explicar. Simone já conhece parte da história contada por Laura, a mãe de Nina.

Simone é museóloga e trabalha no futurístico Centre Georges Pompidou, no famoso Museu de Arte Moderna. Mudou-se para Paris há quatro anos, após concluir os estudos na Inglaterra. Ela e Nina se veem apenas em datas comemorativas e também conversam muito pelo Skype.

Apesar da diferença de idade — quase quinze anos —, Simone é como se fosse uma irmã mais velha, sempre pronta a dar um conselho que realmente vale a pena ouvir.

Elas bem que poderiam ser irmãs. Simone é alta, esbelta e tem olhos tão verdes quanto os de Nina. Mas o estilo é completamente diferente.

Enquanto Nina prefere o conforto, Simone adora uma vestimenta clássica, ao estilo Audrey Hepburn.

— Que saudade, Nina! Como foi de viagem? — O abraço é caloroso e Nina se sente bem por alguns segundos.

— A viagem foi tranquila. E como você está, Mone? — Simone não curte o próprio nome. Em determinado momento da vida, optou pelo apelido Mone. Mais francês do que isso, impossível.

— Estou bem e muito feliz por você estar aqui. — Simone faz uma pausa, ajudando Nina com as bagagens. — Mas algo me diz que você não ficará por muito tempo.

— Isso é coisa da minha mãe, não é? — Os lábios de Nina desenham um sorriso lacônico.

— Temos muito que conversar, mocinha. Quero saber tudo sobre a viagem de formatura e, principalmente, quero saber todos os detalhes sobre esse tal de Lex.

***

O táxi estaciona no bairro Saint-Germain-des-Prés, lugar conhecido por suas livrarias, sebos, cafés e luxuosas lojas de grife. Os intelectuais de Paris são figurinha fácil nesse ambiente acolhedor e extremamente charmoso.

Nina pensou que sentiria uma tremenda emoção ao ver o Rio Sena e a Torre Eiffel. Infelizmente, ela não está no clima. Tanto o rio como a torre passaram despercebidos, como mais um ponto turístico entre tantos.

Nina segue Simone para a entrada do prédio e tudo ao redor suspira *glamour*. A maioria das lojas já está aberta e o clima é bem frio. Nina passa o cachecol em torno do pescoço e seu corpo sente o choque da mudança de temperatura.

Assim como o bairro, o prédio exala charme e sofisticação. Passam por um portal e chegam a um pátio interno, todo forrado com flores de uma beleza magnífica. E o aroma então? Café fresco com flores do campo... Uma mistura que ficará para sempre marcada na memória olfativa de Nina.

Sobem um lance de escadas e seguem por um corredor até o apartamento de número vinte e oito. O lugar não é grande nem pequeno. Eu diria que é perfeito para duas pessoas. Simone explica que morar em Paris é caro demais, mas ainda assim conseguiu alugar esse apartamento com dois quartos. Como sempre recebe visitas vindas do Brasil, dois quartos eram mais do que necessários.

— Nina, sinta-se em casa. — Simone vai abrindo as janelas. — Antes de desfazer a mala, vou passar um café e quero ouvir a sua história.

— Mone, eu não voltarei ao Brasil, isso está fora dos meus planos no momento — Nina rebate, sabendo exatamente aonde Simone quer chegar.

— Ainda assim, deixe a mala como está. Venha, quero que me conte tudo, tim-tim por tim-tim.

Setenta e um

Confronto de gigantes

Os pais de Lex estão na cozinha, preparando sanduíches e uma salada para o jantar. Bebericam um vinho tinto e riem de algo que parece ser bem engraçado.

Lex se aproxima, sem saber como iniciar a conversa. Senta-se em um banco alto e apoia os cotovelos no mármore da bancada. O pai corta rodelas de tomate bem fininhas e a mãe está lavando alfaces.

— Velho, preciso conversar com você. — Lex, cabisbaixo, entra na conversa.

— Não me chame de velho, moleque. — Desde que o pai de Lex viu os vídeos do racha, os dois não se entendem.

— Desculpe — Lex pigarreia. — Pai, preciso mesmo conversar com você.

— Se for para pedir dinheiro... — Neste momento, a mãe de Lex fecha a torneira e toca o braço do marido.

— Deixe ele falar, Raul — a mãe fita Lex, amorosamente. — O que é, filho?

— Eu fiz besteira e quero me desculpar. — Lex sabe que essa conversa pode não levar a lugar nenhum, mas precisa tentar.

— Se está se desculpando é porque quer algo. Vá direto ao ponto. — Raul solta a faca sobre a bancada e enxuga as mãos no pano de prato, encarando o filho.

— Não sei em que eu estava pensando. Não dá para conversar com vocês. — Lex faz menção de se levantar, mas a mãe não permite.

— Diga o que está havendo, Lex.

Orgulho é um sentimento que atrapalha a vida, só digo isso a vocês. E Lex, orgulhoso como ele só, precisa fazer uma tremenda força para se sentar novamente e contar tudo o que o aflige. E ele começa falando sobre o acidente.

* * *

Raul e Alice, pais de Lex, estão atônitos. O filho acaba de despejar sobre a bancada da cozinha coisas que eles nem poderiam imaginar.

— Não acredito que esteja arrependido. — Raul puxa um banco e se senta.

— Eu mudei, velho… er, pai. Não sou mais aquele babaca.

— Acredito em você, filho. — Alice conhece Lex como ninguém.

— Deixe eu ver se entendi: você quer a nossa autorização e dinheiro para ir a Paris, é isso? — O pai estala a língua no alto da boca. — O que me garante que você não se cansará da garota? Você é o tipo de moleque que só quer o que não pode ter. E, quando consegue, acaba enjoando.

— Eu não sou assim! — Lex rebate, irritado. — Você não me conhece mesmo, não é? — Opa, agora estamos aos gritos. — Eu acabei de dizer que desisto da faculdade de música, desisto da banda, desisto do que você quiser! Me ouviu quando eu disse que vou trabalhar com você? O que mais você quer?

— Tudo isso por causa de um rabo de saia? — Raul repuxa o lábio lateralmente. — É típico de você, Alexandre!

— Eu amo a Nina, tá legal? E farei qualquer coisa por ela! — Lex irrompe em lágrimas. E elas são tão reais quanto a dor que ele sente neste momento.

Os pais de Lex finalmente encaram a verdade. Não é mais um capricho do filho adolescente. Isso está além de um mero desejo de ter o que não pode. Está além do mundano. Está além até mesmo do próprio Lex.

— Filho, tem certeza do que está dizendo? — o tom de Alice, sempre delicado e gentil, é um bálsamo para os ouvidos de Lex.

— Tenho, mãe. — O garoto deita a cabeça no mármore, deixando a dor vir com tudo. Ele se sente definhar, como se o sangue tivesse se transformado em ácido, corroendo tudo por onde passa. Sem a Nina, nada fará o menor sentido. Lex será um zumbi, uma múmia, um largado.

Os pais deliberam por um longo tempo, mas ele não escuta. Lex está distante, bem longe dali. Está na ilha, revivendo os melhores momentos de sua vida.

— Lex — o pai chama e o garoto levanta a cabeça. — Daremos uma última chance a você. Prove que é um homem de verdade, um homem de valor e, então, não precisará desistir da faculdade ou da banda.

— O que quer que eu faça? — Lex funga alto.

— Vá até Paris e prove a sua inocência. E, se ainda assim a Nina não quiser ficar com você, volte para casa de cabeça erguida. Seja homem, você me entendeu?

— Vai me deixar viajar? — Lex não se contém e sorri. — É sério?

— Mas não pense que estou fraquejando. Quando voltar de Paris, você vai trabalhar comigo, entendeu? Não quero um vagabundo dentro de casa. E, quanto a sua moto, vamos vendê-la ao ferro-velho. Só quando me provar que cresceu, poderá ter outra moto.

— Obrigado. — Lex se levanta e, num rompante nunca antes visto nessa casa, o garoto se atira nos braços do pai. — Não vou decepcioná-lo, cara, eu juro.

Setenta e dois

Convencendo Doc a dar o endereço

Nina está em Paris há cinco dias. Cinco longos dias para Lex. A documentação para a viagem já está pronta e a passagem, comprada. Agora é convencer Doc a dar o endereço de Nina e torcer para não levar outro soco.

Gancho tentou convencer Lex a mandar um *e-mail* para Nina com as provas de sua inocência. Não. Lex quer ter essa conversa cara a cara, olho no olho.

Nathi e Laís poderiam ter conseguido o endereço de Nina por meio de outras fontes. Não. Lex também não quer isso. Precisa do consentimento de Doc, quer se entender com o cara.

Não é nada fácil convencer Doc a receber Lex. Mas Laís, com jeitinho e uns beijinhos, consegue o impossível.

— Me convença a não acertá-lo com esse taco de beisebol e eu prometo pensar sobre o que está me pedindo. — Afundado no sofá da sala, Doc passa o taco de uma mão à outra.

Lex engole o orgulho juntamente com um sapo de duas cabeças. Por Nina. Qualquer coisa por ela.

Não posso dizer que essa foi uma conversa calma e corriqueira, isso seria uma inverdade. Lex precisa de jogo de cintura com Doc e da ajuda de Laís em vários momentos. Nathália e Gancho também estão ali, para o caso de uma guerra nuclear estourar.

— Sabe que se fizer minha irmã sofrer arrancarei a sua cabeça, não sabe? — Doc dispara, apontando o taco na direção de Lex.

— Sei bem disso. — Lex se mantém firme.

— Não vou com a sua cara, mas a Nina gosta de você. Acho que posso suportar a sua presença se vocês se entenderem. — Doc é uma muralha intransponível.

— Anda com isso, Doc. Dê logo o endereço para o Lex! — Laís dá um tapa no ombro do cara.

— Se eu não desse esse endereço, meus pais dariam — Doc revela, pegando um papel no bolso da calça e entregando para Lex. — A Nina não está feliz em Paris.

— Quero me entender com ela, provar a minha inocência. — Lex arqueia o corpo para a frente e pega o papel, mesmo temendo o taco de beisebol que Doc segura com firmeza.

— Se vocês se entenderem, traga ela de volta, beleza? — Doc finalmente larga o taco e estende a mão para Lex, num gesto de paz.

— Farei isso, pode confiar.

Setenta e três

Final feliz?

Dez dias se passaram.

Nina sente o vazio tomando forma, como um imenso buraco negro prestes a tragá-la. Ainda não enlouqueceu porque existe uma contrapartida, algo poderoso que a faz abrir os olhos todas as manhãs.

Amor.

É por esse amor que ela ainda não desistiu de recomeçar sua vida. É por esse amor que ela respira. É por esse sentimento que ela ainda está ancorada, sem se deixar levar pela melancolia e pela dor.

Nina acaba de sair de uma escola de francês, nos arredores de Madeleine. Está com a inscrição para o curso debaixo do braço, doida para rasgá-la em mil pedacinhos. Mas se contém, dobrando os papéis com cuidado, guardando-os dentro da bolsa.

Com um mapa de Paris aberto no celular, Nina verifica as anotações de Simone numa caderneta. Precisa aprender a andar pela cidade sozinha e hoje é o segundo dia que faz isso.

O metrô está lotado e Nina volta para casa com um saquinho de *croissants* e uma linda rosa que ganhou próximo da Igreja de La Madeleine. Simone está de folga e tirou o dia para dar um jeito no apartamento.

Ontem Nina esteve no Louvre. Quando viu a pirâmide de vidro, não se conteve. As lágrimas caíram como flocos de neve, já que o frio estava de lascar. Não, ela não se emocionou por conhecer o museu. Nina chorou por estar sozinha e por Lex não ter cumprido a promessa. Ele havia prometido estarem juntos, havia dito que enxugaria suas lágrimas. Ele não estava lá.

Nina abre a porta de casa e dá de cara com uma Simone completamente histérica. Ela não fala coisa com coisa e Nina precisa de um tempo para entender o que está havendo.

— Escutou alguma palavra do que eu disse? — Simone continua, estendendo um envelope vermelho e um *pen drive* na direção de Nina.

— Como assim ele entregou isso a você pessoalmente? O Lex... o Lex... o Lex...?

— Está em Paris! Nina, ele está aqui! — Simone não se contém e começa a gargalhar. — E você não fez jus ao cara, não. Menina, ele é lindo demais!

— Mone, onde ele está? — Nina perde o chão e se senta.

— Disse que iria procurar um hotel. Eu o convidei para ficar aqui, mas ele não aceitou.

Nina abre o envelope e descobre os seis mil reais. Dinheiro da aposta. Pega o *pen drive* em mãos e seu olhar se perde naquele minúsculo aparelho.

— Não vai ouvir os arquivos? — Simone se ajoelha em frente à Nina.

— Não preciso.

— Como assim, não precisa? — Simone se sobressalta. — Nina, o cara veio lá do Brasil atrás de você!

— Ele falou mais alguma coisa?

— Disse que vai esperar por você às duas da tarde no lugar marcado — Simone revela, um tanto tensa com a situação. — Nina, vai perdoar o cara, não vai?

— Que horas são?

— Uma e quinze.

— Eu preciso ir. — Nina pula da cadeira e enfia o *pen drive* no bolso da calça. Pega o casaco e o cachecol e sai às pressas, sem se despedir de Simone.

— Nina, não faça besteira! — Simone grita, incerta de que a garota tenha ouvido o recado.

***

O metrô não é rápido o bastante.

Nina chega com cinco minutos de atraso ao local marcado. A praça do Louvre está abarrotada de turistas, apesar do frio e do tempo fechado. Semana que vem é Natal e Paris recebe pessoas do mundo todo nessa época.

Nina procura por Lex, desesperadamente.

Vai caminhando, abraçando-se para se esquentar, até finalmente chegar a um dos lados da pirâmide de vidro. De onde está, Nina consegue enxergar o *hall* de entrada do museu lá embaixo, lotado de pessoas agasalhadas.

— Eu me esqueci de trazer o lenço para enxugar suas lágrimas — a voz de Lex rasga o ar gélido.

Nina não se vira para encará-lo.

— Chegou atrasado. Eu estive aqui ontem — seu tom não revela nada além disso.

— Desculpe por isso, não pude vir antes. — Lex leva as mãos aos bolsos e seu olhar está cravado nas costas de Nina. Estão bem próximos e ela pode sentir o aroma de Mentos de frutas no ar. — Como posso me redimir?

— Ainda não sei.

— Abriu o *pen drive*? — ele pergunta, um tanto temeroso da resposta.

— Não, não abri. — Nina se mantém na mesma posição e Lex não consegue acompanhar suas expressões.

— E o que isso quer dizer? — Lex sente o coração apertar.

— Quer dizer que eu não preciso abrir um arquivo para tomar qualquer decisão. — Ela engole em seco e ele percebe.

— Eu achei que…

— Achou errado, de novo. — Nina finalmente se vira para encará-lo. — Não é esse *pen drive* que vai mudar o que eu sinto por você. — Ela sustenta o *gadget* na mão.

— E o que sente por mim?

Nina suspira alto e profundamente. Sua expressão relaxa quando ela tomba a cabeça e diz:

— Eu te amo e não consigo viver longe de você.

Ai. Meu. Deus.

O sol chega a Paris através daqueles olhos cor de mel com rajadas douradas. A temperatura entre aqueles dois parece ter subido uns mil graus Celsius. Lex está sorrindo e não é de deboche. É um sorriso com o qual Nina precisará se acostumar. É um sorriso feito para ela e só para ela.

— Vai me perdoar por eu ter sido um covarde, um idiota? Vai me perdoar mesmo sem saber se sou inocente? — Lex não consegue parar de sorrir.

— Você está aqui, não está? O que mais eu poderia querer? — Nina guarda o *pen drive* no bolso. — Promete não mentir, não me enganar? Promete que sempre seremos honestos um com o outro?

— Eu prometo. — Lex se aproxima mais, tocando os cabelos soltos de Nina. — Pode apostar que eu farei de você a mulher mais amada deste mundo.

Eles se olham por um tempo, estudando-se. Nina tira o cachecol do pescoço e, como fez na ilha, passa-o pelo pescoço de Lex, puxando o garoto para si, para sua boca.

O cara se entrega, cerrando as pálpebras. Os lábios se tocam e o frio dá lugar a uma sensação de completude, de calor, de êxtase. Um momento perfeito, no lugar perfeito.

E, com esse beijo para lá de arrebatador, Lex e Nina selam um compromisso e recomeçam a sua história, tendo a verdade e o amor como únicos guias por toda a vida.

Se eles ficarão juntos por toda a eternidade? Oh, sim, definitivamente. Almas gêmeas possuem esse poder. Mas não posso dizer que esse será um romance calmo e sem brigas. Oh, não. Mas essa é uma outra história.

E, assim, vamos deixando esses dois curtirem o momento, saindo bem de fininho, tomando o caminho inverso do início dessa história.

Louvre.

Paris.

França.

Europa.

Planeta Terra.

Sistema Solar.

Via Láctea.

FIM.

Para entrar em contato:

e-mail: bosso.vanessa@gmail.com
facebook: https://www.facebook.com/vanessa.bosso